D0950979

Rien que des fantômes

Judith Hermann

Rien que des fantômes

NOUVELLES

Traduit de l'allemand
par Dominique Autrand

Ouvrage traduit avec le concours
du Centre National du Livre

Albin Michel

« Les Grandes Traductions »

Ce livre a été publié
avec le soutien du Goethe Institut

Pour Franz

« Wouldn't it be nice
If we could live here
Make this the kind of place
Where we belong. »

The Beach Boys

Ruth
(Des amies)

Ruth a dit « Promets-moi que tu ne feras jamais rien avec lui ». Je me souviens comment elle était quand elle a dit ça. Elle était assise sur une chaise devant la fenêtre, ses jambes nues relevées, elle s'était douchée et lavé les cheveux, elle ne portait que ses sous-vêtements, une serviette enroulée autour de la tête, son visage très franc, large, elle me regardait avec intérêt, plutôt amusée, pas du tout inquiète. Elle a dit « Tu me le promets, d'accord ? », et mon regard s'est détourné d'elle pour aller vers la fenêtre, vers le parking de l'autre côté de la rue, il pleuvait et il faisait déjà sombre, l'enseigne lumineuse du parking jetait un bel éclat bleu, j'ai dit « Allons, pourquoi faudrait-il que je te le promette, naturellement que je ne ferai rien avec lui ». Ruth a dit « Je sais. Promets-moi quand même », alors j'ai dit « Je te le promets », et puis je l'ai regardée de nouveau, elle n'aurait pas dû dire ça.

Je connais Ruth depuis toujours.

Elle connaissait Raoul depuis deux ou trois semaines. Il était arrivé avec une troupe invitée par le théâtre dans lequel elle était engagée pour deux ans, il ne resterait pas longtemps, c'est pour cela peut-être qu'elle était si pressée. Elle m'appela à Berlin, nous avions habité ensemble jusqu'à cet engagement qui l'avait obligée à déménager, nous ne savions pas trop comment gérer cette séparation, de fait elle m'appelait tous les soirs. J'étais assise dans la cuisine, qui était maintenant vide à l'exception d'une table et d'une chaise, je fixais le mur pendant que je parlais avec elle au téléphone, sur ce mur il y avait un petit papier qu'elle avait accroché là à un moment ou à un autre, « tonight, tonight it's gonna be the night, the night ». Je songeais sans cesse à l'arracher, mais je ne l'ai jamais fait. Elle m'appela, comme toujours, et dit tout de suite et sans hésiter « Je suis tombée amoureuse », puis elle me parla de Raoul et sa voix semblait si heureuse que je dus me lever et arpenter la maison, le téléphone à la main, elle me rendait nerveuse, me plongeait dans un certain trouble. Je ne m'étais jamais intéressée à ses hommes, ni elle aux miens. Elle dit « Il est tellement grand ». Elle dit tout ce qu'on dit toujours, et aussi quelque chose d'un tout petit peu nouveau, cet amour ne semblait pas absolument différent de ses amours antérieures. Ils s'étaient tourné autour pendant une semaine, s'étaient lancé des regards et avaient recherché la proximité de l'autre, ils s'étaient embrassés pour la première fois la nuit, après une fête, ivres, dans la galerie commerciale de la petite ville, ils s'embrassaient dans les coulisses pendant les pauses entre deux scènes et à la cantine, quand leurs collègues étaient partis et que la cuisinière mettait les chaises sur les tables – il avait les mains si douces, disait-elle, son crâne était rasé, parfois il portait des lunettes, qui faisaient un effet bizarre, une petite monture métallique tordue mal assortie à son visage. Elle dit « En réalité il serait plutôt *ton* genre, oui, c'est ça, exactement ton genre, tu tomberais à la renverse si tu le voyais », je dis « Et c'est quoi, mon genre ? », Ruth hésita, eut un petit rire et puis elle dit « Je ne sais pas, son physique justement ? Un peu asocial peut-être ? » Il disait de jolies choses – « Tes yeux ont la couleur de l'herbe quand le vent qui la parcourt la rebrousse et la blanchit » –, elle le citait avec dévotion, il était aussi vaniteux (ça la faisait rire), comme un enfant d'une certaine façon, il jouait Caliban dans *La Tempête*, le public se déchaînait, soir après soir. Il venait de Munich, son père était mort depuis longtemps, il avait étudié la philosophie, en fait, l'été il allait en Irlande, dormait dans sa voiture, essayait d'écrire près des récifs en regardant la mer. Raoul. Elle disait *Ra-oul*.

Quand j'ai rendu visite à Ruth – pas à cause de ce nouvel amour, je serais allée la voir de toute façon –, elle est venue me chercher à la gare et je l'ai vue avant qu'elle ne me voie. Elle marchait le long du quai, essayait de me repérer, elle portait une longue robe bleue, ses cheveux relevés, son visage était radieux et toute la tension de son corps, sa démarche, son port de tête et son regard qui cherchait, tout cela exprimait une attente qui jamais, en aucune manière, ne pouvait s'adresser à moi. D'ailleurs elle ne me voyait pas et à un moment je me suis mise carrément en travers de son chemin. Elle a sursauté, et puis elle m'a sauté au cou, m'a embrassée, et a dit « Ma chérie, ma chérie » – le nouveau parfum qu'elle avait mis sentait le bois de santal et le citron. J'ai détaché ses mains de moi et je les ai tenues serrées, je regardais son visage, son rire m'était si familier.

Ruth avait loué un minuscule appartement dans le centre-ville, une sorte d'appartement à l'américaine, une pièce, un coin cuisine, une salle de bains. Il n'y avait pas de rideaux devant les grandes fenêtres, c'est seulement dans la salle de bains qu'on pouvait se soustraire à la vue des automobilistes qui garaient leur voiture dans le parking en face puis restaient des minutes entières la tête levée, à regarder, l'esprit absent, aurait-on dit. La pièce était petite, contenait un lit, une tringle pour suspendre des vêtements, une table, deux chaises, une chaîne stéréo. Sur le rebord de la fenêtre, la photo de la vue que nous avions de la fenêtre de notre appartement à Berlin que je lui avais offerte pour son départ, sur la table un cendrier marocain en argent, une photo d'identité de moi dans le cadre du miroir au-dessus du lavabo de la salle de bains. Il a dû y avoir un moment où je me suis retrouvée seule dans l'appartement – Ruth au théâtre, en train de faire des courses, ou avec Raoul –, et je me souviens que j'étais assise sur la chaise devant la fenêtre, la chaise de Ruth, que je fumais une cigarette et m'exposais aux regards des gens dans le parking, l'enseigne lumineuse clignotait, la pièce m'était étrangère, la cage d'escalier derrière la porte de l'appartement était sombre et silencieuse.

Ruth ne me ressemble pas. Tout en elle est le contraire de moi, tout ce qui chez elle est doux et grand est chez moi maigre, osseux et petit, mes cheveux sont courts et sombres, les siens sont très longs et clairs, bouclés, électriques, et tout s'accorde, son nez, ses yeux, sa bouche, parfaitement proportionnés. La première fois que je l'ai vue, elle portait de gigantesques lunettes de soleil et avant même qu'elle les enlève, je savais comment seraient ses yeux, verts.

J'avais l'intention de rester trois jours, ensuite j'irais à Paris, puis je rentrerais à Berlin. A cette époque, je faisais de fréquents voyages dans des villes étrangères, j'y passais une semaine difficile, en manque de repères, puis je repartais. Déjà sur le quai de la gare, Ruth a dit « Reste plus longtemps, d'accord ? » La ville était petite, on en avait vite fait le tour, la zone piétonne juste derrière la gare, le théâtre sur la place du marché, la pointe du clocher visible de partout au-dessus des toits. Ruth portait ma valise, elle m'observait, elle était inquiète à l'idée que je puisse me montrer cynique, critique, dédaigneuse à l'égard de la zone piétonne, du café Tchibo, du centre commercial, de l'hôtel sur la place du marché, du lieu où elle était maintenant installée pour deux ans. Je n'ai pas pu m'empêcher de rire, j'étais très loin du cynisme, je l'enviais pour ces deux années dans cette petite ville, je n'aurais pas vraiment su lui expliquer pourquoi. Nous nous sommes assises dans un café-glacier italien, nous avons commandé de la glace aux fraises avec de la chantilly et de l'eau, j'ai allumé une cigarette et exposé mon visage au soleil de cette fin d'été. J'ai songé « Dans une petite ville je pourrais être insouciante ». Le garçon nous a apporté les petits pots de café, les coupes de glace, les verres, il a regardé Ruth d'un air admiratif, elle ne s'en est pas aperçue, moi il m'a ignorée. Ruth était inquiète, elle ne mangeait pas sa glace, a commandé un autre café, son regard parcourait sans arrêt la zone piétonne, dans un sens, dans l'autre, un regard rapide, hâtif, qui survolait les gens, cherchait, revenait vers mon visage, repartait. Puis elle a souri et elle a dit « C'est terrible, terrible, terrible », mais elle n'avait pas du tout l'air malheureux en disant ça. Elle a dit « Il faut que tu me dises ce que tu penses de lui, d'accord ? Il faut que tu sois franche », j'ai dit « Ruth », elle a dit d'un ton sérieux « C'est important pour moi ». C'était devenu plus difficile avec Raoul au cours de la semaine précédente, ils avaient eu leur première dispute, un malentendu idiot, vite surmonté, mais tout de même, il y avait apparemment une ex-femme à Munich, avec laquelle il avait eu de longues conversations téléphoniques en présence de Ruth, il se dérobait de temps à autre, ne venait pas à des rendez-vous ou alors trop tard, se montrait parfois taciturne, morose, et puis de nouveau euphorique, impatient, enivré par la beauté de Ruth. Elle ne savait pas trop, disait-elle, ce qu'il attendait d'elle, elle a dit « Peut-être qu'il veut juste me sauter ». Au moment où je lui ai rendu visite, en tout cas, il ne l'avait pas encore sautée. Mais des bruits couraient, quelqu'un avait dit qu'il s'était déjà taillé une réputation et pas des meilleures, Ruth n'était pas du style à se laisser troubler par ce genre de chose, mais tout de même, elle a dit « Je ne veux pas être un trophée de chasse, tu comprends » en me regardant d'un air si candide, si franc que je me suis presque sentie honteuse, pour moi-même, pour Raoul, pour la terre entière. J'ai dit « Ruth, ce sont des sottises, tu n'es pas un trophée, personne ne va te trahir et personne ne va te traiter comme du gibier, je le sais », je le pensais sincèrement et, pendant un court moment, Ruth a paru réconfortée et sûre d'elle. Elle a pris ma main et elle a dit « Et toi ? Comment vas-tu, toi ? », j'ai éludé, comme toujours, et elle m'a laissée éluder, comme toujours, et puis nous sommes restées ainsi, dans cette intimité, engourdies dans la lumière de l'après-midi. Vers sept heures, Ruth a dû aller au théâtre, je l'ai accompagnée.

Ruth endormie. Quand nous avions partagé notre premier appartement – il y a combien d'années, cinq, dix ? –, nous dormions dans le même lit. Nous allions souvent nous coucher en même temps, nous étions allongées face à face, tournées l'une vers l'autre, les yeux de Ruth sombres et brillants dans la nuit, elle murmurait des bribes de phrases, fredonnait doucement, puis je m'endormais. Avec un homme je n'aurais jamais pu m'endormir comme ça, je ne sais pas si Ruth le pouvait. Elle dormait à poings fermés, d'un sommeil profond et lourd, sans bouger, toujours sur le dos, ses longs cheveux déployés tout autour de la tête, son visage détendu et semblable à un portrait. Son souffle était lent et régulier, je me réveillais toujours avant elle et je restais là, la tête appuyée sur ma main, à la regarder. Je me souviens qu'au cours d'une de nos rares disputes je l'avais menacée une fois de lui couper les cheveux pendant son sommeil, je ne veux pas croire que j'aie jamais pu dire une chose pareille, mais je sais que c'est vrai. Ruth possédait un énorme réveil en fer-blanc, cauchemardesque, le seul réveil dont la sonnerie assourdissante la tirait effectivement du sommeil. Le réveil était posé de son côté du lit et même si j'ouvrais toujours les yeux avant elle, je ne la réveillais pas, je la laissais se faire réveiller par la sonnerie démentielle ; elle remontait du fond du sommeil avec une souffrance manifeste, ouvrait les yeux, tapait sur le réveil et tâtonnait aussitôt à la recherche de ses cigarettes qu'elle posait toujours près du lit le soir. Elle s'en allumait une, se laissait retomber sur les oreillers, fumait, soupirait, disait à un moment ou à un autre « Bonjour ». Plus tard, elle perdit l'habitude de fumer le matin, dans d'autres appartements et dans d'autres lits. Peut-être aussi parce que nous ne nous réveillions plus ensemble.

Ruth jouait Eliante dans *Le Misanthrope* de Molière. Pendant ses études théâtrales à l'université, je l'avais vue dans de nombreuses mises en scène, en roi des Vikings dans *Les Guerriers de Helgeland* d'Ibsen, sa petite silhouette emmitouflée dans des peaux d'ours et ses cheveux drapés en un nuage autour de sa tête, elle arrivait sur la scène portée par une mer de lances et braillait pendant deux heures à s'en faire jaillir l'âme du corps ; en Lady Macbeth, elle était suspendue par des fils de soie devant un rideau blanc, la tête en bas, et faisait avec les mains des petits mouvements coulés qui faisaient penser à des poissons ; là où elle me paraissait la plus étrange, c'était en Mariedl dans *Les Présidentes* de Schwab, à peine reconnaissable dans sa blouse grise de ménage, accroupie sous une table. Ruth était une bonne comédienne, une actrice comique, avec beaucoup de présence, très physique, mais pour moi elle était toujours Ruth, je la retrouvais, son visage, sa voix, sa façon de se tenir. Peut-être aussi que je cherchais toujours à la retrouver – la Ruth qui s'habillait le matin, lentement, soigneusement, un vêtement après l'autre, puis se regardait dans le miroir avec une expression particulière, destinée au seul miroir, et toujours de biais. Ruth et sa manière de boire son café, de tenir le bol à deux mains et de ne pas le reposer avant de l'avoir vidé d'un trait, sa manière de fumer, de se passer du noir sur les cils, de téléphoner en souriant dans l'écouteur, la tête inclinée à l'oblique. Dans le cadre d'un travail sur le portrait elle avait voulu jouer à être moi, pendant trois jours elle m'avait couru après en prenant des airs scientifiques et en singeant mes gestes, jusqu'au moment où je m'étais immobilisée, paralysée, dans un coin de la pièce et lui avais crié d'arrêter ça ; plus tard, elle avait imité sa mère avec une précision, une exactitude qui m'avait donné des frissons. La mise en scène du *Misanthrope* monté par le théâtre était simple et fidèle à l'œuvre, très éloignée du chaos et de l'improvisation des mises en scène d'étudiants, au début je me suis ennuyée, ensuite j'ai trouvé ça bien, peut-être était-ce aussi la toute première fois que je voyais Ruth comme de loin, délivrée des suspensions prétentieuses sur des tréteaux métalliques. Elle portait une sorte de costume de matelot pour enfant, blanc, les cheveux nattés, elle avait un air très lucide, réfléchi et raisonnable, seule sa voix était peut-être un peu fragile pour Eliante, trop tremblante, comme retenue, tout à fait différente, en fait – « L'amour, pour l'ordinaire, est peu fait à ces lois, et l'on voit les amants vanter toujours leur choix ; jamais leur passion n'y voit rien de blâmable, et dans l'objet aimé tout leur devient aimable : ils comptent les défauts pour des perfections, et savent y donner de favorables noms » –, j'étais déçue et soulagée en même temps de ne pas la voir dans le rôle de Célimène, l'amoureuse déraisonnable, vulnérable. Le public applaudissait très longuement à la fin de chaque acte, je ne m'étais pas attendue à autre chose dans une petite ville de province. Ruth saluait bien bas, radieuse. Elle avait pris la nouvelle habitude de sortir tout de suite de scène en courant comme un enfant, dans d'autres mises en scène je l'avais vue sortir en hésitant, comme à contrecœur. Je suis restée assise jusqu'à ce que le dernier spectateur ait quitté la salle. Les machinistes ont commencé à démonter le décor, on a éteint la lumière, la poussière tombait en pluie sur la scène. Il y avait eu une époque où j'avais envié Ruth pour son talent, son métier, les applaudissements, la célébrité éventuelle, et puis à un moment cette envie s'est atténuée devant la conscience de n'être absolument pas faite pour le théâtre, une impossibilité radicale. J'étais assise au milieu des rangées vides, la tête penchée en avant, et j'essayais de comprendre Ruth, de comprendre ce qu'elle faisait là, comment elle travaillait, ce qu'elle ressentait. Cela m'échappait totalement, ensuite je me suis levée et je suis allée à la cantine du théâtre, la représentation de Raoul sur la scène dévolue aux répétitions se terminait vers onze heures, Ruth m'avait priée de l'attendre avec elle.

Quand elle a quitté Berlin pour la petite ville de province et qu'elle a déménagé de notre appartement commun, je n'étais pas en état de porter la moindre caisse dans le camion. Toute sa famille était venue pour le déménagement, sa mère, ses deux sœurs, son frère accompagné de sa femme. Nous avions pris le petit-déjeuner tous ensemble, on était un janvier, par la fenêtre entrait une lumière d'hiver crue, impitoyable, j'avais essayé de prolonger le petit déjeuner le plus longtemps possible, mais à un moment il avait bien fallu qu'il se termine, alors tout le monde s'était levé et s'était mis à emballer les affaires de Ruth. J'étais restée assise. J'étais restée, comme pétrifiée, assise à cette table devant les restes du petit-déjeuner, je me cramponnais au dossier de la chaise, j'étais incapable de bouger, il ne m'aurait même pas été possible de me lever de cette chaise. La famille de Ruth faisait le vide autour de moi, ils poussaient des commodes, des chaises, des cartons à travers la pièce, transportaient les valises et les caisses de Ruth, son lit, ses étagères à livres, son placard de cuisine, son bureau, toutes ses possessions dans les escaliers, trois étages plus bas, ils me faisaient très bien sentir combien ils me trouvaient impolie et pas possible, je ne pouvais rien y changer. J'étais assise, immobile, muette, la porte de l'appartement était grande ouverte, l'air froid s'engouffrait à l'intérieur, de temps en temps Ruth s'arrêtait un instant près de moi et posait sa main sale sur ma joue, et puis elle repartait. Quand tout a été emballé, sa sœur a rangé la vaisselle du petit-déjeuner dans le dernier carton de déménagement encore vide et a emporté aussi la table, sur le sol il restait des coquilles d'œufs, un pot de confiture, une tasse à café. Je me suis levée. La famille a disparu dans la cage d'escalier, le frère de Ruth en bas dans le camion a klaxonné. Ruth a enfilé son manteau, nous

nous tenions face à face dans le corridor vide, alors nous nous sommes serrées dans les bras l'une de l'autre. Elle a dit « A bientôt ». Ou c'est peut-être moi qui l'ai dit. Et puis elle s'en est allée, j'ai refermé la porte de l'appartement derrière elle et je suis restée debout là jusqu'à ce que je sois sûre qu'ils soient partis. Pendant longtemps je n'ai pas su ce qu'il fallait que je fasse de la chambre de Ruth. Elle est restée vide pendant un mois, deux mois, trois, à un moment j'ai commencé à m'y installer pour regarder des vieux films en super-8, j'étais assise sur une chaise, le projecteur bourdonnait et sur le mur blanc un enfant qui devait avoir été moi un jour courait sur une dune. En mai ou en juin j'ai placé mon lit dans la chambre de Ruth, à la place où il y avait eu le sien.

La cantine du théâtre était petite, suffocante et enfumée, des tables en stratifié, des bancs de bois, des lampes globes, des murs couverts de miroirs qui ne rendaient pas la pièce plus grande mais créaient au contraire un effet labyrinthique, chaotique qui la rapetissait plutôt. Aux tables du fond étaient assis les techniciens, à celles de devant les comédiens, derrière le comptoir une grosse cuisinière qui paraissait morte de fatigue tirait de la bière. Je me suis mise à la seule table libre, j'ai commandé un café, un verre de vin, ne sachant pas trop si je voulais me réveiller ou me saouler. J'aurais bien aimé savoir où était ma valise. Ruth l'avait emportée avec elle dans son vestiaire ou alors elle l'avait donnée au concierge, tout à coup je voulais récupérer mes affaires, mon livre, mon agenda, ça me mettait mal à l'aise de me retrouver assise toute seule à cette table, telle une étrangère, quelqu'un qui n'avait absolument rien à voir avec le théâtre. Je regardais du côté des comédiens, il n'y avait personne qui soit *tellement grand*, avec le crâne rasé et un visage enfantin et pourtant viril, et puis la porte de la cantine s'est ouverte et il est entré. Je l'ai immédiatement reconnu. Je l'ai doublement reconnu, et ce fut si évident que ma première impulsion a été littéralement de courber l'échine. J'ai baissé la nuque, rentré la tête dans les épaules, j'ai vite écarté ma chaise du faisceau lumineux des lampes et il est passé à côté de moi sans me remarquer, il est allé s'asseoir avec les comédiens qui l'ont salué joyeusement. Une fois assis il a enlevé sa veste, une veste en daim avec un col de fourrure marron, il a posé sa main sur le bras de quelqu'un, a ri, parlé, je distinguais nettement sa voix parmi toutes les autres voix. J'ai essayé de ne pas entendre, j'aurais préféré le voir d'abord avec Ruth, un Raoul qui serait le Raoul de Ruth. *Il faut que tu me dises ce que tu penses de lui.* J'ai tâtonné dans la poche de mon manteau en quête de cigarettes, mes cigarettes n'étaient pas là, elles étaient dans mon sac, dans le vestiaire de Ruth, l'idée a suscité en moi un bref accès de colère ; j'aurais aimé me livrer à un petit examen sur moi-même, examiner une certaine pensée, une cigarette aurait pu m'y aider. Je continuais à entendre sa voix et je voyais son visage dans le miroir, un visage éveillé, franc, il ne portait pas ses lunettes, il avait l'air concentré, avec ses yeux foncés étrécis, des traces de maquillage de scène sur les tempes. Son profil par contre était plutôt laid, obtus, blasé et ordinaire, un menton en avant, un front bas. Il était effectivement très grand, un corps lourd et massif, des mains épaisses, avec lesquelles il faisait de grands gestes, frictionnait son crâne rasé. J'entendais la voix de Ruth – *je ne sais pas, son physique peut-être, un peu asocial* –, j'avais compris ce qu'elle voulait dire, mais il n'était pas comme ça. Je le regardais fixement, je croyais tout savoir de lui, je ne savais encore rien. J'ai rapproché précautionneusement ma chaise de la table. Je respirais doucement, en retenant mon souffle, j'étais soudain désemparée. La porte s'est ouverte, et Ruth est entrée.

Elle est entrée et elle a tout de suite vu Raoul. Son regard est allé droit sur lui, et son visage a pris une expression que je ne lui connaissais pas, et puis elle a parcouru la salle des yeux jusqu'à ce qu'elle me découvre enfin. Elle m'a adressé de la main droite un signe indéchiffrable, est restée debout au bar et a commandé une bière, elle se tenait très droite comme quelqu'un qui se croit observé, mais Raoul n'avait même pas encore remarqué sa présence. Ensuite elle est venue à ma table, s'est assise à côté de moi, a bu avidement, a reposé son verre, et elle a dit « Alors, c'était comment ? », et puis « Tu l'as déjà vu ? » J'ai dit très distinctement « Tu aurais peut-être une cigarette ? », elle a haussé les sourcils d'un air agacé puis elle a souri et sorti des cigarettes de sa poche. A présent elle portait de nouveau sa robe bleue, mais avait toujours la coiffure d'Eliante, elle paraissait belle et lasse, elle a dit « C'est vraiment bien que tu sois là », et puis elle a répété « Tu l'as vu ? » Elle m'a indiqué la direction d'un mouvement de tête, j'ai dit « Non », elle a dit « Il est déjà là, il est assis là-bas », j'ai dit « Où ? », elle a murmuré « A la troisième table à gauche, au milieu ». J'ai allumé ma cigarette, répété mentalement notre échange – *tu l'as vu, non, tu l'as vu, où* –, et puis j'ai tourné la tête et j'ai regardé Raoul, et juste à ce moment-là il s'est retourné vers nous. Il a regardé Ruth et il a souri, elle lui a rendu son sourire tout en pressant sa jambe contre la mienne sous la table, je fumais, j'ai dit « La pièce m'a bien plu », je l'ai redit encore une fois, Raoul s'est levé. Il a paru s'excuser brièvement auprès des autres, on a voulu le retenir, il s'est libéré et s'est dirigé vers notre table, sans se presser, nonchalant, donnant ainsi à voir très distinctement son corps, toute sa personne. J'ai détourné les yeux, puis j'ai regardé de nouveau, quelque chose m'embarrassait. Raoul s'est assis, il aurait pu s'asseoir à côté de Ruth mais il a pris une chaise en face de nous. Ruth nous a présentés et nous avons échangé une poignée de main pardessus la table, j'ai vite retiré la mienne. La jambe de Ruth sous la table ne s'écartait pas de moi. Il a dit « Ruth m'a beaucoup parlé de toi », en souriant, son regard ne trahissait rien bien qu'il n'ait pas esquivé le mien pendant un long moment. La cuisinière a crié son nom à travers la salle, « Raouououl », comme un hurlement, il s'est relevé et a marché vers le comptoir, Ruth a dit « Mon Dieu », et puis « Comment est-il, dis vite », je n'ai pas pu m'empêcher de rire et j'ai dit « Ruth. Je le connais depuis moins d'une minute ». Il est revenu avec une assiette de soupe, s'est rassis, a commencé à manger, sans rien dire. Ruth le regardait comme si elle n'avait encore jamais vu quelqu'un manger, alors je l'ai regardé moi aussi, que pouvais-je faire d'autre. De fait il mangeait d'une façon étrange, peut-être avait-il en tête un rôle particulier, une manière de se tenir à table spéciale, un moine franciscain à la table de bois du réfectoire de l'abbaye, un paysan du Sud-Tyrol avec son assiette en fer-blanc sur les genoux ou quelque idiotie de ce genre, il mangeait penché en avant, avec un recueillement hébété, il faisait du bruit et la cuiller allait et venait entre l'assiette et sa bouche avec une régularité de machine, il avalait bruyamment et tant qu'il n'a pas eu fini de manger, aucun de nous n'a rien dit. Il a repoussé son assiette vide, un court moment je me suis attendue à un rot sonore, mais la représentation était terminée, il semblait être un champion de l'économie. Il s'est essuyé la bouche avec le dos de la main, s'est laissé aller en arrière sur sa chaise, nous a souri et a dit « Alors comment ça va ? » Le ton sur lequel Ruth a dit « Merci, très bien » était nouveau pour moi, empreint d'une raideur, d'un manque d'assurance que je ne lui connaissais pas, on la sentait nerveuse et embarrassée, il y avait une marque de tension autour de sa bouche. « Comment était la représentation ? » a demandé Raoul, il lui facilitait les choses, il l'interrogeait gentiment, avec un intérêt réel, et Ruth a répondu d'un ton ironique « Comme toujours, un succès fracassant ». Elle avait pris un air méprisant pour dire cela, comme si elle voulait signifier que ce public provincial se contentait de peu, une attitude dont je savais qu'elle ne lui ressemblait pas. « Je n'ai pas eu trop besoin de me défoncer. » Ce disant elle a enfin décollé sa jambe de la mienne et a laissé son regard errer à travers la cantine, faussement absent. Raoul continuait à lui sourire gentiment, il ne donnait pas l'impression de s'être attendu de sa part à cette forme de coquetterie ou de la trouver adéquate. Mais Ruth semblait le supposer, ou peut-être aussi qu'elle ne pouvait plus faire machine arrière, comme si elle voulait lui prouver quelque chose. Raoul ne me prêtait tout simplement aucune attention, ce n'était pas impoli, plutôt agréable, il était nettement tourné vers Ruth, mais il me donnait le vague sentiment que cette attitude était censée me dire quelque chose sur lui. Il l'a interrogée sur les choses les plus simples du monde, et elle n'a pas trouvé une seule réponse normale, au lieu de cela s'est lancée dans une telle escalade de finasseries alambiquées qu'à un moment je me suis levée et je me suis excusée, parce que cela me devenait insupportable. Je suis allée aux toilettes, je suis restée un moment devant le miroir à considérer mon visage, perplexe. Je me demandais comment Raoul me voyait. Puis je suis ressortie, j'ai parcouru le couloir devant les vestiaires dans un sens puis dans l'autre, la représentation de la troupe de ballet appartenant au théâtre était terminée, tout le monde se hâtait vers la cantine, de gros trompettistes, des violonistes éméchés, des danseurs maigres, couverts d'écorchures. Je me suis pressée contre le mur, un instant j'ai joui avec eux de cette euphorie perceptible qui suit un passage sur scène, mais j'ai été aussitôt dégrisée. La lumière des néons était crue, les musiciens paraissaient las et défaits, « Aux chiottes Mozart », a dit une danseuse à un violoncelliste qui traînait derrière lui la housse de son instrument comme une vieille valise. Quand je suis revenue dans la cantine, Raoul et Ruth semblaient s'être calmés, ou du moins Ruth s'était calmée, elle avait l'air plus détendu, et ses joues étaient rouges. Elle s'était penchée vers Raoul par-dessus la table et lui parlait avec conviction, quand je me suis rassise elle s'est interrompue et s'est reculée avec un léger embarras. Ils m'ont regardée tous les deux et je ne savais pas ce que je devais dire, je me sentais bête, je fixais obstinément le plateau de la table. J'ai essayé de faire comprendre à Ruth que j'étais incompétente, incapable de communiquer, de venir à son secours, du moins pour le moment, mais Ruth me souriait vaguement, d'un air absent et béat, elle a posé sa main sur la mienne avec un geste pas possible et a dit « Vous voulez boire encore quelque chose ? », j'ai dit d'une voix sans timbre « Du vin, s'il te plaît », et j'ai retiré ma main. Raoul a dit « Pour moi rien, merci ». Ruth s'est levée pour aller commander le vin et quand elle est passée à côté de lui, il s'est tourné vers elle et tout à coup, avec un geste d'une obscénité insurpassable, il l'a agrippée par-derrière, entre les jambes. Elle s'est immobilisée, l'expression de son visage ne s'est pas modifiée, elle est restée ainsi sous son emprise, le regard perdu au loin, il avait les yeux fixés sur elle, personne ne nous prêtait attention bien qu'ils fassent tous les deux l'effet d'une statue sous la lumière d'un projecteur. Ils sont restés ainsi longtemps, beaucoup trop longtemps, et puis il l'a lâchée. Ruth a chancelé légèrement, s'est rétablie, a continué son chemin vers le comptoir. Raoul s'est tourné vers moi et il a dit « De toute ma vie je n'ai encore rien vu qui te ressemble ».

Quand Ruth est triste, elle pleure. Je me souviens d'une dispute avec sa mère, à la suite de laquelle elle était restée recroquevillée devant le téléphone, inabordable, à une scène avec un ami dans la rue, la nuit, ils se disputaient horriblement, il l'a frappée, et je me souviens de son visage consterné, étonné, sa main sur sa joue, sans rien de théâtral, un geste très authentique. Quand Ruth était triste pour des raisons qu'elle ne pouvait pas ou ne voulait pas formuler, elle restait assise sur une chaise devant son bureau, les mains sur les accoudoirs, jambes repliées, les pieds sur les barreaux, tout son corps relâché, abandonné. Elle pleurait sans bruit, je me tenais à la porte, appuyée contre le chambranle, je disais « Ruth, est-ce que je peux faire quelque chose ? », elle se contentait de secouer la tête sans rien dire. Combien de fois l'ai-je vue ainsi – deux – ou trois – peut-être quatre. Je décollais mon dos du chambranle et je marchais dans l'appartement, j'allais dans ma chambre, traversais le couloir, jusqu'à la cuisine et retour, j'étais quasiment paralysée quand Ruth était triste comme ça. Je lavais trois assiettes, fumais une cigarette à la fenêtre de la cuisine, lisais une page de n'importe quel livre et puis je revenais dans sa chambre, et elle était toujours dans la même position. A un moment donné, beaucoup plus tard, elle venait me trouver, me serrait un instant dans ses bras et disait « Ça va, c'est passé ». Ses pleurs désemparés, furieux, blessés quand nous nous disputions étaient d'une autre nature. Quant à moi, je n'ai jamais pleuré devant Ruth.

Je suis restée quatre jours chez Ruth, un jour de plus que je n'avais prévu. Ruth n'avait presque pas de répétitions, mais des représentations tous les soirs, je me serais attendue à ce qu'elle veuille passer son temps libre plutôt avec Raoul, et je l'aurais compris, mais Raoul avait peu de temps, et pendant ces jours-là ils ne se sont vus en tête à tête qu'un seul après-midi. Nous prenions un long petit déjeuner, marchions dans les rues, au bord du fleuve, longions la rive jusqu'à la limite de la ville et revenions, nous étions si proches l'une de l'autre, comme toujours. Ruth parlait sans arrêt de Raoul, elle parlait comme pour elle-même, et moi je l'écoutais, sans répondre grand-chose, d'ailleurs elle ne me posait pas véritablement de questions. Elle disait que Raoul avait repris ses distances, qu'elle n'avait plus accès à lui, il y avait une certaine attirance sexuelle, tout le reste était problématique. Dans trois semaines, son séjour serait terminé, il poursuivrait sa tournée, irait à Würzburg, puis à Munich, mais en fait ils ne parlaient pas de l'avenir. « Peut-être que c'est déjà fini », a dit Ruth. « Quoi que ça ait pu être. Mais ça me rend triste, tu comprends. » J'ai évité de la regarder. Dans son appartement, quand j'étais dans la salle de bains je fermais la porte derrière moi et je regardais mon visage dans le miroir, ma photo d'identité dans le cadre du miroir, puis de nouveau mon visage. Nous passions les soirées avec les comédiens et Raoul, assis autour des tables en stratifié de la cantine, je buvais pas mal, chaque fois que Ruth se levait de table et disparaissait un court moment, Raoul me regardait et disait très distinctement « Tu me manques », personne ne pouvait l'entendre sauf moi. Il ne me touchait pas. Le premier soir, quand Ruth était allée chercher les boissons, il avait ri après avoir dit que de toute sa vie il n'avait encore rien vu qui me ressemble, un rire heureux auquel j'avais répondu sans réfléchir. Il avait dit : « Tu sais qui tu es ? », j'avais d'abord hésité, et puis j'avais répondu – « Oui ». Il avait dit « Es-tu celle pour laquelle je te prends ? », j'avais dit « Je ne sais pas », et lui « Si. Tu sais », juste à ce moment-là Ruth revenait à la table, ces paroles avaient été prononcées dans un espace de temps précisément mesuré, on en avait assez dit. Quand nous nous endormions le soir, je tournais le dos à Ruth, mon visage face au mur. Mon sommeil était léger. « Qu'est-ce que tu feras quand tu seras de retour à Berlin ? » a demandé une fois Ruth, j'ai dit « Je ne sais pas trop », comment aurais-je pu lui expliquer que d'un seul coup ma vie était de nouveau ouverte, vide, un espace immense, inconnu. J'étais debout à la fenêtre de son appartement et je regardais l'enseigne lumineuse bleue du parking, l'immeuble derrière où elle se reflétait, la lune était déjà dans le ciel, Ruth a dit mon nom et je me suis retournée. Nous avons acheté des vêtements, des chaussures, des manteaux. J'ai dit « Je resterais volontiers, mais demain il faut que je m'en aille ». Le dernier soir, Ruth avait une répétition publique, les rares spectateurs, comédiens, musiciens, étaient disséminés dans les rangs, j'étais sur les marches, Raoul s'est assis juste à côté de moi, très près, et je me suis écartée. Nous la regardions, tous les deux, et Raoul a dit « Tu pars ? », j'ai dit « Demain ». Il a dit « Et on va se revoir ? », j'ai dit « Oui, on va se revoir », sans quitter Ruth des yeux. Il est resté encore quelques minutes assis là et puis il s'est levé et il est parti. A la cantine, plus tard, nous n'étions pas assis à une table. Ruth a dit « De quoi avez-vous parlé ? », « De la pièce », ai-je répondu, elle paraissait épuisée, blême et tendue. Pendant l'après-midi, qu'elle avait passé avec Raoul, il était resté étendu sur son lit dans sa chambre d'hôtel, à regarder la télévision, Ruth était assise sur le bord du lit, attendant qu'il éteigne la télévision, il n'avait pas éteint. Ruth a dit « Je ne sais pas ce qu'il veut ». Nous avons parcouru dans la nuit la zone piétonne sombre et déserte, nos pas résonnaient, Ruth avait passé son bras sous le mien, nous étions ivres et nous titubions un peu, ça m'a fait rire, les cheveux de Ruth caressaient ma joue. Le lendemain matin elle m'a emmenée à la gare, le temps était devenu froid, venteux, nous nous sommes étreintes sur le quai, le train était là, portes ouvertes. « Bon sang, qu'est-ce que tu vas faire à Paris ? » a demandé Ruth. Je suis montée et me suis penchée par la fenêtre ouverte, Ruth portait une petite toque noire sous laquelle ses cheveux avaient complètement disparu, son visage avait une expression austère. Elle avait les mains enfoncées dans les poches de son manteau et sautait d'un pied sur l'autre, elle a dit « Tu ne m'as toujours pas dit ce que tu pensais de lui ». Sa voix était la même que d'habitude. Le contrôleur a sifflé, les portes se sont fermées. J'ai pris mon souffle et j'ai dit « Je crois que ce n'est pas celui qu'il te faut », Ruth a dit « Ah bon », je n'étais pas sûre qu'elle m'ait vraiment comprise, le train a démarré. Ruth n'a pas bougé, j'ai regardé par la fenêtre aussi longtemps que j'ai pu la distinguer, sa mince silhouette en manteau clair, la tache sombre de la toque, elle n'agitait pas la main, et puis elle a disparu.

Je n'ai jamais voyagé avec Ruth. Un hiver, les températures étaient descendues largement au-dessous de zéro, nous avons pris le S-Bahn pour aller dans le Grunewald et nous avons marché sur le lac gelé, nous n'avions ni l'une ni l'autre de chaussures adéquates, ç'a été notre sortie la plus lointaine. Chaque été, nous nous allongions dans le parc et nous parlions de partir en Grèce, en Italie, en Sicile, au bord de la mer, nous ne l'avons jamais fait. Elle partait avec B. au Portugal et avec J. en Pologne et avec F. en Italie, je prenais l'avion pour New York et Londres, traversais le Maroc et l'Espagne, nous ne nous manquions pas pendant ces périodes, peut-être que nous avions des attentes différentes et que nous n'étions pas destinées à voyager ensemble. J'ai loué une chambre dans un petit hôtel du nord de Paris, dans le quartier africain, j'ai passé une semaine à arpenter la ville du matin au soir, il faisait froid, la Seine était boueuse et verte, il ne cessait de pleuvoir, j'étais gelée, bon sang qu'est-ce que j'étais venue faire à Paris. Devant le Louvre les gens agglutinés faisaient la queue, j'ai renoncé et au lieu de cela je suis allée dans un petit musée de la rue de Cluny où étaient exposés les talismans des pèlerins du XIIe siècle, de minuscules pendentifs noirâtres, une roue, une madone, une larme gelée. Je suis restée longtemps devant la vitrine éclairée d'une lumière chaude et je me suis sentie apaisée, sans que je puisse dire pourquoi. Dans le métro, ça sentait le tabac, le métal et les manteaux trempés de pluie, les visages des gens étaient fermés et beaux, des Africains, des Chinois, des Indiens. Quand je rentrais à mon hôtel la nuit, il y avait des hommes debout dans les entrées des maisons qui chuchotaient derrière mon dos dans une langue étrangère. Je me douchais à minuit dans la salle de bains commune sur le palier quand j'étais sûre de ne plus être dérangée, debout sur le carrelage glissant je laissais l'eau brûlante ruisseler sur moi jusqu'à ce que ma peau soit rouge et amollie. Je prononçais son nom dans ma tête et j'essayais d'y comprendre quelque chose – lui, moi, Ruth, la difficulté de la situation. Je n'aurais même pas pu dire en quoi consistait précisément la difficulté. *Tu me manques.* Je lui manquais, je pensais sans arrêt à lui, à quelqu'un que je ne connaissais pas, mais que je voulais m'imaginer, encore et encore, je n'étais même plus capable de recomposer son visage dans mon souvenir, il ne restait que des éclats, ses yeux, sa bouche, un geste de sa main gauche, sa voix, peut-être en premier sa voix. J'ai essayé d'écrire une carte à Ruth mais après les premiers mots – « Chère Ruth » – impossible de continuer. La pluie tombait, tombait sur les toits argentés. Dans la nuit, allongée sur le lit de ma chambre d'hôtel, je fumais une cigarette dans l'obscurité, tendais l'oreille, à l'affût des bruits étrangers, rassurants de la rue et j'essayais de répondre à Ruth, de parler avec elle, *bon sang qu'est-ce que tu vas faire à Paris* ? J'ai dit à voix haute « Ce qui se passe, Ruth, c'est peut-être que tu ne cesses de te chercher toi-même, et que tu es capable de te regarder encore et encore, tandis que moi, contrairement à toi, je veux me perdre, m'éloigner de moi-même, et la meilleure façon pour moi d'y parvenir c'est de voyager, et quelquefois aussi d'être aimée ». Jamais je n'aurais parlé ainsi à Ruth et je me suis dit que cela aurait dû me faire peur, mais ça ne m'a pas fait peur. Ma voix dans l'obscurité m'était étrangère. Le matin, j'ai pris mon petit déjeuner à la Mosquée, près du Muséum d'histoire naturelle, du thé à la menthe et un gâteau poisseux, il n'y avait personne d'autre que moi et par la fenêtre ouverte la pluie pénétrait à l'intérieur, et aussi les moineaux, qui plongeaient du haut du plafond de la salle. J'avais perdu la notion du temps. Sur la place de la Madeleine un Africain m'a abordée, il voulait de l'argent pour acheter des timbres, pour pouvoir envoyer sa thèse à l'université, l'université n'acceptait que les thèses qui arrivaient par la poste, il avait envoyé tout son argent à sa famille en Afrique du Sud. Je lui ai donné dix francs, il a dit « C'est pas assez », je lui en ai donné vingt, puis trente, il continuait à tendre la main et me regardait comme s'il fallait que je paie pour tout autre chose. Je lui ai donné tout l'argent que j'avais dans la poche de mon pantalon, beaucoup trop, c'était ridicule. Il m'a présenté un bout de papier et un crayon et m'a enjoint de lui donner mon adresse, il me renverrait l'argent dès qu'il aurait trouvé du travail. J'ai écrit une adresse fantaisiste que j'ai aussitôt oubliée, il a rempoché le bout de papier et a dit très bas « Comment tu t'appelles ? ». Et puis il est parti, je l'ai regardé s'éloigner, l'expression de son visage était digne et méprisante, j'ai su tout à coup qu'il fallait que je parte, que je n'étais plus à l'abri. A la gare du Nord les gens affluaient, des femmes tziganes étaient accroupies sur des chariots à bagages, des enfants endormis dans leur giron et sur leur épaule, sur le panneau d'affichage les lettres se confondaient, des villes jaillissaient, des lieux lointains, puis disparaissaient, j'avais le mal du pays ou bien de la fièvre, rien ne se différenciait plus. J'ai pensé « Va-t'en, va-t'en, sauve-toi loin, le plus loin possible », la vendeuse de billets dans sa cage de verre me regardait fixement. « Berlin », j'ai dit, « un billet pour Berlin s'il vous plaît », et la sensation dans mon ventre, à ce moment-là, était incontestablement de la peur. J'ai introduit ma dernière pièce de monnaie dans un téléphone à pièces et j'ai composé le numéro de Ruth, je voulais lui dire « Ruth, maintenant je rentre à la maison, et là on sera fixé », j'espérais qu'elle dirait « Je sais », et peut-être aussi « Disparais », mais elle n'a pas décroché. Le répondeur s'est mis en marche et j'ai orienté l'écouteur vers le hall de la gare, le brouhaha, les annonces dans les haut-parleurs et les bruits de trains qui partaient, puis je l'ai reposé.

Curieusement, c'est Ruth qui a prononcé la phrase « J'aimerais bien être toi ». Pas l'inverse. Pas moi.

Je suis arrivée en fin de soirée à Berlin. L'appartement était étouffant et silencieux, il m'a paru totalement étranger – à qui ce lit, à qui cette chaise, à qui ces livres, ces papiers, ces tasses à thé, ces chaussures dans l'entrée. Sur le répondeur, la voix de Ruth, à trois reprises, un premier appel affectueux et nostalgique, « Tu me manques », disait-elle, en arrière-fond quelqu'un allait et venait dans la pièce, semblait-il. Un deuxième appel plus désinvolte – « Tu es là ? Allô ? Tu es rentrée ? » –, puis elle avait raccroché. La troisième fois, on aurait dit qu'elle avait pleuré, sa voix tremblait, elle disait simplement qu'il fallait que je la rappelle dès mon retour, à n'importe quelle heure, même au milieu de la nuit. J'ai défait ma valise, suspendu dans l'armoire les affaires que j'avais achetées avec Ruth et que je n'avais pas encore portées une seule fois, j'ai ouvert toutes les fenêtres et je suis allée me coucher. J'ai dormi, pas longtemps mais profondément, le lendemain matin le temps était venteux et gris, je suis allée faire des courses, puis rentrée à la maison, j'ai lu un journal, lavé du linge, parcouru mon courrier, dans tout ce que je faisais je pouvais me voir de l'extérieur, comme distanciée, de très loin, légère. Le soir le téléphone a sonné, je l'ai laissé sonner quatre fois alors que j'étais à côté, ensuite seulement j'ai décroché. « Tu es donc là », a dit Ruth. Sa voix était aussi proche que si elle se tenait près de moi. J'ai dit « Je viens tout juste de rentrer », elle a dit « Tu n'as pas besoin de t'excuser », j'ai dit « Non. Pourquoi je le ferais ? », et j'ai ri, Ruth ne riait pas. Elle a éclaté en sanglots et je l'ai laissée pleurer, j'étais là, assise, je regardais par la fenêtre, le ciel nocturne au-dessus du parc, pas de lune, pas d'étoiles, je m'imaginais Ruth dans sa chambre dans la lueur bleue de l'enseigne du parking, le cendrier d'argent sur la table, la photo sur l'appui de la fenêtre, les cheveux de

Ruth défaits, son visage inondé de larmes. J'ai dit « Ruth, allons Ruth », elle a pleuré assez longtemps. A un moment elle s'est arrêtée, s'est mouchée, nous nous taisions, et puis elle a dit « C'était comment à Paris ? » J'ai dit « Bien ». Elle a dit « C'est fini, tu sais. Avec Raoul, je veux dire. C'est fini », j'ai dit « Pourquoi donc ? », et elle a dit « Pourquoi donc. Bonne question ». J'ai songé que Ruth n'avait jamais été seule, les histoires d'amour, les relations, les amitiés s'enchaînaient sans interruption, à la fin d'un amour il y en avait toujours un nouveau, un plus grand, un plus beau, il me semblait que là, elle allait se retrouver seule pour la première fois. J'ai dit « C'est plus grave que d'habitude ? » et cette fois Ruth a ri, doucement, elle a dit « Non. C'est comme toujours. Mais quand même c'est la merde, non ? » Ils s'étaient disputés, il disait qu'il se sentait coincé, presque menacé, elle était allée trop vite pour lui, trop près, il n'était pas aussi amoureux qu'elle, au fond il n'était pas amoureux du tout. Elle l'avait appelé une nuit, ivre et désespérée, à l'hôtel, elle savait qu'il était là, pendant un temps incroyablement long il n'avait pas décroché et puis finalement si, il avait juste dit « Tu as perdu la tête » et il avait raccroché. Maintenant il l'évitait, dans trois jours il serait parti pour de bon et elle ne savait pas ce qu'il y avait de pire, de le voir et de ne pas pouvoir être avec lui ou de ne plus le voir du tout. Elle a dit « Ce qui est affreux, c'est que je me dis qu'il n'a pas compris qui j'étais, tu vois ? Il m'a rejetée sans que j'aie pu lui montrer ce que je suis réellement, il ne m'a pas laissée accéder à lui, il ne m'a donné aucune chance, c'est terrible, tu comprends ? » J'ai dit « Oui. Je comprends », et je la comprenais vraiment, seulement je me disais qu'il avait très bien compris qui elle était, et peut-être qu'elle le savait aussi. Ruth se taisait. Et puis elle a soupiré et elle a dit « Il ne s'était rien passé du tout, en fait. Nous nous sommes un petit peu embrassés, nous nous sommes raconté deux trois histoires, nous nous sommes promenés une fois dans la ville main dans la main. Rien de plus. Mais je suis tombée amoureuse malgré tout et il n'a pas voulu de moi, et ça me rend furieuse. Tu as dit que ce n'était pas un type pour moi ». Je n'ai pas répondu et Ruth a répété « Tu l'as dit, non ? » Ça m'a fait rire, puis elle a dit d'un ton sérieux « Pourquoi ce n'était pas un type pour moi ? » J'aurais pu rétorquer – parce que c'est un type pour *moi*, dans d'autres circonstances Ruth aurait peut-être trouvé ça drôle. Je ne savais pas ce que je devais lui répondre. J'ai dit bêtement « Peut-être qu'il a une pointure de trop pour toi », et Ruth a demandé, avec une incompréhension légitime « Qu'est-ce que ça veut dire ? » Je me suis levée et j'ai marché, le téléphone à la main, à travers l'appartement, la chambre de Ruth, sombre et lointaine au bout du couloir, quand j'y entrais je m'attendais toujours à voir son lit, son bureau, la chaise sur laquelle elle s'asseyait quand elle était triste. La chaise était maintenant près de la fenêtre de son appartement dans une autre ville. J'ai dit « Je n'en sais rien, Ruth, je ne le connais pas du tout, il est beau, je ne peux pas en dire plus, et j'ai eu le sentiment que vous ne vous compreniez pas ». « Oui. Possible », a dit Ruth simplement. Je me suis appuyée contre le mur, dans le couloir, et je me suis mise à genoux, d'un seul coup j'avais complètement perdu espoir, Raoul parti très loin, son visage dont maintenant je savais de nouveau comment il était. Je voulais apprendre de Ruth quelque chose qui pourrait me préparer à lui, je ne savais pas comment je devais le formuler, ce que c'était réellement, j'ai dit « Est-ce que vous avez couché ensemble ? » et aussitôt j'ai senti le sang me monter au visage. « Non », a dit Ruth, elle ne semblait pas trouver ma question drôle.

« Non, nous ne l'avons pas fait. Je crois qu'il ne voulait pas, ou alors peut-être qu'il ne voulait que ça, c'était bizarre. En tout cas nous n'avons pas couché ensemble et je ne peux pas te dire à quel point j'en suis heureuse. » Je me taisais et elle se taisait aussi, ou peut-être qu'elle épiait mon silence, et puis elle a dit « Est-ce que c'était la bonne réponse ? » et j'ai ri, gênée. Elle m'a interrogée encore une fois sur Paris, je lui ai un peu raconté, le Noir africain sur la place de la Madeleine, la chambre d'hôtel, les marchés africains dans les petites rues latérales du quartier, je me disais qu'en fait j'aurais dû la réconforter mais je ne savais pas comment, d'ailleurs elle ne semblait pas vouloir qu'on la réconforte. Elle a dit « Je te rappelle demain, d'accord ? », j'ai dit « Ruth. Fais bien attention à toi », elle a dit « Toi aussi, fais attention à toi » et elle a raccroché. J'ai bu un verre de vin à la cuisine, le réfrigérateur bourdonnait, j'ai pensé il va se manifester, bientôt. J'en étais certaine. Ensuite je suis allée me coucher, très tard dans la nuit je me suis réveillée parce que le téléphone sonnait, il a sonné trois ou quatre fois, puis le silence est retombé. J'étais allongée sur le dos et je retenais mon souffle.

Je n'aurais jamais pu expliquer à Ruth ce qui se passait. Je n'aurais pas pu lui expliquer ce qui m'arrivait, ce que je ressentais. Je n'avais jamais eu à expliquer quoi que ce soit à Ruth, elle ne posait pas de questions, même si bien des fois elle ne me comprenait certainement pas. Elle a été à mes côtés, pendant toutes ces années, dans les bons moments et dans les moins bons, parfois elle demandait « Pourquoi fais-tu ça ? », sans attendre de réponse, d'ailleurs je n'aurais pas pu lui en donner. Elle m'observait, elle me connaissait bien, parfois elle me singeait, imitait ma façon d'incliner la tête, de sourire, de détourner les yeux. Je n'avais pas de secret, elle le savait.

La lettre est arrivée le 20 septembre, cinq jours après mon retour de Paris. Avant de partir pour Würzburg, Raoul avait dû réussir à se procurer mon adresse au théâtre, il savait que c'était l'ancienne adresse de Ruth, de toute façon par Ruth il savait à peu près tout sur moi. Il était allé à Würzburg, avait vraisemblablement organisé son programme de répétitions et pris ses nouveaux quartiers, il était resté seul le temps d'une soirée ou peut-être même pas, et le lendemain il avait écrit mon nom sur une enveloppe et l'avait postée. Il était rapide. Dans l'enveloppe il y avait un billet aller-retour en seconde pour Würzburg, l'aller daté du 25 septembre, le train de midi, et une feuille de papier sur laquelle il y avait juste cette phrase « Ce serait bien si tu venais ». Curieusement, à la place de la signature il avait tracé en dessous un petit croquis de son visage, style bande dessinée, son visage vu de côté, son vilain profil. J'ai posé la lettre sur la table, c'était étrange et en même temps ce n'était rien du tout, une enveloppe blanche, étroite, avec mon nom dessus. J'avais trois jours pour me décider, mais c'était tout réfléchi, j'irais, je le savais. Pourtant je ne me sentais plus dans un état différent de mon état habituel, je ne me sentais plus portée par une grande attente, je dormais beaucoup, je me levais tard, à midi je traînais au bistrot devant chez moi, je buvais du café, lisais le journal, regardais la rue dans un sens puis dans l'autre, mais aucun visage. Le téléphone sonnait souvent, parfois je décrochais, parfois non, c'était toujours Ruth, généralement vers le soir. Elle n'allait pas bien mais pas vraiment mal non plus, elle avait pas mal de choses à faire et paraissait avoir trouvé des dérivatifs, mais elle parlait tout de même beaucoup de Raoul, rien que des questions, auxquelles elle donnait elle-même les réponses. Aucune occasion d'éclaircir la situation ne s'était présentée, il était parti sans qu'ils aient pu se reparler, « Estime-toi heureuse qu'il soit parti, ce crétin », lui avait dit la créatrice de masques, à plusieurs reprises. Elle a dit « J'aimerais bien lui écrire une lettre, est-ce que tu crois que je dois lui écrire ? », et comme je ne répondais pas, elle a dit « Ça n'a probablement pas de sens, pas le moindre sens, je sais ». Je me penchais par la fenêtre pendant que nous parlions et je lui faisais entendre la rue, le trafic au carrefour, les gens devant les cafés, des bribes de conversations, Ruth aimait bien ça, cette fois elle a murmuré « Arrête, ça va me donner le mal du pays ». Ce n'était pas difficile de parler avec elle au téléphone. Au cours de notre dernière conversation avant que je parte pour Würzburg, nous n'avons même plus parlé de Raoul, je n'ai pas posé de questions sur lui et Ruth n'a pas mentionné son nom, c'était comme s'il n'avait jamais existé. Elle m'a raconté qu'elle avait reçu un appel d'un théâtre de Hamburg, elle était assez tentée de rompre son contrat et de déménager de nouveau, cette perspective paraissait la réjouir et l'exciter, elle a dit « Comme ça on sera de nouveau beaucoup plus près l'une de l'autre ». Nous sommes restées longtemps au téléphone, je buvais du vin en même temps, à la fin j'étais ivre, d'humeur mélancolique, j'ai dit sincèrement « Ruth, tu me manques beaucoup », et elle a répondu « Oui, toi aussi ». Puis nous avons raccroché, je suis allée me coucher et je n'arrivais pas à m'endormir, il est vrai que la rue était bruyante et pleine de gens jusque tard dans la nuit, j'étais couchée, aux aguets, et je n'avais dans la tête qu'une seule image, absurde – Raoul, qui me portait dans ses bras à travers un appartement sombre, inconnu, on suivait un couloir, on traversait beaucoup de pièces et pour finir il me déposait dans un lit, tout doucement, comme si j'étais un enfant. Le matin du 25 septembre, j'étais debout devant mon armoire, indécise, je ne savais pas combien de temps j'allais rester – une nuit, quelques jours, toujours ? –, je ne savais pas ce qu'il voulait, et ce que je voulais, moi, je ne le savais pas non plus. Finalement, je n'ai rien pris d'autre que ma brosse à dents, un livre et une chemise de nuit, j'ai débranché le répondeur, fermé à clé la porte de l'appartement, et je suis partie pour la gare, beaucoup trop tôt.

Qu'y a-t-il, qu'y aurait-il encore à dire sur Ruth et moi ? Une seule fois nous nous sommes embrassées, la nuit, dans un bar, et seulement pour se débarrasser de quelqu'un qui ne voulait pas lâcher Ruth, Ruth s'est penchée vers moi et m'a embrassée sur la bouche, un baiser ardent et tendre, elle sentait le chewing-gum, le vin et la cigarette, sa langue était étrangement sucrée, elle m'a bien embrassée et je me souviens que je me suis dit, très surprise, « Alors c'est comme ça, quand on embrasse Ruth ». Je me suis dit que nous aurions dû nous sentir gênées après ça, mais non, nous ne l'étions pas, pourtant nous n'en avons plus jamais reparlé. L'admirateur de Ruth a disparu sans demander son reste. Quand nous étions plus jeunes, Ruth était plus exaltée, plus exubérante, elle buvait beaucoup et adorait danser sur les comptoirs des bars et sur les tables, j'aimais bien ça et je l'y encourageais, je la pressais – « Danse sur la table, Ruth, vas-y ! » –, elle poussait résolument les verres sur le côté, shootait dans les cendriers avec ses chaussures à talons hauts et elle dansait, provocante. Beaucoup plus tard seulement elle s'est rebiffée, parfois même elle se fâchait, elle disait « Je ne veux pas être ta vie de substitution ou quelque chose de ce genre ». Nous portions les mêmes vêtements, des jupes longues, des manteaux à col de fourrure, des chaînes avec des perles autour du cou, nous ne nous ressemblions jamais. Mais je ne sais plus qui a dit « Vous êtes comme des inséparables, ces petits oiseaux jaunes des Canaries, vous êtes toujours assises pareil et vous bougez vos têtes toujours au même rythme », une comparaison que nous aimions bien. Parfois, quand on nous posait une question, nous répondions en même temps, et exactement la même chose. Mais nous lisions rarement les mêmes livres et nous n'avons jamais pleuré ensemble sur quelque chose. L'avenir, qui au début n'existait tout simplement pas et qui, ensuite, nous est apparu de plus en plus comme un espace dans lequel nous devions nous installer, c'était un avenir commun, à Ruth et à moi, Ruth n'avait pas peur de dire « Nous ne nous séparerons pas ». Je l'ai souvent regardée en essayant de m'imaginer comment elle serait quand elle serait vieille, je n'y suis jamais arrivée. C'est quand elle rit qu'elle est la plus belle. Quand elle reste assise sans rien dire, je ne sais pas ce qu'elle pense. Ses sourcils sont étirés en deux minces croissants argentés, ses mains sont très petites. Il y avait des moments où elle ne m'écoutait carrément pas quand je lui racontais quelque chose. Il n'existe pas de photo où nous soyons toutes les deux. Est-ce que je connaissais vraiment Ruth ?

Le voyage en train de Berlin à Würzburg a duré six heures et pendant ces six heures j'étais heureuse. J'ai lu et j'ai dormi, et sur mon sommeil, qui était léger, venaient se greffer des rêves de quelques secondes, Ruth dans un escalier, se retournant pour me regarder, muette, Raoul à la table de la cantine du théâtre, seul, un étranger, ma chambre vide dans l'appartement de Berlin, la lumière du soleil sur le plancher, la voix du contrôleur, « Dans quelques minutes nous arriverons à Braunschweig », Ruth chuchotait quelque chose, mes jambes s'engourdissaient, dans une ville quelconque Raoul debout sous l'avant-toit d'un hôtel sous la pluie, je me réveillais de nouveau, le visage bouffi et brûlant. Je suis allée fumer une cigarette au wagon-bar, des silhouettes voûtées étaient assises devant des verres de bière, silencieuses, derrière les fenêtres teintées défilait un paysage de collines vertes, les champs déjà moissonnés, sur les fils télégraphiques qui se balançaient une longue chaîne sombre de petits oiseaux. Le train roulait, roulait, et jalonnait le temps, creusait les distances, il se rapprochait inéluctablement, et j'aurais voulu retourner en arrière, à la maison, et plus encore, dans un lointain autrefois, et en même temps j'étais si impatiente que mon estomac me faisait mal, et ma tête, et mes membres, Ruth, me disais-je, Ruth, j'aimerais tellement te raconter. Je suis retournée à ma place, j'ai parcouru le couloir, je suis passée au milieu des visages tournés vers moi, des regards, j'ai lu et puis je n'ai plus été capable de lire, j'ai regardé par la fenêtre et je me suis sentie très fatiguée, mes mains tremblaient, j'avais les jambes molles, encore une heure jusqu'à Würzburg, encore une demi-heure, on arrive. Dans les faubourgs les lampadaires des rues se sont allumés, les lumières dans les maisons, petites fenêtres claires dans le crépuscule. Cette vie-là peut-être ? Cette table sous cette lampe dans cette pièce avec cette vue sur le jardin, des asters défleuris, des parterres recouverts de branches pour l'hiver, une balançoire d'enfant, une terrasse en béton, allons, me disais-je, allons, ma nostalgie était à la fois terrible et stupide. Le train a ralenti, continué sur son élan, c'était un vague réconfort, je me suis levée, avec mon petit sac, mon manteau, mon visage brûlant, j'ai songé « Raoul, je suis affreusement triste », le train s'est arrêté, d'un seul coup, résolument, il s'est immobilisé. Würzburg, gare centrale, 18 heures 22. J'ai pris place dans la longue file des gens qui s'apprêtaient à descendre, un pas, encore un pas, encore un pas, personne ne m'a arrêtée, je me suis retrouvée sur le quai et je me suis mise à marcher, direction la sortie, et quand enfin j'ai vu Raoul, j'ai immédiatement su, avec une certitude inéluctable, que je m'étais trompée. Il se tenait au bout de la voie, appuyé contre un tableau d'affichage, il portait un manteau que je ne lui avais jamais vu au théâtre, il avait ses lunettes, il paraissait un peu hautain et avait l'air de s'ennuyer, les bras croisés sur la poitrine, les épaules hautes. Il était là comme quelqu'un qui vient chercher quelqu'un à la gare, qui l'attend, plein d'espoir, peut-être un peu troublé aussi, il était là, comme tous les autres, et il n'avait pas peur. J'ai marché vers lui et j'ai vu qu'il n'avait pas peur, qu'il était mal à l'aise certes, et nerveux, mais la peur, cette peur qui était en moi et qui me déstabilisait, lui ne l'éprouvait pas. Quand il m'a vue, son air ennuyé s'est transformé en quelques secondes en une expression de joie, de bonheur convaincant et en même temps d'incrédulité ; il a fait deux, trois pas rapides pour me rejoindre, et avant même que j'aie pu me défendre, il m'a attirée contre lui et m'a enlacée. Je ne savais pas où mettre mes mains, mes bras, ma figure, je l'ai enlacé moi aussi, nous sommes restés comme ça, debout, il sentait la lotion après-rasage, la peau de ses joues était douce, la monture de ses lunettes appuyait un peu contre ma tempe, c'était presque pas possible de sentir son contact, tout d'un coup comme ça, et seulement maintenant. Pendant un long moment il ne m'a pas relâchée, il disait « C'est bien, c'est bien, comme c'est bien que tu sois venue », je ne savais pas ce que je devais répondre, et puis il m'a prise par la main et m'a entraînée derrière lui à travers le hall de la gare. Il a dit que nous allions manger quelque chose, il avait réservé une table au chinois, il avait faim, est-ce que j'avais faim moi aussi. Je n'avais pas faim. Dans le parking de la gare nous sommes montés dans sa voiture, une petite Alfa Roméo rouge, je ne m'étais encore jamais assise dans une Alfa Roméo et j'aurais eu envie de le dire, mais ça m'a paru idiot et je n'ai rien dit. Il a mis le contact, démarré en trombe, m'a regardée, a secoué la tête, hilare, quelque chose semblait le réjouir infiniment. As-tu fait bon voyage ? Quel temps faisait-il à Berlin ? Des nouvelles de Ruth ? A la dernière question je n'ai pas répondu, aux deux premières non plus, d'ailleurs. Il s'est garé quatre rues plus loin sur un stationnement interdit. Le chinois où il avait réservé une table était absolument désert, une famille chinoise derrière le comptoir, qui nous fixait sans bouger d'un air sinistre, jusqu'au moment où l'un d'eux s'est mis en mouvement et nous a apporté un menu chiffonné. Raoul a commandé une entrée et un plat, je voulais une salade, et encore, je me sentais mal, l'estomac noué. « Un thé au jasmin, s'il vous plaît », ai-je dit au visage fermé du serveur. Nous étions assis face à face et nous nous regardions, il ne semblait pas qu'il puisse se passer autre chose, voilà, me disais-je, je suis venue à Würzburg juste pour le regarder, comme on veut regarder quelqu'un que l'on a décidé d'aimer. Raoul faisait ça très bien, il soutenait mon regard ou moi le sien, ses yeux étaient grands, largement ouverts, ils paraissaient bruns, couleur d'ambre, avec dans les coins un sourire qui ne voulait pas céder. Nous nous regardions, et je devais y mettre toutes les forces dont je disposais, jusqu'au moment où le serveur est enfin entré et a posé sur la table le thé au jasmin, l'entrée, ma salade. J'ai détourné mon regard des yeux de Raoul, dans lesquels il n'y avait plus de lumière, aucune profondeur et aucune promesse, et j'ai décidé de ne pas me remettre à le regarder de cette manière, ça ne changerait rien. Raoul mangeait, ce n'était pas comme à la cantine du théâtre, maintenant il mangeait comme un homme ordinaire, il manipulait les baguettes avec dextérité, disséquait les légumes, le poisson, tout en parlant, il racontait avec un naturel que je trouvais époustouflant. En fait, nous n'avions quasiment pas parlé pendant ces quatre jours avec Ruth, nous n'avions prononcé que des paroles décousues, dont l'absurdité totale semblait l'enivrer autant que moi. Il avait lancé la phrase « Tu me manques » au visage d'une parfaite étrangère, en pleine utopie, avec le vœu que la phrase atteindrait son but puis se dissiperait – alors ce serait rien, ou bien tout. C'est ce qui s'était passé et à présent il était assis devant moi et mangeait des nouilles chinoises en buvant une petite gorgée de bière de temps en temps, il me souriait et me parlait de la mise en scène de Musil, de ses collègues, des brouilles internes. Je hochais la tête docilement et je disais « Aha » et « Non, sans blague », qu'est-ce que je m'étais imaginé ? Autre chose ? Rien du tout ? Allons, quelle suite aurions-nous dû donner à ça ? Je pressais mes paumes de mains l'une contre l'autre sous la table, elles étaient froides et moites, mon cœur battait, je me sentais mal, je pensais à Ruth, à Ruth, « Est-ce que tu lui as dit que tu es ici ? » a demandé Raoul. J'ai secoué la tête et il m'a regardée, il attendait quelque chose, on aurait dit qu'il voulait en parler avec moi, que cette trahison envers elle que j'avais commise à cause de lui l'excitait et le ravissait, qu'il voulait la savourer encore un peu, mais au moins je ne lui ai pas fait ce plaisir. J'ai secoué encore une fois la tête et il a haussé les épaules avant de replonger dans son assiette, il aimait manger, je le voyais bien. Nous sommes restés peut-être deux heures à cette table, dans ce restaurant où pendant tout ce temps aucun autre client ne s'est montré, c'était comme si le monde au-dehors avait été englouti et qu'il ne restait plus que nous – lui et moi et la famille chinoise qui, après nous avoir servis, était retournée derrière son comptoir, parfois je les entendais trépigner doucement. Il a beaucoup parlé pendant ces deux heures, moi très peu, de temps à autre il s'interrompait et me regardait, et avant que nous ne courions le risque de nous regarder de nouveau comme des amoureux, ou avant qu'il ne puisse me poser une question, c'était moi qui lui en posais une. Je l'ai interrogé sur son père, sa jeunesse, l'Irlande, son ex-femme, et il s'est laissé interroger de bon gré et a répondu sans hésitation. « Un coup de chance », lui avait dit une fois un ami à qui il parlait de la mort prématurée de son père, alors il lui avait foutu son poing dans la gueule par-dessus la table, à cet ami, mais à présent il regrettait, il comprenait ce que l'autre avait voulu dire, cette solidité, cette invulnérabilité, cette maturité que la mort prématurée de son père lui avait apportées. Au théâtre personne ne le connaissait vraiment, il faut dire qu'il n'était pas à proprement parler un comédien mais seulement un aventurier, un solitaire, d'ailleurs il ne resterait plus très longtemps, ce qu'il voulait c'était écrire des histoires, des pièces de théâtre, des poèmes, montrer qui il était, il disait « Je veux montrer qui je suis ». L'ex-femme était à Munich avec l'enfant, une relation difficile, et impossible à clore définitivement, ils avaient été trop longtemps ensemble. Et puis la lumière en Irlande était sublime, les grands espaces, la couleur des prés quand le vent qui les parcourt rebrousse l'herbe et la blanchit – l'image même qu'il avait utilisée des semaines plus tôt pour décrire la couleur des yeux de Ruth, mais ça ne m'émerveillait déjà plus. A un moment donné il a supposé qu'il m'avait montré suffisamment de lui-même, chaque réponse avait été une anecdote censée me permettre de composer l'image d'un homme, il semblait en avoir assez pour l'instant. Moi, je lui avais montré mon beau silence, ma bouche, mes mains, ma tête inclinée sur le côté. J'avais mal à la nuque. Il a fait signe au serveur qui nous a apporté l'addition et deux petits bols de porcelaine remplis d'alcool de riz, au fond on voyait une femme nue qui écartait les jambes et qui a disparu aussitôt que j'ai eu fini l'alcool. Il a payé, refusé mon argent, salué d'un signe de tête les Chinois qui n'ont pas bougé, et nous sommes partis, dehors il faisait déjà nuit, et il y avait du vent. Nous sommes remontés dans la petite voiture, il a dit « On va à la maison, d'accord ? », une formulation qui visait peut-être à me réconforter. Nous avons traversé la ville morte à un train d'enfer et puis il a ralenti, tourné dans une rue latérale et garé la voiture devant une petite maison enchâssée entre deux grandes villas. Le théâtre avait mis à sa disposition ce logement au lieu d'une chambre d'hôtel, deux pièces, cuisine, salle de bains et un jardin ; il disait qu'il préférait ça plutôt qu'une chambre d'hôtel, de toute façon il en avait marre de la vie d'apatride. Nous sommes descendus de la voiture, je titubais un peu, je me suis cramponnée à la clôture du jardin et j'ai respiré à fond. Je serais bien restée un petit moment dans ce jardin obscur. Mais il a tout de suite ouvert la porte, m'a fait entrer dans la maison, a allumé la lumière, posé mon sac dans l'entrée, est allé chercher du vin à la cuisine, m'a avancé une chaise. « Assieds-toi », a-t-il dit, « assieds-toi, j'ai encore un truc à faire et puis on boit quelque chose, d'accord ? » Je me suis assise, j'ai enlevé mon manteau, allumé une cigarette. La pièce était minuscule et basse de plafond, une table, deux chaises et un bureau sur lequel étaient posées les choses qu'il avait toujours avec lui, disait-il – deux trois livres, un petit éléphant en cuivre, un stylo Pelikan, une grosse pierre grise. Un escalier étroit et raide menait à l'étage supérieur, la chambre probablement. J'étais assise et je le regardais aller et venir dans la pièce, vider son sac, ranger des textes de théâtre sur le bureau, plongé dans ses pensées ou peut-être pas, il m'a versé du vin, s'est servi également, je l'ai bu aussitôt, tout m'était complètement égal, c'était terrible. Il n'y avait rien. Il n'y avait pas de mot qui aurait pu prendre place entre nous, pas de silence et pas d'intimité, même pas d'effroi devant l'autre, ma peur aussi avait disparu, tout ce que je m'étais figuré, les images, Raoul sous la pluie, Raoul qui me porte jusqu'au lit, plus la moindre émotion ne m'agitait. Un homme grand, lourd, qui marche dans une pièce où la lampe projette un faisceau de lumière dorée sur la table en bois. La cigarette avait un goût âpre, amer, c'était bon. Je buvais mon vin et je me resservais sans arrêt, il s'est assis brièvement à côté de moi à la table et il a dit quelque chose, et puis il a dit « On va se coucher ». Je me suis lavé les dents devant le miroir de la salle de bains et je me suis passé de l'eau sur le visage jusqu'à ce qu'il soit rose et doux, des gouttes d'eau dans les cils, de l'eau sur les tempes, puis j'ai enfilé ma chemise de nuit, je me suis appuyée des deux mains au mur carrelé de la salle de bains et j'ai repris mon souffle. J'ai grimpé l'escalier étroit et je suis entrée dans la toute petite chambre, Raoul était déjà couché, apparemment nu, étendu sur le ventre, il s'est poussé sur le côté et a soulevé la couverture. Je me suis allongée dessous et je me suis aussitôt tournée vers lui, il allait interpréter ça de travers, je le savais, mais il n'y avait pas d'autre possibilité que de le toucher tout de suite, de l'étreindre, de me cramponner à lui, son corps était étonnamment moelleux et chaud, toute cette peau, toute cette surface bizarre, insolite, quel culot incroyable. Je l'ai touché et, effectivement, il l'a aussitôt interprété de travers, il n'a rien perçu de mon écœurement, de mon appréhension et de ma peur, j'ai dit « Je ne veux pas », et il a dit « Pourquoi tu ne veux pas ? », j'ai dit « Je ne sais pas », c'était exact, je ne savais vraiment pas pourquoi, je savais seulement que je ne voulais pas, alors il a dit « Mais nous le ferions de toute façon, tôt ou tard ». Il avait raison, non ? J'étais là sous la couverture fraîche, il faisait sombre, il avait éteint la lumière, son visage était méconnaissable dans l'obscurité. Il a dit « Mais nous le ferions de toute façon, tôt ou tard », et j'ai dit « Oui » en direction de ce visage méconnaissable, « bien sûr, nous le ferions ». Savoir qu'il avait raison, discerner cette logique absurde et son impossibilité simultanée me remplissait d'une gaieté inattendue, insensée. Il n'a pas dit « Tu vois bien ». Mais il l'a pensé, et pendant qu'il faisait ce qu'il aurait fait de toute façon à un moment ou à un autre, j'étais couchée là et je ne pouvais m'empêcher de rire, doucement, et violemment, et sans plus vouloir arrêter, et il riait aussi, mais différemment, et je me cramponnais au bord du lit et je pensais à Ruth. A sa façon d'arriver dans la cuisine le matin et de se faire un café, de s'asseoir avec moi à la table et de parcourir le petit bout de papier sur lequel elle a noté son programme de la journée – aller à la poste, au supermarché, à la droguerie, appeler H. et D., cadeau pour M., renvoyer la facture de téléphone –, et puis ç'a été fini, et puis de nouveau non, et puis finalement si, chacun a roulé de son côté, il s'est retourné, son dos était comme un grand paysage, et je me suis endormie.

Le matin, c'est une sonnerie de réveil qui m'a tirée du sommeil, il devait être très tôt, la lumière dans la pièce était encore grise, ma main gauche était engourdie et mes épaules me faisaient mal. J'ai été tout de suite réveillée, tout de suite tendue, sur mes gardes. Raoul à côté de moi a gémi, il a rejeté la couverture, éteint le réveil et il s'est levé, son corps nu était lourd, compact et dans la lueur de l'aube il avait quelque chose d'étrangement diffus. Il a commencé posément à s'habiller, à un moment il s'est brusquement tourné vers moi comme s'il venait juste de se rappeler que j'étais là, qu'il y avait quelqu'un dans son lit. Comme il a vu que j'étais réveillée, il m'a souri et il a dit « Maintenant il faut que j'apprenne mon texte, et la répétition commence à neuf heures, tu peux continuer à dormir encore un peu », j'ai dit « Quelle heure est-il ? », il a dit « Presque sept heures », nos voix étaient rauques, éraillées. Il a ouvert le petit velux, l'air froid matinal a pénétré dans la pièce, et l'humidité, presque palpable. Dans l'escalier étroit et raide il a fait demi-tour et il est revenu sur ses pas, il s'est arrêté sur le seuil de la porte et il a dit « A quelle heure, ton train ? » Je crois qu'il m'a assené ce coup tout à fait consciemment mais j'étais suffisamment réveillée et rapide pour ne pas paraître décontenancée ou blessée ou surprise, je n'avais aucune idée de l'heure de mon train, je n'avais même pas pensé qu'il pourrait y avoir un train du retour. J'ai dit gentiment « A 8 heures 42 », et il a dit tout aussi gentiment « Dans ce cas je peux encore te déposer à la gare ». Puis il a disparu, je l'ai entendu préparer de l'eau dans la cuisine, la porte du réfrigérateur s'est ouverte puis refermée, il a dû aller faire un bref tour dans le jardin, il a mis la radio. Je me suis assise sur le bord du lit, j'ai posé mes pieds nus l'un à côté de l'autre, j'ai serré les genoux, posé mes mains contre mes hanches et creusé les reins. J'ai pensé une seconde, avec ravissement, à l'expression *rassembler ses abattis*. Puis je me suis habillée et je suis descendue, Raoul était assis au bureau et lisait à voix basse, en balançant son buste d'avant en arrière. Il a dit « Dans la cuisine il y a du café et quelques fruits, je n'ai malheureusement pas de quoi faire un véritable petit déjeuner », sans tourner les yeux vers moi, j'ai pris une mandarine sur la table de la cuisine, je me suis versé du café dans un mug, « Il est sept heures trente » a dit la voix de l'animateur de radio. Je ne savais pas où je devais me mettre, je ne voulais pas le déranger, dans la cuisine il n'y avait pas de chaise, retourner au lit était impossible, alors je suis sortie dans le jardin. Le jardin allait jusqu'à la rue, un étroit rectangle d'herbe non coupée, deux arbres fruitiers, une plate-bande en friche, une poubelle, un vieux vélo, sur l'herbe devant la clôture une balançoire suspendue à une barre à tapis. Le gazon était sombre et détrempé par la nuit, autour des arbres des tas de feuilles qui bruissaient. Il faisait grand jour à présent, le ciel était clair et d'un bleu délavé. J'ai monté et descendu une fois le chemin du jardin, puis je me suis assise sur la balançoire. Le café était brûlant et fort, je l'aurais bien bu comme Ruth le buvait toujours, en une seule longue gorgée, mais mon estomac s'est rebiffé. Je me suis balancée un peu en avant, en arrière, je savais que Raoul pouvait me voir par la fenêtre et j'ai craint en me balançant ainsi, et rien qu'en étant assise sur cette balançoire, d'offrir une certaine image, un peu trop cliché, métaphorique, mais après ça m'était égal. La rue était silencieuse, un alignement de maisons individuelles, des voitures chères le long du trottoir sous des tilleuls presque dénudés. On ne voyait quasiment personne, mais j'entendais à présent des voix au loin, des voix d'enfants qui se rapprochaient, et puis je les ai vus, des écoliers avec des sacs à dos de toutes les couleurs, des sacs de gymnastique, des chaussures de sport attachées ensemble et jetées sur l'épaule, ils descendaient la rue, en route pour l'école qui se trouvait sur le trottoir en face. Je distinguais le large portail qui donnait sur la cour de récréation, des silhouettes en papier découpé collées sur les fenêtres, la pendule dans le pignon du toit.

Les enfants sont passés devant le jardin, ils ne m'ont pas remarquée. Je les observais, ils marchaient par petits groupes, quelques-uns tout seuls, plus lents et encore tout endormis, plongés dans leurs pensées, d'autres main dans la main, s'interpellant bruyamment et avec conviction. « Attends ! Atten-en-ends ! » a crié un enfant à un autre devant lui, et il s'est mis à courir, le sac clapotait sur son dos. J'épluchais ma mandarine et je les regardais, de la mandarine montait un parfum fruité, sucré, qui me décontenançait. Raoul était assis derrière moi dans la maison, il lisait Musil, il travaillait, il était réveillé, les choses auraient pu être autrement qu'elles n'étaient, mais comme ça aussi c'était bien. J'ai mangé la mandarine quartier par quartier, la cloche de l'école a sonné et même les enfants les plus lents se sont mis à courir en désordre, se bousculant ou cherchant à saisir une main, aucun n'a tourné la tête vers moi. Je me suis balancée un peu plus vite. La cloche de l'école a sonné encore une fois puis s'est tue, comme cassée. La porte de la maison s'est ouverte, Raoul a crié mon nom et je me suis retournée vers lui. Peut-être ai-je encore espéré quelque chose, une dernière fois, mais pas vraiment. Il a dit « Il faut qu'on y aille », je me suis levée et je suis rentrée dans la maison, j'ai posé mon mug à café sur la table de la cuisine, les épluchures de mandarine à côté, j'ai enfilé mon manteau. Nous sommes montés dans la voiture et nous avons démarré, dans les grandes rues le trafic était déjà dense, aux feux les gens attendaient, en route vers leur travail, le bureau, l'usine, j'avais le cœur léger. Je crois que nous n'avons plus tellement parlé, il avait l'air de mauvaise humeur, il disait qu'il ne savait pas bien son texte, et surtout les répétitions étaient effroyables, il se parlait plutôt à lui-même. Il s'est arrêté juste devant la gare en double file et il a dit « Je ne peux pas t'emmener au train, de toute façon je vais déjà arriver en retard », et j'ai dit sincèrement « Ça ne fait rien ». Nous nous sommes étreints dans la voiture, très vite, à peine, il m'a embrassée sur la joue, et je suis descendue. Je suis rentrée dans la gare sans me retourner, je l'ai entendu accélérer et s'en aller. Le train pour Berlin partait à 9 heures 04, je me suis assise à une place côté fenêtre, j'ai ouvert mon livre et j'ai lu jusqu'à Berlin – Zoologischer Garten, sans pouvoir par la suite me rappeler une seule ligne.

Plus tard je me suis dit que j'aurais dû l'écouter vraiment. Je ne sais pas si cela aurait changé quelque chose, si j'aurais pris une autre décision, mais tout de même, j'aurais dû l'écouter vraiment. Il avait dit « Es-tu celle pour laquelle je te prends ? » et j'avais compris tout à fait autre chose que ce qu'il avait voulu dire. Il m'avait devinée malgré tout. En réalité il avait dit « Es-tu une traîtresse, quelqu'un pour qui rien ne compte et dont on ne peut exiger aucune promesse ? » Il avait demandé « Est-ce que tu trahirais Ruth pour moi ? » et j'avais répondu « Oui ». Ruth, qui est assise devant moi, nue, les jambes relevées, une serviette enroulée autour de ses cheveux mouillés, son visage, elle dit « Promets-moi », elle n'aurait pas dû dire ça. Je n'ai jamais dit à Ruth « Il fallait que je sache, Ruth, ça n'avait rien à voir avec toi ». Je ne lui ai jamais parlé non plus des écoliers, de leurs visages, du parfum de la mandarine, du matin. A l'époque où nous habitions encore ensemble, nous avions l'habitude de nous écrire des petites lettres quand nous étions séparées, en revenant ou avant de partir. Quand je rentrais à la maison sans Ruth, à quelque heure que ce soit, il y avait toujours, alors qu'elle dormait déjà, un petit mot posé sur la table de la cuisine, un petit bonjour, un bref et tendre message, quelques phrases, parfois plus, parfois moins, Ruth n'oubliait jamais. Aujourd'hui j'ai retrouvé une de ces lettres, en marque-page dans un livre, un peu froissée, pliée en deux. La grande et belle écriture contournée de Ruth, « Ma chérie, ça va bien ? J'ai eu une longue journée et je vais me coucher – 22 heures –, mes pieds sont complètement bousillés à cause de ces saloperies de chaussures neuves. J'ai fait les courses, des fruits, du lait et du vin, il n'y avait pas d'argent pour acheter plus. A. a appelé et demandé où tu étais, alors j'ai dit elle est dehors, elle cherche sous chaque pavé au cas où elle trouverait un message, est-ce que je n'aurais pas dû dire ça ? Bonne nuit et à demain, je t'embrasse, R. ».

Bleu glacier

Le paquet arrive tôt le matin. Le facteur lui fait payer un supplément, parce que Jonas ne l'a pas suffisamment affranchi, le paquet est adressé aux deux noms, à Jonina et à Magnus, Magnus dort. Jonina s'assied sur le canapé gris près de la fenêtre, il fait encore sombre et elle doit allumer la lumière. Elle n'hésite pas une seconde. Peut-être fait-elle comme si elle hésitait, mais ce n'est pas vrai, l'idée ne lui vient même pas d'attendre que Magnus soit levé. Le paquet est rectangulaire et étroit, un peu lourd, avec une étiquette portant la mention *handle-with-care*, le papier d'emballage est collé n'importe comment avec du scotch, c'est un miracle qu'il soit arrivé intact. Elle déchire le papier et sort la photo encadrée, très soigneusement encadrée, la photo dans un passe-partout vert, avec une carte, rien d'autre. « La photo arrive un peu tard, mais nous n'avons cessé de penser à vous. Une belle heure bleue, beaucoup trop brève, le 3 décembre à onze heures du matin. Salut et à bientôt. Jonas. » La formule *un peu tard* pourrait la faire sourire, il s'est écoulé exactement un an, ce n'est pas rien, peut-être que pour Jonas c'est peu. Elle préfère ne pas s'appesantir sur ce *à bientôt*. Sur la photo, on voit la lune au-dessus de la route qui mène à l'ancienne

Thingplatz. Le ciel est d'un bleu lumineux, translucide, tout le reste est blanc, la route est blanche, les montagnes sont blanches, enfouies sous la neige. Magnus, Irène et Jonina marchent vers l'appareil photo, Magnus est au centre, il est flou, on ne reconnaît pas son visage. Jonina marche à sa droite, Irène à sa gauche. La distance qui sépare Jonina et Magnus est plus grande que celle qui sépare Irène et Magnus. Irène rit, elle avance droit devant elle. Jonina semble vouloir sortir de l'image sur la droite, mais elle regarde l'appareil bien en face. Jonas se tenait au milieu de la route, l'appareil juché sur son trépied, il s'inquiétait parce que la lumière risquait de changer, il leur avait crié – « On y va ! » Jonina se rappelle comment il était à ce moment-là, son bonnet de laine profondément enfoncé sur les yeux, sa veste de fourrure ouverte, pestant contre le froid, enthousiaste.

Ce n'est pas que Jonina ait oublié la belle heure bleue, beaucoup trop brève. Elle ne l'a pas oubliée, elle s'en souvient très précisément, et si elle veut, tout le reste lui revient aussi, tous les détails des sept journées. L'étoile soviétique sur la boucle de ceinture de Jonas, la bague à la main gauche d'Irène, une pierre de lune dans un sertissage ovale, l'*Absolut Vodka* au goût d'airelle dans une grande bouteille embuée de glace. Le café avec lait et sans sucre pour Magnus dans un petit restaurant sur le boulevard périphérique en direction du nord, le bulletin météorologique du troisième jour qu'ils ont passé ensemble, le dessin d'enfant de Sunna – deux bonshommes de neige en train de se battre – et la couleur des yeux de Jonas, verts, vert foncé avec un petit cercle jaune autour de l'iris. Elle n'a rien oublié de tout cela. Simplement elle avait cessé d'y penser, y penser ne provoquait plus en elle qu'un pénible sentiment de lassitude. Et maintenant elle tient cette photo dans sa main, un matin à neuf heures, il ne fait même pas jour, et tout lui revient. Ce n'est pas elle qui le décide et elle ne peut pas non plus résister – qu'elle le veuille ou non, ça lui revient. Elle se revoit dans la voiture avec Magnus roulant dans la Barugata, tandis qu'Irène et Jonas restaient sur le bord de la chaussée à leur faire signe, « Et voilà », a dit Magnus et Jonina a eu envie de dire, « Arrête-toi. Laisse-moi descendre. Laisse-moi descendre », mais elle n'a rien dit, et ils ont tourné au coin de la rue, et Irène et Jonas ont disparu, volatilisés, une fois pour toutes, et voilà. Elle pourrait accrocher la photo au mur au-dessus de la table, au mur laqué de gris, brillant, immaculé, et surprendre Magnus quand il se lèvera. Elle pourrait enfoncer un clou dans la perfection de ce mur fraîchement peint et y accrocher la photo, c'est une belle photo. De toute façon il faut mettre des images sur les murs de cet appartement. Il faut acheter des choses, il faut introduire du désordre et de la saleté dans cette propreté sans âme, sinon elle ne va pas s'en sortir. Mais pas cette photo. Tout, mais pas cette photo, pas le beau regard de Jonas sur cette heure bleue qui fut beaucoup trop brève.

Irène et Jonas arrivent en Islande à la fin de novembre, pour la toute première fois. Magnus sait depuis un mois qu'ils vont venir, et il ne le dit à Jonina qu'assez tardivement, « Je vais recevoir de la visite de Berlin, demain », Jonina ne lui demande pas pourquoi il a si longtemps hésité à lui communiquer la nouvelle, ça va le mettre mal à l'aise, une visite venue du passé met toujours mal à l'aise. Elle, elle est plutôt curieuse. Elle connaît Magnus depuis deux ans et demi. Elle ne l'avait jamais rencontré auparavant, ce qui est inhabituel dans les relations entre Islandais, mais c'est ainsi que les choses se sont passées. Ils ne sont pas allés à l'école ensemble, ils ne sont pas des parents éloignés, ils ne se sont pas trouvés par hasard en même temps au même concert de rock, ils se sont vus en 1999 pour la première fois. Plus tard, il s'est avéré que Bjarni, le père de Sunna, la fille de Jonina, avait été le meilleur ami d'école de Magnus, ils ont constaté cela à une époque où le contact était rompu depuis longtemps entre Jonina et Bjarni. Magnus a grandi sur la côte ouest et Jonina sur la côte est. A vingt ans, Magnus va à Berlin, Jonina, elle, va à Vienne. Magnus fait des études de psychologie, Jonina des études littéraires, ils rentrent en Islande à peu près au même moment, douze ans plus tard. Tous les Islandais finissent par retourner en Islande, presque tous, ils étudient ou travaillent à l'étranger, ils y vivent dix, douze, quinze ans, et puis ils en ont assez et ils rentrent. Presque tous. Jonina n'est jamais allée à Berlin. Elle ne sait pas à quoi ressemble la ville où Magnus a vécu douze ans, elle est incapable d'imaginer à quoi il ressemblait dans ces années-là, comment il était, ce qu'il faisait, comment il parlait allemand et passait ses journées avec des filles allemandes. Quand ils font connaissance, ils parlent beaucoup de ces années à l'étranger, du dépaysement, du bonheur et de la dureté d'être à l'étranger, ils en parlent comme d'une chose terminée depuis longtemps et qui n'a plus aucune espèce d'influence sur le présent. Ils ne parlent jamais allemand ensemble, pas même pour s'amuser. Ils n'essaient même pas. Un autre Magnus et une autre Jonina. Mais elle aime l'histoire des débuts de Magnus à Berlin et l'histoire de son départ, elle aime ces deux histoires, peut-être parce qu'elles fournissent un cadre à cette époque où elle-même ne connaissait pas encore Magnus, elles lui donnent un contour et une fin. Magnus habite un studio dans une arrière-cour de Berlin-Neukòln. C'est l'hiver 1986 et il fait à Berlin un froid qu'il ne fait jamais en Islande, moins vingt degrés. Le studio a un poêle en faïence que Magnus ne sait pas faire chauffer. Il ne possède qu'un matelas et rien d'autre. Quand il rentre de l'Institut, il se couche tout habillé dans son lit, sous la couverture, il fume et il lit. Il n'a pas non plus de rideaux, son regard plonge dans l'arrière-cour, tous les autres ont des rideaux, il sait qu'on peut le voir, couché dans son lit, en train de lire, tout seul, ça lui est égal. Vers minuit, il sort dans un bar et il agace les gens avec son allemand puéril et déliquescent, il y reste jusqu'à ce qu'on le mette dehors. Il connaît d'autres Islandais à Berlin, il lui arrive de les rencontrer, mais il n'est pas venu dans cette ville pour eux. Il aimerait beaucoup faire la connaissance de quelqu'un, une fille étrangère, qui ne soit pas une étudiante en psychologie. Ça ne marche pas, il reste seul. Et un jour, quand il rentre à la maison, il y a une lettre dans son entrée, qu'on a jetée à l'intérieur par la fente de la porte, un petit morceau de papier, blanc, plié en quatre. Il emporte le papier dans son lit, s'allume une cigarette, le déplie et lit. « Hey, vieux. Je te vois, vieux, tu es plutôt seul et tu traînes dans ton lit toute la soirée et tout le week-end, occupé à lire, tu as l'air d'être vraiment complètement seul, vieux, alors je me suis dit qu'une fois tu pourrais peut-être passer comme ça. Bâtiment d'aile, troisième étage gauche. Abeille. » C'est tout. Jonina aime cette histoire, elle aime quand Magnus singe l'accent berlinois « Hey, vieux, je te vois, vieux » – bien que ce soit exactement ce qu'il a souhaité si ardemment, le hasard, une rencontre qui tombe d'on ne sait où, il lui a été impossible de passer comme ça chez quelqu'un qui s'adresse à lui en lui disant « Hey, vieux ». Il n'a jamais rendu visite à Abeille, il ne sait même pas à quoi elle ressemble, il dit que parfois il le regrette. Et puis les derniers jours, à Berlin, douze ans plus tard, il avait rencontré une foule d'autres filles et il ne savait pas encore que c'étaient les derniers jours, d'un seul coup il a tout perdu. Il a perdu la clé de son appartement, son argent et sa montre, il s'est tiré de son boulot, il se bagarrait avec n'importe quels types dans les bars et il a eu le sentiment que sa vie entière se disloquait, sans raison, d'une manière inexplicable, complètement inattendue. Il semblait tomber sans que rien le retienne. Alors il est parti, avec ce qui lui restait d'argent il s'est acheté le plus beau costume qu'il ait jamais possédé, des lunettes de soleil, une paire de chaussures neuves, et pendant deux jours et deux nuits il a fait la tournée des bars et des bistrots de la ville. S'est retrouvé, un matin à sept heures, devant la porte de Hjalmar et Irène à Schöneberg et leur a dit « Il faut que je dorme. S'il vous plaît, est-ce que je peux dormir chez vous », et Hjalmar et Irène l'ont couché dans leur lit, ont éteint la lumière et fermé les rideaux. Magnus a dormi deux jours d'affilée, et puis il s'est levé et il leur a dit au revoir, il a forcé la porte de son appartement et il a emballé ses affaires, il a quitté la ville et il est rentré à Reykjavík. « Oh, Magnus », dit Jonina quand elle entend cette histoire, « Oh, Magnus », et elle bat des mains, « quelle belle histoire de départ ». Magnus n'est jamais retourné à Berlin depuis, il n'a plus aucun contact avec les amis de cette époque-là. Jonina téléphone deux fois par an à une amie à Vienne, c'est tout, le passé est hermétiquement clos comme un coquillage. Et voilà que Magnus dit « Irène vient en Islande et elle amène quelqu'un avec elle, pas Hjalmar, quelqu'un d'autre, je ne le connais pas, tout ce que je sais c'est que ce n'est pas un Islandais ». Irène. Quel nom solide, compact, froid. « Est-ce que tu es sorti avec elle ? » dit Jonina, c'est la première chose qu'elle veut savoir, et Magnus a un petit rire, comme pour se défendre. « Non, jamais. Elle était avec Hjalmar depuis pas mal de temps, ils se sont séparés alors que je n'étais déjà plus à Berlin. » Irène doit faire une conférence avec projection de diapositives sur l'architecture allemande à Reykjavík, Hjalmar lui donne le numéro de téléphone d'un autre Islandais au Japon, qui la renvoie sur quelqu'un en Californie, en Californie elle obtient le numéro de Magnus, elle l'appelle et dit « Excuse-moi, Magnus. Nous n'avons plus de nouvelles l'un de l'autre depuis longtemps. Mais là, je viens à Reykjavík et j'ai pensé qu'on pourrait se voir ». « Et ça te fait plaisir ? » dit Jonina. « D'une certaine façon, oui », dit Magnus, « Naturellement ça me fait plaisir. Ça peut être bien. Ça peut aussi foirer complètement, je ne peux pas évaluer ». On ne peut rien évaluer du tout, pense Jonina, mon cher Magnus, on ne peut absolument rien prévoir et il faut toujours se préparer au pire, et aussi au meilleur.

Il neige exceptionnellement tôt cette année. Dès la mi-novembre, il y a un mètre et demi de neige à l'extérieur de Reykjavík, le boulevard périphérique doit être déblayé tous les jours, beaucoup de routes qui mènent à l'intérieur des terres sont fermées, les villages coupés du monde. Dans d'autres pays, les aéroports sont fermés dans de telles conditions météorologiques, mais pas en Islande, les avions de *Icelandair* atterrissent même sur une piste de glace. Irène et Jonas arrivent fin novembre à Keflavík, par moins cinq degrés et une tempête de neige avec vent de force sept, Jonas ne cessera d'en parler et d'en reparler pendant les dix jours. Magnus ne va pas les chercher à l'aéroport, bien qu'il en ait le loisir, mais le premier soir où ils sont dans la ville il va assister à la conférence d'Irène, en fait il s'intéresse à l'architecture. Jonina part avec Sunna à Olurfsbudir, dans la maison d'été de ses parents. « Demande-leur s'ils veulent venir. Demande-leur s'ils ont envie de faire une sortie en voiture », dit Jonina, « Tu es sûre ? » dit Magnus, et Jonina, agacée, fait la grimace. Naturellement qu'elle est sûre. Cela fait deux ans qu'elle est avec Magnus. Elle a trente-cinq ans, elle a une fille de six ans qui n'a plus de contact avec son père. Elle a fait la connaissance de Magnus au cours d'un dîner chez des amis – on le lui avait présenté comme quelqu'un qui l'intéresserait certainement, un psychologue très cultivé, un peu spécial, d'un tempérament réservé et un tantinet brouillon, mais beau, toutes les descriptions concordaient. Entretemps ils se sont séparés pendant quatre mois et maintenant ils sont de nouveau ensemble. Elle ne peut pas supporter quand Magnus lui demande si elle est sûre. Si elle n'était pas sûre elle ne dirait rien, elle n'inviterait pas cette Irène qui est pour elle une parfaite étrangère et ce Jonas qu'elle ne connaît pas si elle n'était pas sûre que les choses vont bien se passer. Ou pas bien. Pourquoi toujours bien ? Qu'ils vont se comprendre ou justement ne pas se comprendre, qu'importe ce qui arrivera. Elle dit « J'aimerais faire la connaissance d'Irène et pour Irène ce serait bien de sortir de Reykjavík, alors demande-leur », et puis elle s'en va. Elle met dans le coffre de sa voiture les combinaisons de neige, des provisions, du vin, des cartouches de cigarettes et elle part avec Sunna pour Olurfsbudir. Un groupe de petites maisons d'été sur la côte ouest, à dix kilomètres de la mer, dix-sept maisonnettes à flanc de colline et en plein marais. Des prés qui moutonnent, de la mousse et des buissons nains, et à l'horizon, très loin, les montagnes. C'est tout. Les maisons de vacances sont de simples chalets bas, en rondins, comprenant deux petites chambres à coucher et une cuisine-salle de séjour, plus une terrasse avec une piscine dans laquelle on peut faire couler de l'eau de source brûlante. Jonina aime surtout venir à Olurfsbudir en hiver, quand la neige a recouvert le marais et que tout est blanc jusqu'aux montagnes bleues, là-bas. Le jour se lève à onze heures et dès quatre heures de l'après-midi il fait de nouveau nuit, tout est silencieux, immense et abandonné de Dieu, et à part les troupeaux noirs de chevaux islandais et la vapeur qui monte des marais rien ne bouge. Et puis la lumière change d'un instant à l'autre, brume, mur de brouillard, soleil, et tout à coup on voit les montagnes, le ciel se déchire puis se referme à nouveau en nuages menaçants, bleu noir, le brouillard revient et il n'y a plus de lumière du tout. C'est une détente pour Jonina d'aller à Olurfsbudir, une détente pour ses nerfs, pour son corps tout entier, et même pour son cœur. Elle aspire à être assise sur le canapé devant la fenêtre dans la maison de bois, à contempler les prés qui moutonnent sans penser à rien, elle a l'impression que ça la nettoie, encore maintenant, après toutes ces années. La première fois qu'elle a amené Magnus à Olurfsbudir, elle a eu peur qu'il ne puisse pas s'y faire, que tout cela lui paraisse trop monotone, trop tranquille, mais sa crainte était vaine, Magnus s'est beaucoup plu à Olurfsbudir. Il avait apporté pour cette première visite une petite valise en cuir dont Jonina a inspecté le contenu pendant qu'il se baignait. Trois chemises repassées, trois pantalons, un parfait petit nécessaire de voyage avec du cirage, des brosses et des chiffons à lustrer, un nécessaire à couture tout aussi parfait et un CD de Nick Cave. Jonina est restée debout devant la valise à contempler son contenu, un contenu qu'elle trouvait à la fois touchant et troublant, et puis elle a refermé la valise. Magnus appelle tard dans la soirée,

Sunna dort déjà, les autres chalets sont inoccupés en hiver. Il dit « Alors on arrive, demain, ils ont très envie de venir ». « Comment sont-ils ? » dit Jonina, « Comment est ce type, et comment ça s'est passé avec Irène ? », Magnus rit doucement. Jonina éprouve un élan d'affection, il lui fait vraiment de la peine tout d'un coup, ou mieux, elle aurait envie de lui prendre la main, là, maintenant, ça doit être vraiment terrible ces retrouvailles après tout ce temps. Il dit « C'était bien. Non, vraiment, c'était bien. Elle a fait une belle conférence, et ensuite nous sommes allés manger, ce n'était pas difficile, c'était exactement comme autrefois », et Jonina dit « Alors venez. Ne venez pas trop tard, ici c'est très beau dehors ».

Jonina remet le papier d'emballage autour de la photo, elle respire doucement, en retenant son souffle, son cœur bat, elle redoute que Magnus ne se réveille juste maintenant. Il ne se réveille pas, derrière la porte peinte en blanc de la chambre à coucher il dort de son profond sommeil d'enfant. Dans la cuisine Sunna verse des cornflakes dans un bol, le bruit paraît incroyablement fort à Jonina. Elle se lève, va vers l'armoire dans l'entrée et fourre le paquet à l'intérieur, sous les cartons qui contiennent ses vieux cahiers de cours, ses photos et ses lettres. Il faut qu'elle le mette ailleurs, il faut peut-être qu'elle le mette quelque part hors de cette maison, peut-être aussi qu'elle devrait tout simplement le montrer à Magnus, elle ne sait pas trop. « Qu'est-ce que tu fais », dit Sunna depuis la cuisine, ce n'est pas une question, elle dit « Qu'est-ce que tu fais » sur un ton méfiant d'adulte. « Rien », dit Jonina, « je range », et ça la fait rire. Il y a quatre semaines qu'elle a emménagé avec Magnus et Sunna dans cet appartement. A l'époque, au mois de novembre de l'année dernière, quand Irène et

Jonas sont arrivés, ils venaient tout juste de l'acheter, après avoir longtemps cherché ils avaient fini par trouver, un petit quatre-pièces dans le vieux quartier du port de Reykjavík, avec des arbres devant la fenêtre et du stuc au plafond. Ils ont dû beaucoup travailler tous les deux, ils avaient l'intention de le remettre en état en janvier et d'emménager en février. Ils ont commencé les travaux en mars et ils ont repeint les murs, agrandi une porte et remplacé les fenêtres, tout était fini et voilà que Magnus a arraché une latte du plancher, puis une deuxième, une troisième, il a décidé de changer le parquet et Jonina a abandonné. Elle a laissé faire, elle l'a laissé faire sa rénovation tout seul et il a démonté toute la maison, il n'en finissait plus, il n'en finissait vraiment plus, et Jonina consternée s'est rendu compte que derrière ses manières distanciées, silencieuses et distraites se cachait la manie de la perfection. Pendant des mois entiers elle n'a plus mis les pieds dans l'appartement, elle ne pouvait pas supporter, elle ne pouvait pas supporter cet effroyable chaos, de voir détruire tout ce qui lui paraissait très bien comme ça, de voir Magnus inventer sans arrêt de nouvelles idées de changements. L'été est arrivé, et puis enfin l'automne, et en octobre il l'a obligée à venir voir le résultat. Ils se tenaient face à face dans la salle de séjour vide où la lumière du soleil tombait sur le parquet rutilant et où les murs étincelaient, le stuc du plafond était rehaussé de blanc, on passait d'une pièce à l'autre par des portes larges et hautes, les fenêtres avaient reçu leur troisième couche de peinture et dans la cuisine bourdonnait un énorme réfrigérateur argenté. La pièce de Sunna. Ta pièce. La salle à manger. Notre pièce. Magnus a ôté ses lunettes, il avait l'air malade, il a dit « Il faudrait encore que je pose le carrelage dans la salle de bains », et Jonina a dit « De deux choses l'une, ou j'emménage ici demain, ou alors plus jamais. Ecoute-moi bien. C'est demain ou pas du tout », alors il a cédé.

Dans la cuisine, Sunna dit sur un ton de grande personne et comme si elle se parlait à elle-même « Il n'y a rien à ranger ici », et c'est la vérité. Il n'y a rien à ranger dans cet appartement. Magnus ne possédait aucun objet personnel, elle-même a vendu ses meubles, dans toutes les pièces à l'exception de la chambre de Sunna il n'y a que le strict nécessaire. Magnus a peut-être pensé qu'il fallait que ce soit ainsi. Qu'un appartement pour eux trois devait ressembler à ça, qu'il fallait qu'il soit vide pour être ensuite rempli par cette nouvelle vie commune, peut-être qu'avec sa maladresse et son manque d'assurance il s'est imaginé les choses de cette façon. Mais, à ce jour, rien n'est venu s'ajouter à ce vide. Jonina a bien perçu l'étonnement des amis, leur politesse oppressante, « Un appartement magnifique, très bien situé, seulement c'est un peu vide tout ça, non ? Vous devriez accrocher des tableaux, des photos, quelque chose », « Peut-être que si Magnus a passé tellement de temps à rénover, c'est qu'il n'est pas sûr de lui du tout ? » dit en hésitant la sœur de Jonina, et Jonina dit « C'est possible. Mais je ne suis pas plus sûre de moi que lui, et puis nous avons le temps, de toute façon, nous avons tout le temps ». Ça l'a rassurée. Cette supposition de sa sœur l'a rassurée, il est bon de savoir que Magnus a peur, qu'il a peur de la vie commune, de s'y engager et qu'elle finisse un jour, elle aussi elle a peur. Elle referme l'armoire, va retrouver Sunna dans la cuisine et s'assied à la table avec elle. Le robinet goutte. Sunna se tait. Jonina se lève, va fermer le robinet et se rassied. Sunna mange ses cornflakes dans un bol jaune citron, lentement, à moitié somnolente, les cornflakes croquent dans sa petite bouche fermée. Elle regarde fixement sa mère. Dehors le jour n'est toujours pas levé.

A Olurfsbudir Jonina et Sunna passent l'après-midi sur la terrasse, les dernières heures avant qu'il ne fasse de nouveau complètement nuit, dès cinq heures. Jonina est assise sur une chaise de jardin dans la neige, Sunna est dans la piscine. Jonina a réglé la température de l'eau à 40 degrés, quand elle refroidit trop, de l'eau chaude coule automatiquement. La piscine est en plastique turquoise, l'eau scintille, la neige sur le bord du bassin a fondu mais sur toute la terrasse elle tient et forme une couche épaisse. Sunna est assise nue dans cette eau bleue, ses joues sont très rouges, ses yeux brillent d'un éclat turquoise intense et déconcertant. Elles ne parlent pas beaucoup, ou plutôt Sunna parle peu. Pas de vent, il fait un froid sec, la plaine est blanche et lisse comme un désert, la neige a recouvert l'herbe dure. Les chevaux islandais sont enfouis dedans jusqu'au ventre et ne bougent pas. Jonina ne fume pas pour ne pas donner à Sunna l'occasion de faire des commentaires, Sunna déteste qu'on fume. Jonina voit arriver de très loin la voiture de Magnus, il doit se trouver encore à des kilomètres, elle la distingue dans l'air limpide. Il conduit lentement, son véhicule n'est pas du tout adapté à la neige, il se refuse à acheter une jeep. Il dit qu'il n'est pas un type à rouler en jeep et il a raison. La voiture s'approche à une vitesse languissante et s'arrête au pied de la colline sur laquelle se trouve la maison. Jonina ne bouge pas, Sunna ne bouge pas non plus, seule l'eau clapote doucement. Le moteur s'arrête, silence, les portières restent fermées. Pendant un moment horrible, Jonina se dit que ce n'est pas Magnus qui est assis dans la voiture, mais quelqu'un d'autre, quelqu'un qu'elle ne connaît pas. Puis les portières s'ouvrent, Magnus descend, Irène et Jonas descendent. Jonina se lève. Magnus crie son nom, avec un soulagement exagéré dans la voix. Elle va à leur rencontre, ils ne paraissent pas en état de bouger, ils restent plantés là, à regarder le paysage, subjugués. Ou bien ils font comme s'ils étaient subjugués, Jonina est toujours prête à opter plutôt pour la seconde hypothèse. Si elle avait su à quoi ressemblait Irène, elle n'aurait pas eu besoin de demander à Magnus s'il lui était arrivé de sortir avec elle. Elle est trop petite. Trop douce. Elle n'a pas assez de présence physique pour Magnus, lui se sent attiré par les femmes qui passent outre à sa timidité, sa tension, sa distraction, et le séduisent sans qu'il s'en aperçoive. C'est ce qu'a fait Jonina, peut-être. Peut-être qu'elle l'a simplement pris par la main, emmené à la maison et convaincu, elle n'est pas très sûre, elle n'arrive pas bien à se rappeler. Irène paraît timide, aussi timide et absente que Magnus. Elle n'est pas véritablement petite, mais elle n'est pas grande non plus. Une expression appliquée, sérieuse, intellectuelle, avec des traits de jeune fille. Une fille que vous ne remarqueriez, à la bibliothèque universitaire, que parce qu'elle est toujours là quand vous arrivez, et encore là quand vous partez. Jonina a connu une fille comme ça à Vienne, et elle l'aimait bien. La main qu'Irène lui tend à présent est fraîche et sa poignée de main plutôt ferme. Elle porte un manteau de jean incongru, doublé de fourrure artificielle d'une blancheur de cygne, la fourrure artificielle lui va bien, le manteau ne lui tiendra pas chaud dix minutes. Jonas porte une veste du même genre en daim marron, également doublée, une veste de hippie pour un Woodstock hivernal, et naturellement il la porte ouverte. Ses jeans sont déchirés, il a enfoncé son bonnet de laine vert jusqu'aux yeux. Il a sur l'épaule un sac à dos de l'armée, qu'il n'a apparemment pas voulu confier au coffre de la voiture. Il ne tend pas la main à Jonina, mais il dit « Hey », c'est peut-être censé faire islandais, mais ça sonne plutôt américain. « Hey », dit

Jonina exactement sur le même ton. Il a l'air sexuel. C'est le premier mot qui vient à Jonina pour le qualifier, il a l'air sexuel, et Irène a l'air blafard. De sa main gauche, Magnus saisit Jonina par la nuque et lui donne un baiser maladroit sur la bouche. Elle lui a assez répété qu'il ne devait pas faire ça, qu'il ne devait pas montrer ostensiblement en public qu'ils sont ensemble. Elle n'en a pas besoin, il n'a pas l'air de la croire. Jonas dit « C'est géant ». Il dit *gé-ant* d'une voix sourde, râpeuse et il secoue la tête, « Original, on se croirait sur la lune ». « Qu'est-ce qui est géant ? » dit Jonina en allemand. C'est étrange de parler allemand, et l'allemand de Jonas la met carrément mal à l'aise. Jonas secoue la tête, il la regarde pour la première fois, ses yeux sont verts, vert foncé, avec un petit cercle jaune autour de l'iris. Il cherche peut-être une réponse mais ne dit rien, au lieu de cela il piétine deux ou trois fois la neige avec ses bottes militaires. L'expression du visage d'Irène est impénétrable, elle allume une cigarette comme si elle allait devoir supporter quelque chose encore longtemps. Jonina sort une clé de la poche de son blouson et la tend à Magnus. Elle dit d'abord en islandais, puis en allemand, « Montre-leur leur maison », elle désigne la côte, un peu au-dessus de leur propre chalet il y en a un second identique pour Irène et Jonas, « J'ai mis le chauffage, il faut que tu leur expliques la piscine ». « La pis-cine », dit Jonas, rêveur. En haut sur la terrasse, Sunna émerge de l'eau et se plante toute nue dans la neige.

Derrière la fenêtre de la cuisine, le ciel à présent devient bleu, un bleu profond qui chaque matin, l'année dernière, faisait perdre la tête à Jonas. Sunna repousse son bol de cornflakes, boudeuse et fatiguée, et dit « Je m'en vais ». Elle va à l'école depuis quatre mois et semble s'éloigner de

Jonina chaque jour davantage. Dans l'entrée elle lace ses bottes, enfile son manteau et met son bonnet de fourrure, on dirait une Esquimaude avec ses yeux étrécis, deux fentes. Elle revient dans la cuisine et embrasse tendrement Jonina, puis la porte claque derrière elle. L'école est au bout de la rue. Jonina souhaiterait parfois qu'elle soit plus loin pour pouvoir emmener Sunna, lui dire au revoir devant le portail et la regarder s'éloigner jusqu'à ce qu'elle ait disparu derrière la grande porte de l'école. Sunna ne veut pas qu'on la conduise à l'école. « Je peux t'emmener ? », « Non. J'y vais toute seule ». Jonina reste assise à la table de la cuisine, par la porte elle voit, au-delà de l'entrée, la grande pièce – notre pièce –, dans laquelle il y a le canapé blanc devant la fenêtre, par terre à côté du canapé un bouquet de glaïeuls dans un grand vase vert, sur le rebord de la fenêtre un chandelier en cuivre, c'est tout. Il faut qu'elle réveille Magnus, dans une heure il doit partir travailler. Elle reste assise. Elle pourrait mettre sur ce rebord de fenêtre des petites pierres, ces pierres lisses et plates de la plage de Dyrhólaey, aussi plates et lisses que du papier, noires et presque tendres. Ou des coquillages. Tout à coup elle se sent au bord des larmes, près de céder à l'impulsion théâtrale de mettre ses mains devant son visage et d'éclater en sanglots, c'est stupide, elle ne saurait même pas au juste pourquoi elle pleure. Elle se rappelle ce matin, il y a un an et demi, où elle s'est réveillée à côté de Magnus, chez lui, dans cette chambre de célibataire avec une fenêtre minuscule, un sol dallé, un lit toujours étroit et des piles de livres tout autour, des verres de vin, des cendriers ; ici, dans le nouvel appartement, Magnus a voulu apparemment en finir une bonne fois avec ce désordre. Elle s'est réveillée, elle est restée un long moment à regarder Magnus endormi, et puis elle s'est habillée sans le réveiller et elle est rentrée chez elle. Quand il a téléphoné, plus tard, elle n'a pas décroché. Elle n'aurait pas été capable d'expliquer pourquoi, à personne, et encore moins à elle-même. Magnus n'a pas rappelé, exactement comme s'il avait compris. Et quatre mois plus tard elle s'est retrouvée de nouveau devant sa porte, repentante et déterminée, une fois pour toutes. Il l'a fait entrer, il a dit « Et voilà », et ils n'en ont plus reparlé, plus jamais. Dans la maison de l'autre côté de la rue, toutes les lumières s'allument et puis s'éteignent. Le ciel s'éclaircit, quelqu'un descend l'escalier et claque la porte de l'immeuble, au loin une voiture démarre, le réfrigérateur bourdonne doucement. Etrange simultanéité des bruits, concentration sur quelque chose qui ne se laisse pas saisir. L'année dernière, après une nuit très arrosée, Jonas a prononcé cette phrase « Je suis un type à rester assis dans une cave obscure et à regarder des dessins animés en noir et blanc ». Jonina a trouvé qu'il avait le chic pour dire des phrases comme celle-là, des phrases qu'elle comprenait immédiatement. Des phrases concentrées, bien qu'il ne fût pas concentré du tout, lui, en tout cas pas concentré sur le monde extérieur, sur ce qui se passait autour de lui, les dispositions et l'état d'esprit des autres. Une sorte d'autiste plutôt, livré à lui-même pour le meilleur et pour le pire. J'aimerais bien être comme ça de temps en temps moi aussi, songe Jonina, c'est un sentiment que j'ai déjà éprouvé à l'époque et puis je l'ai oublié, et cette photo me l'a remis en mémoire, j'aimerais bien être comme ça de temps en temps.

Irène et Jonas restent dans leur maison. Magnus les a emmenés là-haut et puis il revient, ils redescendront pour le dîner. Jonina sait que les maisons à Olurfsbudir se ressemblent toutes et ça la déconcerte, l'aménagement identique, la même vue sur les montagnes, la neige et la nuit qui tombe, la pensée qu'Irène et Jonas se meuvent dans le même décor qu'elle-même et Magnus et Sunna. La même situation et un dialogue différent. De quoi parle-t-on là-haut, si tant est qu'on parle ? Sunna est allongée sur son lit dans sa chambre et regarde un film pour enfants sur le téléviseur portable. Magnus s'est installé sur le canapé et lit. Il est toujours en train de lire. Chaque conversation avec lui n'est jamais qu'une conversation entre deux paragraphes du livre dans lequel il est plongé à ce moment-là. Jonina a renoncé à lui faire perdre cette habitude. Elle devrait se mettre à la cuisine et n'en a pas la moindre envie. Elle dit « Dis quelque chose ». « Quoi donc ? » fait Magnus aimablement, sans lever le nez de son livre, il continue à lire. « Comment ils sont, dis-moi comment ils sont, quel genre de rapport ils ont l'un avec l'autre, par exemple. » Juste à titre d'exemple. « Ils ne sont pas ensemble », dit Magnus lentement, il finit de lire sa phrase, puis il regarde Jonina. « C'est ce que tu voulais savoir ? Ils ne sont pas ensemble, apparemment ils sont l'un et l'autre en plein drame sentimental, sur le trajet pour venir ici elle a parlé avec quelqu'un sur son téléphone portable et elle a raccroché furieuse, et lui, hier soir, il n'avait pas d'autre sujet de conversation que la femme qui vient de le quitter. Ils ne sont pas ensemble, mais Irène dit qu'il est son meilleur ami. Depuis des années, ce genre. En tout cas ils se connaissent depuis relativement longtemps, ils ont dû se rencontrer peu après mon départ de Berlin, ou alors à l'époque où j'y étais, je n'en ai pas la moindre idée. Je n'avais affaire à aucun des amis d'Irène. » Il referme son livre à moitié, mais maintient son index entre les pages. « C'est ce que dit Irène », dit Jonina. « Et que dit Jonas ? » « Jonas ne dit rien », dit Magnus, agacé. « Elle me dit ça parce qu'elle me connaît. Parce qu'elle me communique une information d'ordre privé, d'ailleurs il n'était pas là quand elle me l'a dit. Lui ne me connaît pas du tout, comment pourrait-il me dire, Irène est ma meilleure amie ? » Il a raison. Il pose son livre et s'allume une cigarette, il inhale méthodiquement la fumée, puis la rejette, et soupire. Cette conversation l'ennuie. « Et tu ne trouves pas qu'ils forment un drôle de couple ? Très différents l'un de l'autre, à première vue très différents ? » dit Jonina, elle pousse la porte vitrée pour l'ouvrir, la referme, que veut-elle faire au juste. « Les meilleurs amis sont toujours différents », dit Magnus sur un ton bizarrement pontifiant. « Ils sont différents pour pouvoir être amis, non ? Quel sens cela aurait, sinon, d'être amis ? Et puis tu le dis toi-même – différents à première vue. A première vue. » « Je me trompe probablement », dit Jonina, déconcertée elle sort des choses du réfrigérateur, les remet à l'intérieur. Il faudrait peut-être faire des grillades. Ou peut-être du poisson, de la soupe, elle n'a aucune inspiration, elle songe tout à coup qu'il y a longtemps qu'ils ne se sont plus trouvés avec d'autres gens. La plupart du temps ils sont seuls. Elle, Magnus et Sunna. Ils travaillent beaucoup. Le soir ils sont fatigués. Ils ne boivent plus autant qu'autrefois. Elle dit « Fais à manger, toi. Moi je suis incapable de cuisiner, je n'ai pas envie », et Magnus dit « Tout de suite, d'accord ? Je me dépêche de finir ma page et puis je prépare à manger pour tout le monde. »

Vers le soir, elle monte chercher Irène et Jonas. Il s'est remis à neiger. Le chalet est silencieux et obscur, Jonina a peur de les trouver nus dans la piscine, mais la piscine est vide. Elle traverse la terrasse, la porte vitrée est ouverte, pendant un moment Jonina ne voit rien du tout, et puis elle distingue Irène et Jonas sur le canapé, Irène est assise,

Jonas allongé sur le dos, la tête sur les genoux d'Irène. « Hello », dit Irène froidement. Jonas se redresse, pas gêné du tout, et allume la lumière. Irène dit « On voit mieux le paysage dans le noir. Et puis nous sommes restés des heures dans cette piscine. C'est très beau ici, Jonina », elle a une façon de prononcer son nom, confiante, enfantine, qui n'est pas familière à Jonina. Elle enfonce les mains dans les poches de son pantalon et ne sait pas quoi dire. Sur la table sont posées des cigarettes, il y a une bouteille de vodka, pas de verres, un appareil photo, quelques films, trois livres, un trousseau de clé, une brosse à cheveux, un cendrier. Jonina éprouve une envie impérieuse de prendre tous ces objets dans sa main et de les regarder en détail. La porte qui mène à la chambre à coucher de droite est ouverte, celle qui mène à l'autre chambre est fermée. Irène a suivi le regard de Jonina et elle dit « Nous dormons dans cette chambre, c'est celle qui a la plus belle vue ». « Oui », dit Jonina, « moi aussi je dors toujours sur le devant ». Jonas attache ses chaussures avec des mouvements énergiques, saccadés, et dit « J'ai toujours rêvé d'avoir une chambre comme celle-ci, une chambre avec la fenêtre au niveau du lit et vue sur le paysage, une chambre comme ça, exactement, et ça y est, *la voilà* », il rit et lève incidemment les yeux vers Jonina. Il ne paraît pas se soucier qu'elle le comprenne. Elle dit « Bon, le dîner est prêt », puis fait demi-tour et sort. Elle ne regrette pas de les avoir invités, non, elle ne regrette pas du tout.

Ils descendent un quart d'heure plus tard, tapent leurs chaussures contre le mur de la maison pour faire tomber la neige, accrochent leurs manteaux dans l'entrée, s'asseyent à table. Magnus a préparé du poisson avec des citrons verts et des branches de romarin. Sunna mange une unique pomme de terre et, la bouche légèrement ouverte, ne quitte pas des yeux Jonas qui lui parle en anglais. Elle n'émet pas un son et à onze heures elle va tranquillement se coucher, plus tard quand Jonina va la voir elle dort déjà, tout habillée, allongée sur le côté, la main gauche pressée sur l'oreille. Quelque chose l'a gênée, un bruit trop fort. Peut-être Jonas qui dans la cuisine parle très fort, très vite et sur un ton excité, en tapant de temps en temps avec le plat de la main sur la table ou sur le genou d'Irène, par moments il incline la tête en arrière et pousse un cri. C'est bien de l'écouter, mais c'est stressant aussi, ça met Jonina mal à l'aise. Parfois elle n'arrive pas à le comprendre, cela tient peut-être à la langue, peut-être à autre chose. Il parle de la tempête de neige à l'atterrissage, du voyage en car dans l'obscurité jusqu'à Reykjavík, de la neige dans les rues, qui fond tout de suite parce que les rues sont chauffées. De la première nuit dans le studio en ville, avec vue sur le lac gelé, Irène qui était déjà allée se coucher, et lui assis à la table de la cuisine, qui regardait dehors la ville nocturne et qui ne parvenait pas à saisir. Qu'est-ce qu'il ne parvenait pas à saisir ? L'Islande. *Rey-kja-vík*. La neige. Jonas a une curieuse façon d'accentuer ici ou là, absurdement, avec véhémence, un mot pris au hasard, c'est peut-être ce qui charme Jonina, cette dynamique égoïste. Irène se tait. Apparemment son projet était de montrer Jonas à Jonina et Magnus. De le leur présenter comme un spécimen rare, de leur laisser décider par eux-mêmes s'ils voulaient se pencher sur ce spécimen ou pas. Elle ne l'interrompt pas, ne le fait pas taire, n'intervient que très peu. Elle l'écoute et rit assez souvent de ce qu'il dit. Elle fume des drôles de cigarettes roulées pour non-fumeurs, à base d'herbes, et boit un verre d'eau du robinet après l'autre. « Qu'est-ce que vous avez fait ensemble, au juste, Magnus et toi à Berlin ? » lui demande à un moment Jonina, et tout à coup elle a peur de ce qu'Irène pourrait lui répondre. Mais Irène lève symboliquement son verre et dit « Nous avons bu. Que peut-on faire d'autre avec des Islandais ? On buvait ensemble, on passait les nuits ensemble, et au lever du jour on se séparait. Rien de plus ». Magnus se tait et il finit par murmurer « Rien de plus », comme un écho absurde. Jonina dit « Est-ce que Magnus a changé ? », et Irène hésite un moment, elle regarde Magnus, c'est-à-dire qu'elle fait juste semblant, elle ne le regarde pas vraiment, et puis elle dit « Non, il n'a pas changé ». Que pourrait-elle dire d'autre ? Jonina a le sentiment qu'elle connaît ces gens. Non pas Jonas et Irène, mais ce genre de personnes, leur perception des choses, des gens exigeants, placides et en même temps capables d'enthousiasme. « Je crois que nous sommes *au bout du monde*, non ? C'est vraiment le bout du monde ici », dit Jonas. « Toute cette neige et ce froid et ces montagnes et cette solitude *totale*, géante, et nous on est au milieu de tout ça et on parle et on mange des trucs *géniaux* et on boit de la gnôle et du vin, et on va bien, il faut être conscient de ça. Irène. Est-ce que tu as compris, ou quoi, tu as saisi, tu réalises tout ça, tu *réalises* ce qui se passe ici. » Irène a l'air complètement absente tout à coup, puis elle rit, fait tourner la bague au doigt de sa main gauche et ne répond pas.

Magnus est couché sur le dos et dort, la couverture remontée jusqu'aux épaules. Son souffle est paisible et régulier, presque inaudible, la nuit Jonina pose parfois la main sur son ventre pour le sentir respirer, elle l'entend à peine. Elle s'assied sur le bord du lit et le regarde, c'est interdit mais elle le fait quand même. Parfois elle arrive à voir son véritable visage. Le mieux, c'est quand il ne porte pas ses lunettes et que ses cheveux sont mouillés, quand il sort de l'eau ou de sous la douche et que ses cheveux plaqués sur sa tête révèlent la forme de son crâne et son visage. Elle voit combien il est dangereux, en fait. Est-ce le bon mot ? Son expression naturelle n'est pas très ouverte, mais avenante, son visage est étroit et juvénile, bien dessiné et beau, sans rien de frappant. Peut-être que sa bouche est un peu trop enfantine, ses yeux derrière les verres de lunettes sont tout petits, souvent plissés, il a un regard absent, inattentif. Quelquefois seulement elle voit qu'en réalité son visage est froid, un visage agressif, exigeant, résolu et froid, elle voit ça quand il sort de l'eau et quand il dort, elle ne sait pas s'il cherche à cacher cette froideur. Une froideur qui ne lui répugne pas, qui ne l'attire pas non plus. C'est la froideur d'un étranger, la froideur de quelqu'un avec qui elle pourrait aussi bien passer cent mille ans, elle ne le connaîtrait toujours pas. *C'est une réalité brutale, une évidence bleu glacier*, Irène a beaucoup aimé cette expression islandaise. Jonina murmure « Il y a du courrier, de Berlin », et elle réveille Magnus.

Etrangement, la visite d'Irène et Jonas fait que Jonina voit l'Islande différemment. Elle la voit pour quelque temps avec les yeux d'une étrangère, ce qu'elle n'aurait pas cru possible. Depuis qu'elle est revenue de Vienne, elle travaille en Islande comme guide touristique. L'été, elle emmène des touristes pendant des semaines entières dans les Hautes Terres, et l'hiver elle assure des circuits d'une journée en car à Geysir, à Gullfoss, au volcan Hekla et aux sources chaudes de Landmannalaugar. Elle travaille pour un Français, Philippe, dont l'organisation propose tous les circuits touristiques possibles à pied, à cheval, en car, et exceptionnellement dans des petits avions qui volent jusqu'au Groenland ; Philippe, lui, n'est même pas allé à Geysir, il déteste l'Islande, il déteste le froid, les longs hivers et le sentiment d'être au bout du monde. Il ne cesse de répéter à Jonina l'histoire de Descartes, qui était venu à la cour de Suède pour donner des cours de philosophie à sept heures du matin à la reine Christine, et qui est mort au bout de quelques semaines, de congestion pulmonaire. Il raconte ça avec un air qui en dit long. Mais il se fait un argent incroyable avec ces circuits et il dit « Dès que j'aurai gagné suffisamment, je m'en vais. Je retourne illico en France, et vous tous ici, vous verrez bien comment vous vous en sortirez sur cette horrible île de nulle part, déserte et glaciale ». Il dit ça tous les jours. Jonina n'arrive pas à imaginer que ça puisse se terminer un jour. Elle soupçonne que Philippe mourra en Islande et que c'est d'ailleurs ce qu'il souhaite, simplement il n'est pas Descartes et il lui faut un peu plus de temps. Elle n'aime pas ce travail et pourtant elle le fait. Philippe la paie bien et il lui reste suffisamment de temps pour elle-même et pour Sunna. Au printemps elle ne travaille pas et au plus sombre de l'hiver, de décembre à février, il n'y a rien à faire non plus. En été, quand commence l'époque des nuits claires, elle emmène des groupes de touristes dans les Hautes Terres. Elle sillonne le pays pendant trois semaines avec quinze personnes, des Américains, des Français, des Italiens et des Allemands, dont elle mémorise rarement les noms et qu'elle oublie aussitôt après les avoir quittés à Reykjavík. Un proverbe circule parmi les guides : *Toutes les histoires d'amour finissent à Reykjavík*. Jonina quant à elle n'a jamais eu d'aventure avec aucun de ces touristes et elle n'ouvre pas les lettres qu'ils continuent à lui envoyer des semaines après la fin de leurs vacances, elle les jette sans les lire. Les Américains demandent toujours dans quel sens la rivière coule et dans quelle partie du ciel le soleil va se lever. Les

Italiens passent leur temps à se geler, ils se sentent mal à l'aise sur les déserts de pierrailles et dans les champs de lave et il leur tarde manifestement de trouver quelque antique témoignage d'une civilisation humaine. Les Français sont délicats, ils ont vite des ampoules aux pieds et recrachent le poisson séché derrière le dos de Jonina avec des mines dégoûtées. Les Allemands aimeraient voyager seuls mais ils n'osent pas, la nombreuse compagnie les met de mauvaise humeur et les prodiges de la nature les plongent dans une mélancolie difficile à supporter. Jonina ne parle jamais de ses circuits autrement que sur ce mode, ce n'est pas de la coquetterie, c'est ce qu'elle ressent. Elle est certainement une des guides les moins appréciées, mais Philippe la réengage toujours. Il croit qu'elle déteste l'Islande autant que lui, ce n'est pas vrai. Elle est chez elle en Islande, ça signifie qu'elle ne se prend pas la tête avec ça. Nulle part au monde elle ne dort aussi bien que dans une tente en bordure des Hautes Terres, dans un sac de couchage à même le sol dur. Elle peut marcher pendant des heures, trouver un rythme, marcher, regarder, et devenir complètement muette. Elle aime cette concentration exclusive de ses pensées sur le circuit, la nécessité de se focaliser sur la boussole, sur les poteaux indicateurs faits de pierres de lave empilées, sur les signes annonciateurs d'une possible tempête de neige, et rien d'autre. Ce qu'elle n'aime pas, ce sont les conversations sur l'Islande. L'enthousiasme délirant, la recherche frénétique de l'adjectif, l'effet thérapeutique que le paysage semble avoir sur les touristes. Elle ne veut pas parler de l'Islande et elle ne veut pas expliquer par quel miracle elle peut bien supporter de vivre ici. Les touristes adorent l'Islande mais ils n'ont pas envie d'y vivre. Jamais ils ne seraient capables de vivre ici, comment Jonina pourrait-elle comprendre cette attitude. Quand les touristes la laissent tranquille, elle se montre conciliante et leur fait voir ce qu'elle connaît. Elle ne leur dissimule rien, elle ne leur cache aucun lieu. Simplement elle ne participe pas. Elle ne peut pas voir l'Islande comme les touristes la voient. Elle ne se laisse pas émouvoir. Mais avec Irène et Jonas, les choses changent, pour la toute première fois.

Jonina est sur la terrasse de la maison d'été, c'est le matin. Debout dans la neige, elle regarde l'étroite bande de lumière au-dessus des montagnes devenir de plus en plus claire et large, elle se demande comment Jonas voit ça. La façon dont Jonas voit ça l'intéresse, pour une raison inconnue elle aimerait bien comprendre. Cela tient peut-être au fait qu'elle n'est pas guide, en l'occurrence, mais une personne privée, Jonina. Et puis il y a Magnus et Sunna, et Irène, l'amie de Magnus, et Jonas, le meilleur ami d'Irène. A quoi ressemble l'aube pour Jonas, à onze heures du matin sur la terrasse de la maison d'Olurfsbudir ? Il est là, nu et blême et trempé au sortir de la piscine, il est debout dans la neige et il crie « C'est pas croyable ! » Ils partent ensemble en voiture pour Eyrarbakki et Stokkseyri au bord de la mer, la falaise de Snefell, les plages noires de Dyrhólaey et Vík, Geysir et la cascade gelée de Gullfoss. Pour la première fois depuis longtemps, Jonina a envie de faire cette excursion. Ce qu'elle cherche à éviter pendant ses circuits, avec Irène et Jonas elle veut justement le provoquer – une explosion de surprise émerveillée. Ils marchent dans les prés qui moutonnent aux abords d'Olurfsbudir, sur une neige que personne avant eux n'a foulée. « Regardez ça », dit Jonas, « pas une seule trace ». Si, une petite, un renard, une oie sauvage. Le ciel est d'un blanc aqueux, comme la terre. Magnus tire Sunna sur une luge, elle est couchée sur le dos, en combinaison de ski rouge, elle ne bouge pas, on croirait qu'elle est inconsciente. De temps en temps, elle fait une légère grimace, indéfinissable. « Cette petite vallée dans laquelle nous arrivons », dit Magnus à Irène et Jonas sur un ton qui rappelle à Jonina ses propres intonations de guide touristique, « cette vallée est un endroit magique, avec le bruit des deux cascades à droite et à gauche, comme en stéréo ». Pendant les premiers mois de leur relation, en août et par nuit claire, Jonina et Magnus sont venus là très souvent. Elle se sent étrangement émue que Magnus en parle de cette façon. Comme en stéréo. Jonas n'écoute que d'une oreille, comme toujours, puis il dit « En Islande tous les lieux sont magiques, non ? » Vient un moment où Irène est suffisamment épuisée pour renoncer à sa posture, debout au bord de la falaise de Snefell, dans son manteau de fourrure artificielle, froide et lointaine, le regard fixé sur la mer comme une statue, alors elle se laisse tomber sur le dos dans la neige les bras écartés, *Regarde, un ange*. Sunna regarde droit dans l'appareil photo de Jonas d'un air sérieux. « Très bien, parfait », dit Jonas, « c'est parfait, Sunna, reste comme ça, ne bouge plus, *s'il te plaît* ne bouge plus », au tout dernier moment elle se détourne. Jonas prend des photos sans arrêt. Il tient beaucoup à ce qu'il soit établi qu'il ne photographie pas comme un touriste mais comme un photographe. Jonina demande à Irène s'il travaille pour une agence à Berlin, s'il a publié des albums, s'il a exposé. « Rien de tout ça », dit froidement Irène. « Pourtant il fait de belles photos. Non ? » dit Jonina surprise. « Il fait de belles photos, oui », dit Irène. Il utilise un appareil d'une taille impressionnante et perd un temps fou en préparatifs ultra compliqués avant de pouvoir prendre une photo. Cette technique semble à Jonina absolument contraire à la nature de Jonas, contraire à sa rapidité naturelle, mais quelqu'un la lui a conseillée et Irène la qualifie non sans malignité de « mesure thérapeutique ». Magnus conduit la voiture, Jonina est assise à côté de lui et observe dans le rétroviseur Jonas, Sunna et Irène sur la banquette arrière. Jonas a besoin de s'ouvrir une canette de bière parce qu'il ne supporte pas de devoir rester assis derrière et de ne pas conduire lui-même. Sunna a posé sans le vouloir la main gauche sur son genou. Le soleil est par-dessus les montagnes blanches, le ciel au-dessus du fjord est noir, il y a des petits chevaux ronds et bruns dans la neige. De l'herbe dure, des marécages, une bande de terre, des corbeaux et des oies sauvages. Jonas regarde par la vitre, le menton appuyé sur la main, l'air d'un enfant renfrogné, et il dit « On passe devant de véritables tableaux et vous ne leur accordez même pas un regard ». Dix minutes plus tard, il s'écrie « Arrêtez ! *Arrêtez !* » Magnus appuie sur le frein, l'auto dérape puis s'immobilise, Jonas descend, retourne en courant deux cents mètres en arrière et photographie deux chevaux islandais dans la neige. Jonina et Irène descendent aussi et s'allument une cigarette. Jonas revient et dit « En voiture. On repart ». Il est débordé, dépassé, la lumière change trop vite pour lui, chaque impression est trop fugace, déjà effacée, remplacée par la suivante, le port d'Anarstapi, la mer, les trois rochers à nouveau engloutis par la brume. Le soleil qui descend, descend et passe par toutes les couleurs. Il n'arrête pas de courir, Jonina ne le voit jamais marcher, prendre son temps. Il court, gesticule, tape du pied, hurle son enthousiame, et Jonina est complètement à sa merci, Irène et Magnus aussi, même Sunna se laisse prendre. Ils glissent et trébuchent tous les quatre à sa suite, entraînés par son excitation contagieuse. « Combien de temps ça va marcher ? » se demande Jonina, « Quand Magnus va-t-il se lasser ? Quand vais-je me lasser ? » Ils parlent peu pendant ces excursions. Ils restent près les uns des autres, se tiennent côte à côte sur la plage noire à Gullfoss, devant les grottes de la falaise. C'est le fait du hasard ou de l'humeur, mais ils ont l'air de bien se comprendre. Ils semblent attendre la même chose de cette neige et du froid, du spectacle si absurde finalement qu'offrent les merveilles de la nature, « Ça me sidère », répète fréquemment Irène, « tout ça me sidère vraiment ». Ils garent la voiture à Eyrarbakki près de la digue devant l'école, ils mangent des pains gelés, boivent du thé dans le thermos et attendent que Sunna, roulée en boule sur les genoux de Jonina, se réveille. Sunna se réveille, ils sortent de la voiture. Devant l'école, des enfants et des adultes, les joues rouges et brûlantes, s'ébattent et font des bonshommes de neige petits et grands. Jonina monte sur la digue avec Magnus, Irène et Sunna, elle veut voir la mer, la plage. Elle est impatiente, Jonas pour le moment la désarçonne, mais il ne leur court pas après. Quand ils sont arrivés au sommet de la digue – la mer est noire, la plage est noire, le ciel à l'horizon est noir, le soleil minuscule et orange –, Jonina se retourne et regarde derrière elle. Jonas a monté le trépied, il est penché sur l'appareil photo, enfants et adultes se sont plantés à côté de leurs bonshommes de neige, immobiles, souriants. Pas un bruit, sauf le sifflement du vent. Jonas lève la main, Jonina voit très précisément la photo qu'il est en train de faire. Le moment est déjà figé dans l'immobilité de cette scène, de cette séance de pose presque à l'ancienne, elle entend le déclic de l'appareil, puis Jonas se redresse, crie quelque chose, les enfants et les adultes sortent de leur engourdissement, font un petit signe de la main, une courbette, Jonas replie le trépied, terminé. Jonina se met à marcher le long de la digue, toujours tout droit, progressant à grand-peine, de la neige jusqu'aux genoux. Au-dessus de l'eau, des pierres vertes couvertes d'algues, de l'écume métallique, voguent des mouettes. L'après-midi, elles retournent vers la terre ferme et vont jusqu'à Geysir, se posent les unes à côté des autres sur le vieux Geysir endormi, qui ne projette que tous les cent ans dans l'air sa gigantesque fontaine d'eau brûlante porteuse de dévastation. « C'était quand la dernière éruption ? » dit Jonas avec une feinte indifférence, il est inquiet et exceptionnellement ne veut pas faire de photos. « Il y a cent ans », dit Magnus, « on s'attend à la prochaine d'un moment à l'autre », et Jonas fait demi-tour, retourne à la voiture. Les autres ne bougent pas. Irène dit « Eh bien, s'il devait arriver que je sois debout ici juste au moment où cette fontaine jaillira, je me rendrais volontiers », Jonina ne réplique rien, bien qu'elle ressente la même chose. Elle songe à cette expression étrange, *se rendre*. La surface de l'eau est calme, lisse et étale, un miroir terne qui ne reflète rien. « Demain nous pouvons aller à Thingvellir, au bord du lac et sur l'ancienne Thingplatz », dit Magnus, dans le rôle très inhabituel de l'enfant qui se réjouit d'avance. Il est gai à cause de la plaisanterie qu'il a faite aux dépens de Jonas et ne semble pas éprouver le malaise que Jonina éprouve. Il se passe quelque chose entre eux – et Sunna justement qui les observe –, il y a quelque chose qui cloche, ils n'avancent pas en terrain sûr. Jonina a l'impression qu'elle est trop téméraire, trop imprudente, trop heureuse aussi peut-être, il y a si longtemps qu'elle ne s'est plus retrouvée dehors avec Magnus et Sunna, il y a longtemps qu'elle n'a plus passé du temps avec ce qu'on pourrait assimiler à des amis. Elle a envie de se rendre, de s'abandonner à ces cinq journées où ils sont ensemble à Olurfsbudir, et de fait elle s'abandonne, pourtant elle se sent retenue par une petite voix qui la met en garde. Quelque chose se passe entre Irène et Jonas, entre Jonina et Irène, entre Irène et Magnus. Rien de spectaculaire, rien qui puisse changer quoi que ce soit, ils sont tous très éloignés d'un changement, beaucoup plus éloignés qu'ils ne le voudraient. Et pourtant, quelque chose se passe.

Magnus prend une douche qui dure vingt minutes, puis son petit-déjeuner – comme toujours une seule tasse de café, une tranche de pain, un œuf à la coque dont il a minuté la cuisson avec la trotteuse de sa montre. Il mord dans son pain, prend une cuillerée d'œuf, une gorgée de café, puis une autre bouchée de pain, le tout en lisant le journal. Juste le temps de fumer une cigarette à la fenêtre, et il a aussi terminé le journal, il se prépare du thé vert avec de l'eau bouillante ramenée à 80 degrés, en remplit une bouteille thermos, éteint la radio qui n'est allumée que pour lui, se dit à lui-même « Allons-y » et part travailler. Tous les matins. Tous les matins le même rituel, ce n'est pas grave, simplement cela étonne Jonina, elle s'étonne tous les matins de ces rituels qui s'enchaînent, le sien et celui de Magnus et celui de Sunna, qui s'enchaînent parce qu'ils ont décidé de passer leur vie ensemble, aussi longtemps que ça marchera. Elle a parfois le sentiment que ce ne sera pas possible – poser ses chaussures à côté des chaussures de Magnus à côté des chaussures de Sunna sous la penderie dans l'entrée où sa veste est accrochée à côté du manteau de Magnus, tu as vu mes clés, tu les as posées sur la table de la salle à manger, elles n'y sont pas, regarde dans ta poche de manteau –, en fait ça paraît possible. Rien d'autre ne paraît possible. Ils sont debout côte à côte devant le plan de travail dans la cuisine, Jonina verse le café moulu dans la machine à café, elle verse toujours le café comme ça, d'un coup, tandis que Magnus le mesure cuiller par cuiller, Magnus sort l'œuf de l'eau bouillante et le passe sous l'eau froide. Leurs mains se chevauchent quand il veut fermer le robinet et qu'elle veut le rouvrir parce qu'elle rince la cafetière, il ouvre le placard de cuisine et se prend une assiette, une tasse, leurs coudes se heurtent, la porte du réfrigérateur se referme avec ce bruit mou de baiser caoutchouteux. Magnus allume la radio, Radio classique, deux mesures de Schubert puis sans transition on enchaîne absurdement avec Ravel. Schubert a sept points d'avance sur Ravel, Sarasate est irrémédiablement battu. La machine a café gargouille doucement. Jonina s'assied à la table en face de Magnus, à la place de Sunna. Elle allume une cigarette et passe brièvement la flamme du briquet sur le filtre. « Pourquoi tu fais toujours ça ? » lui a demandé Irène il y a un an. « Parce que j'ai entendu dire quelque part que ça brûle les particules de poussière de verre qui sont dans le filtre », a répondu Jonina, et toutes les deux ont été prises d'un rire soudain et incoercible. Après cela, Irène aussi s'est mise à brûler ses filtres, Jonina aimerait bien savoir si elle le fait toujours. Magnus ouvre son œuf avec sa cuiller. Quand Jonina mange un œuf, elle le décapite avec son couteau, c'est même la seule raison pour laquelle elle mange un œuf. Magnus attire subrepticement vers son assiette le journal qui est posé sur la table. Au moment où il commence à lire l'éditorial, Jonina dit « Tu te rappelles cette histoire que tu as racontée l'année dernière à Irène et Jonas, l'histoire de la brebis ? » A son oreille, la phrase sonne drôlement et ça la fait rire, Magnus ne rit pas. Elle sait qu'il ne parle pas le matin, que c'est un effort pour lui de soutenir une conversation à la table du petit-déjeuner, mais c'est maintenant qu'elle a envie de parler avec lui, là, tout de suite. Il ne rit pas mais répète la drôle de phrase d'une voix traînante et pensive, les yeux toujours fixés sur le gros titre du journal – « L'histoire de la brebis ». « Oui, c'est ça », dit Jonina, « tu vois ce que je veux dire, cette histoire, quand tu as mené la brebis à la saillie, avec ton oncle et Oddur, tu voudrais bien me la raconter encore une fois ? » Magnus refuse de s'énerver. C'est ce qu'il y a de bien avec lui, Jonina apprécie beaucoup, il est difficile de lui faire perdre son sang-froid, rien ne l'ébranle, il soupçonne rarement une méchanceté. Il est courtois, bien élevé et sérieux, il sait écouter, si on lui pose une question il répond, si on lui pose une question le matin au petit-déjeuner, il répond aussi, jamais il ne dirait « Je suis fatigué, je n'ai pas envie de parler maintenant, je préfère lire ». Ce qui naturellement agace aussi Jonina, il y a là quelque chose de buté, quelque chose de stoïque et d'obtus, cette politesse est une cuirasse à peu près impossible à percer. Magnus pose la main sur le gros titre comme s'il voulait le protéger et dit « Comment tu en es venue à penser à ça ? », et Jonina répond, ce qui est la vérité même, « Je pensais à Irène, en brûlant le filtre de ma cigarette j'ai pensé qu'Irène faisait toujours ça, elle aussi. J'ai pensé à un soir à Olurfsbudir, alors cette histoire m'est revenue, et maintenant j'aimerais bien l'entendre encore une fois ». C'est un jeu auquel ils jouent souvent tous les deux, même si ce n'est plus aussi souvent qu'autrefois. S'appliquer à remonter l'enchaînement des pensées, une combinaison surprenante d'associations, de réminiscences, d'idées subites. Magnus pourrait dire « Quel soir, il y a eu beaucoup de soirs à Olurfsbudir, de quel soir veux-tu parler ? » Jonina lui dirait de quel soir elle veut parler – le dernier. Mais il ne le dit pas. Il dit d'un air déconcerté « Tu veux que je te raconte encore une fois cette histoire, maintenant ? », et Jonina dit « Oui, maintenant », elle se demande s'il y a de la cruauté dans sa voix. Magnus lève le nez de son journal, il la regarde dans les yeux, pendant un instant son visage prend une expression attentive, puis il dit – il parle comme s'il s'adressait à Sunna – « Bon, d'accord. J'avais seize ou dix-sept ans à l'époque, c'était l'hiver, en février, le moment où on mène les brebis à la saillie. La neige était assez épaisse, et il fallait amener la brebis de mon oncle à un bélier dans un autre village. J'y suis allé avec lui, et Oddur, mon meilleur ami, est venu aussi. En fait ça ne nous disait rien du tout. On ne se sentait pas en forme. Tu le sais bien, Jonina, je te l'ai déjà raconté mille fois. Nous avons chargé la brebis dans la jeep et nous sommes partis. C'était dans l'après-midi et il faisait déjà sombre. La neige était si épaisse qu'il nous a fallu plus de deux heures pour faire le trajet entre les deux villages, alors qu'en temps normal on aurait mis vingt minutes. J'étais assis derrière à côté de la brebis, Oddur et mon oncle devant, nous roulions très lentement, de temps en temps nous nous enfoncions dans la neige et nous devions nous dégager nous-mêmes à la pelle. Dans le ciel au-dessus de nous les étoiles se sont levées. » Magnus va à la machine à café et se sert une deuxième tasse, machinalement. Il se rassied, il regarde Jonina. « A un moment nous sommes arrivés dans le village, on a mené la brebis au bélier, nous avons attendu dans la cuisine chez le paysan en buvant de la gnôle pour nous réchauffer, le bélier a monté la brebis, et quand il en a eu fini on a rechargé la brebis dans la jeep, et on est repartis. Nous avions emporté la bouteille de gnôle entamée et nous l'avons vidée pendant le trajet de retour dans la neige. La lune brillait dans le ciel et on voyait toutes les étoiles, la Voie lactée tout entière, on parlait un peu et puis de nouveau on se taisait, c'était très beau d'être dans cette jeep avec cette brebis sur la route, complètement seuls au monde, il n'y avait rien d'autre. »

Si seulement on se comprenait comme ça, songe Jonina. Si on se comprenait comme ça, très exactement. Il raconte une histoire et moi je l'écoute, nous nous regardons et nous savons très exactement de quoi il retourne, nous le savons sans être obligés de l'exprimer. « Voilà », dit Magnus. A l'époque, un an plus tôt, il avait raconté cette histoire à Olurfsbudir, à la table de la cuisine tard dans la nuit, pendant leur dernière soirée avec Irène et Jonas, Jonina le regardait et elle avait eu le sentiment que son cœur se brisait d'amour et de tristesse. D'abord il n'avait pas trop osé et puis il s'était lancé et à la fin il avait demandé « Vous comprenez ça ? » d'un ton hésitant et troublé, « On peut comprendre ça ? », une histoire sans chute, une histoire où il est question de rien, et de tout. « Eh bien oui, je comprends », avait dit Jonas, sans hésiter une seconde, « je comprends, et Irène comprend aussi ». « Je voulais juste l'entendre encore une fois », dit Jonina d'une voix douce, elle se penche par-dessus la table et pose brièvement une main ferme autour de sa nuque. « Il faudrait que je parte, maintenant », dit Magnus, il dit ça comme s'il existait pour lui une possibilité de ne pas partir, cette possibilité n'existe pas. Il considère avec regret son journal, le fourre dans sa serviette, fume sa cigarette devant la fenêtre ouverte. Aujourd'hui c'est Jonina qui prépare le thé pour son thermos. Elle l'observe, il fume, cette fois sans lire en même temps, il regarde dehors, passe une fois sa main droite sur le rebord verni de la fenêtre, en éprouve le poli. Quand il s'en va, elle le suit des yeux par la fenêtre, la fumée de sa cigarette est encore en suspens dans l'air, elle le voit descendre la rue, sa serviette coincée sous le bras, les mains dans les poches de son blouson, il a la tête rentrée dans les épaules, elle aimerait vraiment savoir à quoi il pense en ce moment. Elle se penche en avant et l'appelle – en Islande les fenêtres ne s'ouvrent pas, on peut juste les faire basculer légèrement –, elle l'appelle à travers l'étroite fente par laquelle pénètre l'air froid de l'hiver. Elle crie « Magnus ! Tu te rappelles comme je suis tombée amoureuse de Jonas ! », il continue à marcher, ne se retourne pas vers elle.

Le soir, quand ils rentrent de ces excursions, ils se séparent pour un petit moment. Irène et Jonas disparaissent dans leur chalet, la plupart du temps Jonina les entend dans la piscine – le rire sonore et joyeux de Jonas et la voix apaisante d'Irène. Apparemment Jonas saute dans la piscine et il piaille comme une fille quand il se jette ensuite dans la neige. Ils restent séparés pendant une heure ou deux, ensuite ils se retrouvent pour manger dans le chalet de Jonina. Jonina attend ça. Le temps où elle est seule avec Magnus et Sunna et où elle entend Irène et Jonas là-haut lui semble interminable. Elle se sent fatiguée, se met à avoir mal à la tête, elle n'arrive pas à parler avec Magnus, se montre impatiente avec Sunna, agitée et irritable. Et puis elle les entend descendre, elle entend Jonas s'extasier à n'en plus finir, sur la neige, la solitude, les milliers de vêtements qu'il faut enfiler pour parcourir ces cinquante mètres entre les deux maisons. « De quoi tu *as l'air*, Irène, on dirait une énorme poupée de chiffon rembourrée, c'est géant, *absolument* géant. » Elle les entend et elle doit se retenir pour ne pas se précipiter à leur rencontre, ouvrir la porte à la volée, les tirer à l'intérieur. Magnus fait la cuisine, Jonas s'amuse à parler avec Sunna dans un anglais enfantin, Irène s'assied sur le canapé et regarde par la fenêtre comme si c'était un écran de télévision. Autant ils sont silencieux pendant les excursions, restent assis en silence dans la voiture, se promènent en silence, autant ils sont bavards le soir, parlent tous en même temps, hurlent presque. Irène et Jonas essaient de dire comment ils voient l'Islande. Jonina connaît. Chaque soir, pendant ses circuits, les touristes s'asseyent en rond près des tentes et font leurs commentaires. Jonina n'écoute jamais ; Irène et Jonas, elle les écoute. Ils ont tous les deux atterri à Berlin à la fin d'une histoire d'amour, ils n'en parlent pas mais ils le laissent entendre, et ils ressentent l'Islande comme une sorte de remède miracle qui soigne leurs cœurs brisés. Irène cite une expression qu'elle a lue dans un guide de voyage, une façon de désigner l'Islande qui date de 325 avant Jésus-Christ, *Ultima Thule*, le Nord ultime, le plus loin qu'on puisse aller au nord ; elle dit « Et c'est très exactement ce que j'éprouve ici, je me sens loin de tout, le plus loin possible ». « Et aussi *le plus près* », hurle Jonas. Pour Jonina cette formulation est totalement nouvelle, et elle ne sait pas trop comment prendre tout ça. Elle trouve – comme toujours – l'idée ridicule, puérile et naïve, pourtant elle ne cherche pas à en détourner Irène et Jonas. Et cet enthousiasme l'émeut, pendant un bref moment elle est entraînée, convaincue. Pour la première fois, elle a elle-même le sentiment de vivre dans un pays où les volcans qui exhalent leurs épaisses vapeurs et l'eau qui jaillit de la terre acheminent toutes les questions vers une réponse, une réponse qu'on ne peut pas déchiffrer et qui, malgré tout, suffit. « Qu'est-ce que nous montrerions à Jonina si elle venait nous voir à Berlin, quels endroits témoigneraient de la manière dont nous vivons ? » demande Jonas et il se répond à lui-même « Le Café Burger ? Un bar de luxe ? L'Oderquelle ? » Irène fait un signe de dénégation. Elle dit « Magnus, si tu voulais montrer à Jonina comment tu as vécu à Berlin, qu'est-ce que tu lui montrerais ? » Magnus réfléchit un long moment, puis il secoue la tête et ne dit rien. « Le Kumpelnest », dit Irène, « il faudrait qu'on aille avec Jonina devant le Kumpelnest, au coin de la Pohlstrasse et de Potsdamer, à cinq heures du matin, et on dirait, voilà, c'est ici que nous arrêtions un taxi, toujours ivres morts. Ce serait la seule chose que nous pourrions lui montrer, et d'ailleurs ce serait tout à fait pertinent. C'était comme ça. Ça me rend vraiment triste ». Jonas, qui ne peut pas supporter qu'on évoque des situations où il n'était pas, lève son verre et dit « Eh bien – nous nous verrons au Walhalla ». Magnus demande « C'est quoi le Walhalla ? », et Irène dit « Je ne sais pas très précisément mais je crois que le Walhalla, c'est l'au-delà pour les Vikings. Leur paradis, une grande salle avec une longue table à laquelle on est assis avec ceux qu'on aime, et puis on boit, on boit jusqu'à la fin des temps ». « Tout juste », dit Jonas, « c'est exactement ça, le Walhalla, et quand on boit ici ensemble, on peut trinquer à ça sans crainte, encore et encore ». « Mais quelle sorte d'amitié est-ce donc que la vôtre ? » dit Jonina, qui est suffisamment détendue pour poser cette question. Jonas s'apprête aussitôt à répondre, lorsque Sunna surgit tout ensommeillée dans la cuisine, et Jonina est heureuse d'aller la recoucher, de pouvoir quitter la table. Quand elle revient, Jonas et Irène sont dehors, à la piscine. Magnus est assis seul à la table, calme et placide, les mains sur les genoux, il considère les quatre canettes de bière alignées devant lui et qu'il a déjà vidées. Il en boira encore une, ni plus ni moins, et ensuite peut-être encore un verre de vin. Jonina est tombée amoureuse de lui précisément à cause de cela. Elle a aimé cet entêtement énigmatique, et maintenant elle a envie qu'il arrête. Elle a envie de le secouer, de le bousculer, elle a envie qu'il s'oppose à Jonas, qu'il oppose à la force et à la présence de Jonas sa propre force, qu'il s'affirme et montre ce qu'il est, mais il est à mille lieues de le faire. Rien de tout cela ne le bouleverse, Jonas ne le bouleverse pas, Irène non plus, et Jonina plus depuis longtemps. Quand tout le monde est parti, il débarrasse la table, éteint la lumière et va se coucher, il a bonne conscience, songe Jonina, et moi pas. Irène et Jonas reviennent dans la cuisine. A minuit, Sunna ne dort toujours pas, alors Jonina retourne avec elle à la piscine, « Regarde, la lune », s'écrie Sunna, la lune est entourée d'un halo qui a les couleurs de l'arc-en-ciel. Elles sont assises dans l'eau chaude et la neige tombe sur leurs têtes, fond à la surface de l'eau. Jonina regarde à l'intérieur de la cuisine par la fenêtre, Jonas parle, Irène lui donne une légère tape avec la main gauche, quelque chose fait rire Jonas longtemps, Magnus ouvre la première bouteille de vin et pose quatre verres à côté. Cette vision à travers la fenêtre est très belle. Jonina sort de l'eau, se sèche et se rhabille. Jonas pourrait regarder dehors, il n'y songe pas. Sunna se frotte avec de la neige jusqu'à ce que sa peau soit rouge et brûlante, plus tard elle reste encore assise un moment sur les genoux de Jonina à table, boit une toute petite gorgée de vin, puis va se coucher. A un moment, Irène dit « Je vais dormir ». Jonas se lève en titubant. Il leur faut du temps pour enfiler leurs pull-overs, leurs manteaux et leurs chaussures, et ils traînent encore un peu sur la terrasse, à regarder la nuit. Jonas mime sa tête qui explose à l'idée de rentrer à Berlin et qu'on lui demande « Alors. C'était comment ? » Il dit « J'espère que personne ne nous demandera comment c'était ». Ils disent « Bonne nuit », et ils s'en vont. « Tu n'es pas fatiguée ? » dit Magnus. « Non », dit Jonina. « Je reste encore un peu dehors. » Elle enfile son blouson de ski, emporte avec elle une dernière cigarette et va s'asseoir sur la chaise de jardin à côté de la piscine. La vision du paysage enneigé est une vision qu'elle ne comprend pas et qu'elle ne peut pas écarter, d'ailleurs il y a aussi autre chose, à part cette vision, qu'elle aimerait bien comprendre. Dans quelle mesure ça se calcule, le bout du monde ? A quelle distance se trouve l'horizon, et cette distance est-elle toujours la même, où que l'on soit sur la terre ? Et Magnus, à l'angle de la Pohlstrasse et de Potsdamer, à cinq heures du matin, à quoi ressemblait-il, et elle-même, où était-elle dans ces années-là ? Tout est silencieux, dans ce silence une plaque de neige glisse du toit, très loin on entend les chevaux islandais, l'indicateur digital de la piscine tombe sans bruit à zéro.

Jonina va dans la cuisine, lave la vaisselle du petit déjeuner, la sèche et la range dans le placard. Debout à la fenêtre elle regarde dans la rue, il s'est mis à pleuvoir doucement. Elle a encore une heure, et puis il lui faudra aller chez Philippe, prendre au bureau quinze cirés orange, choisir le car et le chauffeur avec lequel elle préfère rouler, et puis faire la tournée des hôtels, le ramassage des touristes et partir avec eux pour Hveragerdhi et Selfoss. Le centre horticole qui marche le mieux de toute l'Islande, avec des installations géothermiques pour chauffer les serres, une zone de sources chaudes au cœur du village, une église luthérienne moderne avec un très beau retable, et la seule école d'horticulture d'Islande. Le circuit le plus ennuyeux de tous ceux qui sont proposés. En cette saison les touristes viennent de Suède, du Danemark et d'Allemagne, des retraités en pleine forme qui ne veulent plus marcher et préfèrent admirer les curiosités du pays à travers les fenêtres panoramiques teintées du car. Il n'y a rien à dire là-contre. Jonina se détourne de la fenêtre. Elle n'a aucune envie de faire cette excursion. Elle va dans la grande pièce, prend le vase de glaïeuls à gauche du canapé et le met à droite, puis fait l'inverse. Elle pense à Magnus. Elle aimerait que Magnus soit là, en train de lire et de fumer, assis à côté d'elle sans rien dire, il n'est pas là. Il est au centre sociopédagogique, derrière son bureau sur lequel il n'y a pas de photo, pas de caillou ni de coquillage – « C'est mon lieu de travail, Jonina, je n'ai pas besoin de tout ce bazar » – et il écoute des mineurs qui ont été abusés, battus et jetés dehors par leurs parents. Il les écoute avec ce visage paisible, intériorisé, devant lequel on peut raconter en toute confiance même les pires choses. Jonina regrette la manière dont elle a quitté Magnus il y a une demi-heure. Elle regrette d'avoir crié dans son dos cette question stupide, bien qu'elle sache que sur Magnus ce genre de question ne fait que ricocher. Il ne les entend pas. Il ne veut pas connaître la réponse. Il croit dur comme fer, c'est chez lui une certitude inébranlable, que ce qui est, est, et que ce qui doit passer, passe, il ne s'oppose jamais à la volonté de personne et il ne décide rien. C'est comme ça. Et voilà. Elle se dirige vers la chambre de Sunna et ouvre la porte. La chambre de Sunna est la seule pièce de la maison qui soit supportable. Une chambre d'enfant en désordre, remplie de vêtements, de jouets et de petites lampes sur lesquelles des fées dans des carrosses filent à travers l'univers bleu. Sunna a une prédilection pour la couleur jaune, si bien que tout est jaune, les draps, les rideaux, le tapis, le plateau du bureau et la penderie. Par terre il y a une feuille de papier sur laquelle elle a écrit en grandes lettres un peu tordues « pour magnus », avec en dessous un chat dessiné au crayon noir. Jonina emporte le dessin dans la cuisine, elle cherche longuement une punaise, finit par en trouver une, accroche résolument le dessin au-dessus de la table de la cuisine, puis se rassied et l'examine, « pour magnus ». Le chat a de longues moustaches surdimensionnées, trois pattes et une tête extravagante en forme de croissant.

Jonina tombe amoureuse de Jonas le 3 décembre, peu avant onze heures du matin, sur la route qui mène à l'ancienne Thingplatz. C'est comme ça. En cette saison, le jour se lève entre dix et onze heures, et pendant ce laps de temps il y a un moment où le ciel devient bleu, un bleu lumineux, profond, inouï, qui paraît réconcilier le monde entier, et qui se maintient pendant dix minutes, puis pâlit et s'éteint. Le ciel s'éclaircit, et le soleil se lève. Sur la route qui mène à la Thingplatz, ce 3 décembre à 10 heures 42, le ciel devient bleu, lentement, il s'élargit peu à peu, hésite, comme s'il avait tout le temps du monde, mais Jonina sait que les choses vont aller très vite, ce sera bientôt fini, Jonas le sait aussi. Dans l'immensité neigeuse, au sommet des montagnes, tout en haut, se dresse une petite église isolée, toute blanche, inondée de lumière. Aucun chemin n'y mène. Sur la piste où ils roulent, la voiture est en train de dépasser l'église quand Jonas, condamné à la passivité sur le siège arrière, appuie sur un frein invisible et crie « Stop ! ». Docile, Magnus freine, c'est maintenant devenu un rituel. Tout le monde descend, seule Sunna reste assise. Jonas attrape le trépied et l'appareil photo dans la voiture, court dans la neige, les autres le suivent des yeux. Ils attendent. Magnus se racle la gorge et dit « Il y a de quoi être jaloux quand on voit comme c'est facile pour Jonas de prendre ces choses en photo. Il lui faut juste son appareil, son cœur et un peu de chance, c'est tout », Irène, surprise, lui jette un regard oblique. Jonas photographie l'église dans la neige, une photo à laquelle personne ne va croire, Jonina le sait. Le ciel est toujours bleu. Jonas revient, c'est leur tour à présent, ils doivent avancer vers lui, tous les trois côte à côte, il leur crie « Plus vite, allez, plus vite ! », les rejoint d'une longue glissade, appuie brutalement le posemètre contre la joue d'Irène. Il retourne vers le trépied en dérapant, les bras écartés, la route est une patinoire, l'haleine de Jonina est gelée, Irène dit « Jonas s'attaque à ses photos comme à un adversaire, ça me plaît ». Et c'est tout. Il est 10 heures 47 et Jonina est tombée amoureuse de Jonas à l'instant même où il retournait en dérapant vers le trépied, les bras écartés. Comment est-ce possible ? Poser la question n'a pas de sens, les choses sont comme elles sont, c'est comme si une peau superflue s'était détachée de Jonas, faisant apparaître dessous celui que Jonina va aimer. Ce sentiment, que Jonina éprouve pour Magnus, peut sombrer puis remonter à la surface, et voilà qu'il s'est transféré sur Jonas, léger comme une plume, sans équivoque et sans douleur, c'est là le plus effrayant, absolument sans douleur. Jonas crie « On y va ! », et ils avancent vers lui, côte à côte, Jonina voudrait ne jamais avoir à regarder plus tard cette photo, parce qu'elle sait que tout serait alors dévoilé. La lune est au-dessus de leur tête, nette et claire. L'intervalle entre elle et Magnus est plus grand que l'intervalle entre Magnus et Irène. Magnus lui-même sera flou, il avance trop vite. Et son visage, son propre visage, paraît à Jonina carrément extatique, elle ne contrôle plus son expression. Irène rit. Magnus marche droit devant lui, raide. Jonina regarde l'appareil, elle regarde Jonas dans les yeux autant qu'elle peut, Jonas appuie sur le déclencheur, dit « Merci », replie le trépied, range l'appareil, s'assied dans la voiture. « On peut repartir. » Les genoux de Jonina tremblent. Une demi-heure plus tard, à présent le ciel est blanc et le soleil noyé de brume, un vent cinglant souffle sur la plaine, devant l'ancienne Thingplatz ils restent embourbés un bref moment dans un creux rempli de neige. On ne peut plus avancer ni reculer, sous les roues une plaque de glace dure comme la pierre, « Mais pourquoi tu ne t'achètes pas une jeep, bon sang de bon soir », dit Jonina furieuse à Magnus, Magnus ne répond pas. Ils sont debout autour de la voiture, perplexes, puis ils se mettent à pousser, à trois, pendant que Magnus appuie sur l'accélérateur. De la neige boueuse leur gicle au visage, la voiture ne bouge pas d'un centimètre. Sunna quitte la route et va marcher dans les champs de lave enneigés. Magnus ressort de la voiture, se campe les mains sur les hanches et fixe un regard intense au-delà des montagnes, comme si ça pouvait les aider. Puis il extrait son portable de la poche de son blouson et tente de joindre le service de l'enneigement. « Pourquoi tu fais ça ? » dit Jonina, « à quoi ça va servir ? » « Peut-être qu'ils vont encore venir dégager la route aujourd'hui et qu'ils pourraient nous tirer de là », dit Magnus d'un ton irrité. Irène est debout dans la neige, silencieuse, les bras croisés devant la poitrine comme toujours, elle a l'air de ne penser à rien du tout. Jonas dit « C'est *débile* », fouille dans le coffre jusqu'à ce qu'il ait trouvé un bâton et le grattoir à neige, puis il s'allonge sur le dos, se glisse sous la voiture et entreprend de casser la glace autour des pneus, morceau par morceau. Jonina dit « Passe-moi le bâton », il ne lui prête aucune attention, mais pousse le bâton vers elle avec son pied. Jonina va de l'autre côté de la voiture, se faufile en dessous aussi loin qu'elle peut et fait tomber la neige en tapant avec le bâton. Ils passent une demi-heure sous cette voiture tandis qu'Irène et Magnus debout à côté se contentent d'écarter un peu la neige, précautionneusement, avec la pointe du pied, Magnus a renoncé à appeler le service de l'enneigement. Jonina et Jonas sont couchés sous la voiture, à un moment leurs têtes se touchent et ils respirent très fort, ils rient, ils rient et ils repoussent la neige avec les mains et ce bâton et le grattoir, et voilà, les roues sont dégagées, Magnus remonte dans la voiture, accélère, la voiture patine, fait une embardée et sort lourdement de l'ornière. Jonina appelle Sunna qui s'est éloignée et se fait prier longtemps, quand elle revient elle regarde Jonina avec un drôle d'air. Ils montent tous, font demi-tour et s'en vont, la route est trop enneigée pour continuer. Jonina est assise devant à côté de Magnus, le chauffage lui souffle son air brûlant dans la figure, son pantalon est trempé, son blouson, ses cheveux, elle est gelée, ses genoux tremblent toujours et maintenant ses mains aussi, elle sait que voilà, c'était tout. Cette proximité idiote avec Jonas sous la voiture barbouillée de cambouis, leur souffle, leurs efforts communs pour venir à bout de la neige, c'était tout et, au point où en sont les choses, ça a dû suffire.

Le clocher de l'église catholique de la Lækjargata sonne doucement onze coups très lointains. Jonina se lève et se dirige vers le téléphone. Elle voudrait appeler Magnus. Elle appelle Philippe. Il décroche aussitôt, émet son petit bruit téléphonique français, *ouais*, un drôle de bruit. Jonina l'imagine, assis dans son grand loft donnant sur la Laugavegur, un loft immense selon les critères islandais, en train de regarder en bas la rue trempée de pluie, de se languir des rues de Paris tout en ayant ses raisons de rester ici, à Reykjavík, en Islande, au bout du monde. Il refait le même petit bruit, agacé, Jonina dit « C'est moi. Jonina ». « Ma chérie », dit Philippe et il rit tout seul, il rit toujours quand elle l'appelle, comme s'il savait quelque chose sur elle. Jonina prend sa respiration et dit « Je ne peux pas travailler. Je veux dire, je ne peux pas faire le circuit, aujourd'hui, il faut que tu demandes à quelqu'un d'autre, il n'est pas trop tard ». Elle tend l'oreille dans l'écouteur. Si Philippe disait maintenant « Il n'y a personne qui puisse te décharger de ça aujourd'hui », elle capitulerait, tout de suite. Mais

Philippe ne dit rien, il se tait. En arrière-fond, un léger cliquetis de verre, sans doute un mobile, il fume, souffle la fumée de sa cigarette droit dans l'écouteur. « Moi non plus, je ne voudrais pas le faire », dit-il. « Vraiment, je ne voudrais pas le faire non plus, toutes ces sources débiles, cette eau sulfureuse à la con, et en plus avec ces Suédois, ces Danois, ces Norvégiens et leurs pulls en pure laine vierge. Tu sais que je hais les Norvégiens. » « Oui », dit Jonina, « je sais. » Ils ont tous les deux un petit rire. Jonina est sur le point de dire « Philippe, est-ce que je peux te poser une question », mais Philippe la devance et dit « Très bien. Quelqu'un va s'en charger. Du circuit, je veux dire. Et sinon – tant pis, merde. Je te rappelle », et il raccroche. Jonina reste plantée dans l'entrée, le téléphone à la main, puis elle raccroche à son tour. Elle enfile ses bottes et son blouson, à présent elle se dépêche, elle éteint toutes les lumières, vérifie encore une fois la machine à café, la cuisinière, claque la porte derrière elle et descend l'escalier en courant. Elle monte dans sa voiture, sort de la ville, prend le boulevard périphérique nord-est, direction Olurfsbudir.

Le tout dernier soir à Olurfsbudir, Irène, Magnus, Jonas et Jonina sont tellement ivres qu'ils n'ont plus les yeux en face des trous et ne sont plus capables de marcher droit. Tout le vin a été bu, la bière aussi, dans la bouteille de vodka il reste une dernière gorgée. Il est tard, trois ou quatre heures du matin. Demain ils rentreront en voiture à Reykjavík, Irène et Jonas passeront encore une nuit dans la ville, puis ils reprendront l'avion pour Berlin. A la table de la cuisine, Jonas jette une pièce de monnaie en l'air, poisson ou chiffre, partir ou rester, la pièce tombe, côté poisson. Ils partiront. « Mais nous reviendrons, Jonina, Magnus, nous reviendrons », dit Jonas, la bouche pâteuse.

Jonina ne dit rien. La dernière soirée a été belle, elle a été aussi belle que toutes les autres soirées avec Irène et Jonas à Olurfsbudir, et maintenant elle se termine. Magnus se lève et tangue jusqu'à son lit. Jonina accompagne Irène et Jonas sur la terrasse. Jonas enfile cérémonieusement ses chaussures, Irène a pris la bouteille de vodka et l'a fourrée dans sa poche. Elle regarde fixement la neige qui tombe comme un mur, son expression est impénétrable. Ils s'embrassent. Jonina serre dans ses bras Irène, qui sent le savon, elle serre dans ses bras Jonas, qui sent la laine de sa veste Woodstock. Elle le serre dans ses bras exactement comme elle a serré Irène, et puis elle fait demi-tour, rentre dans la maison et ferme la porte vitrée derrière elle. Elle se couche dans le lit à côté de Magnus, le même lit que celui où Irène et Jonas vont dormir, tout comme eux, dans la maison un peu au-dessus de la leur sur le versant de la colline. Magnus dort déjà, sa respiration est plus bruyante que d'habitude. Jonina allume une cigarette, elle adore fumer une dernière cigarette avant de s'endormir, elle le fait rarement parce que Magnus n'aime pas ça, aujourd'hui il ne s'en aperçoit même pas. Elle est étendue sur le dos et regarde par la fenêtre qui est exactement à la hauteur du lit, le rebord est étroit, dessus la montre de Magnus, ses lunettes, son livre. Derrière la vitre s'étend le paysage, lumineux et blanc dans la clarté de la pleine lune, un unique lampadaire se dresse, le seul d'Olurfsbudir, et sous ce lampadaire il y a Irène et Jonas, dans les flocons de neige qui tombent à la verticale, ils se disputent. Ils se tournent autour en trébuchant et se crient après. Jonina ne peut pas comprendre ce qu'ils disent mais elle entend très distinctement qu'ils se crient après. Le manteau d'Irène a l'air tout à coup beaucoup trop grand pour elle, elle a enfoncé le bas de son pantalon dans ses bottes fourrées. Elle paraît lourde et grande, on dirait une Groenlandaise très saoule et aussi, curieusement, très vieille. Jonina se redresse, tire sur sa cigarette et plisse les yeux pour mieux voir, en réalité elle est tellement ivre qu'elle voit tout en double. La scène sous ce lampadaire a quelque chose de théâtral. Irène empoigne la bouteille de vodka et semble la vider d'un trait, puis elle brandit la bouteille en l'air, crie très fort des mots incompréhensibles et frappe Jonas à la tête. Elle frappe à deux reprises avec la bouteille vide, énergiquement, et Jonina se détourne et secoue Magnus, elle n'arrive pas à croire ce qu'elle voit. Magnus ne bouge pas. Jonina regarde à nouveau vers la fenêtre, elle ne sait pas trop si elle doit le réveiller, elle murmure « Magnus ! Regarde ça ! » Elle n'aurait jamais cru qu'Irène, Irène si pâle, si calme, froide jusqu'à l'apathie, soit capable de faire une chose pareille. Elle chuchote « Pourquoi est-ce qu'elle fait ça ? », mais Magnus ne se réveille pas, et Jonas s'effondre. Il tombe dans la neige et ne bouge plus, Irène reste plantée là sans réagir, puis elle s'en va, monte d'un pas lourd la colline en direction de leur maison.

Le trafic sur le boulevard extérieur est rapide et fluide. Jonina laisse derrière elle Reykjavík, la banlieue, les buildings, les grands ensembles, le centre thérapeutique, à la lisière de la ville, où Magnus s'installe maintenant à son bureau pour le troisième des quatre entretiens de la journée, verse du thermos sa cinquième tasse de thé, dit « Vas-y, commence ». Il dit toujours « Vas-y, commence », il le dit aussi à Jonina quand il devine qu'elle veut lui faire part de quelque chose mais ne sait pas comment démarrer. S'il jetait un coup d'œil par la fenêtre, juste à ce moment précis, et qu'il fasse un petit effort, il pourrait voir sa voiture passer sur le boulevard extérieur, il pourrait voir un point minuscule qui serait une tête, la sienne, celle de sa Jonina, en train de fumer, et de rouler trop vite comme toujours, avec un bonnet de laine sur la tête et des gants qui glissent. Elle tourne la tête vers le centre thérapeutique, puis le dépasse. Elle ne prend pas le tunnel sous le Hvalfjord, bien que cela représente un raccourci de cinquante kilomètres. Elle contourne le fjord sur une route empierrée déserte, que plus personne n'utilise depuis la construction du tunnel. Irène a trouvé le tunnel sinistre. Irène a trouvé sinistre le grillage que les Islandais mettent en place au fond du fjord pour empêcher l'incursion des sous-marins. Irène a trouvé sinistres les creux des vagues déferlantes et le paysage lunaire sur le glacier de Snefell. Jonina éprouve tout à coup le sentiment absurde qu'Irène lui manque. Elle contourne le fjord et continue en direction de Borgarnes, où Magnus est né. Il pleut toujours, une pluie légère et régulière. Elle s'arrête à l'endroit où Jonas a photographié Borgarnes – « Magnus, je fais cette photo *pour toi*, la jolie vue qu'on a sur ton village natal » –, à un kilomètre du pont qui mène à Borgarnes, le village est là, paisible et blafard sous un ciel gris. Apparemment la photo n'a rien donné, ou bien Jonas a oublié de la joindre à son envoi, ou alors la brève heure bleue lui a paru plus importante. Elle reste dans la voiture, contemple un moment Borgarnes, puis repart en direction de Varmalan et quitte la route pour s'engager sur le petit chemin qui mène à Olurfsbudir. Les maisons d'été sur le versant de la colline sont silencieuses et abandonnées, pas de voitures devant les terrasses, pas de vapeur au-dessus des piscines. Jonina n'est plus revenue ici depuis l'hiver dernier. Elle se gare devant sa maison et, à pied, la dépasse pour monter le chemin jusqu'à la maison de Jonas et Irène. Elle s'arrête devant la porte vitrée et regarde à l'intérieur. La table est vide, les quatre chaises rangées en ordre autour de la table, le canapé recouvert d'un drap, trois bouteilles vides sur la desserte à côté de l'évier, c'est tout. Aucun objet qui trahirait quelque chose ou éveillerait un souvenir ; il est vrai qu'il y a eu d'autres hôtes ici dans le courant de l'année. Jonina ne sait pas si elle doit entrer, elle a le sentiment qu'elle ne pourrait pas supporter l'odeur, l'odeur d'une maison dans laquelle plus personne n'est entré depuis longtemps. Elle sort une chaise de jardin de l'appentis, s'installe à côté de la piscine vide et allume une cigarette. La plaine est une étendue unie et sans couleur, en automne elle est dorée, rouge et ocre, en hiver, avant l'arrivée de la neige, elle est roussâtre et grise. Des chevaux islandais. Des corbeaux. A quelle distance se trouve l'horizon, et cette distance est-elle toujours la même où que l'on soit sur la terre.

Magnus, Jonina, Irène, Jonas et Sunna quittent Olurfsbudir le 4 décembre après-midi. A Reykjavík ils ramènent Irène et Jonas jusqu'à leur studio, se disent au revoir dans la voiture, Sunna est fatiguée et veut aller se coucher. D'ailleurs tout a été dit. Ils sont trop épuisés pour passer une soirée de plus ensemble à boire et à essayer de se comprendre. Ils se serrent la main, puis s'étreignent, « C'était super avec vous, merci beaucoup », dit Irène, « Venez nous voir à Berlin », dit Jonas. Que faut-il dire quand on se quitte ? Ils sont embarrassés et tristes, ça se voit, alors Magnus prend la main de Jonina et dit tout doucement « Viens ». Ils montent dans la voiture, claquent les portières et s'en vont. Ils roulent dans la Barugata, Irène et Jonas restent sur le bord de la chaussée, à leur faire des signes. « Et voilà », dit Magnus, et Jonina a envie de dire « Arrête-toi. Laisse-moi descendre », mais elle ne le dit pas. Ils tournent au coin de la rue et Irène et Jonas disparaissent, ils sont partis, une fois pour toutes. Arrive Noël, puis la Saint-Sylvestre. Le 1er janvier, Jonina rentre à la maison et sur le répondeur téléphonique il y a les voix de Jonas et d'Irène, apparemment ils sont dans une fête, en arrière-fond une musique très forte, on les comprend à peine. « Bonne année », dit Jonas, « Plein de bonnes choses pour toi et pour Magnus », dit Irène, et Jonas dit « Nous reviendrons ». Peut-être aussi qu'il dit autre chose. Elle efface ce message aussitôt. Irène et Jonas ne rappellent pas. Jonina ne les rappelle pas, Magnus non plus. Un jour il dit « Ça m'a bien plu, cette semaine avec Irène et Jonas », il n'en dit pas davantage, et Jonina non plus. En mars ils commencent les travaux dans l'appartement, et en avril Jonina cesse de penser à Jonas. Elle n'y pense plus, ce n'est pas volontaire. Mais le fait est qu'elle cesse d'y penser, quelque chose se termine, sans qu'autre chose commence qui vienne le remplacer, pour Jonina c'est une situation surprenante, du jamais vécu. Il lui est pénible de s'endormir sans penser à Jonas. Mais elle n'arrive plus à penser à lui – il y a bien sa casquette et ses yeux verts, son impulsivité, sa mauvaise humeur et sa félicité, et puis quoi d'autre ? –, mais avant qu'autre chose lui soit venu à l'esprit à quoi elle pourrait penser, le sommeil est déjà là.

Sur la terrasse d'Olurfsbudir il fait froid. Le vent souffle des montagnes, âpre et glacé, la neige est déjà sur les sommets. Assise sur sa chaise de jardin Jonina se gèle et pourtant elle reste là, encore un peu, elle allume une nouvelle cigarette. Elle va appeler Magnus, dans une demi-heure à peu près, elle l'appellera de la petite cabine qui se trouve à l'entrée du lotissement et elle dira « Je suis ici, dehors, et je ne sais pas – vous pourriez peut-être venir. Tu pourrais peut-être aller chercher Sunna à l'école, et puis vous prendriez la route, et on resterait quelques jours ici, tout simplement. Il y a si longtemps que nous ne sommes plus venus ». Elle dira « Et voilà, tout est bien, ne t'inquiète pas », et Magnus dira « Je ne m'inquiète pas, de quoi tu parles ». Elle va l'appeler, c'est sûr, tout de suite. Elle ne lui a jamais raconté qu'Irène et Jonas se sont disputés le tout dernier soir, qu'Irène a frappé Jonas à la tête avec la bouteille de vodka, que Jonas s'est effondré et qu'il est resté allongé par terre. Elle n'a pas non plus raconté à Magnus qu'elle a entendu Irène et Jonas chaque nuit, nuit après nuit, dès la toute première nuit, Magnus lui n'a pas entendu. Il était couché à côté d'elle, il était couché sans bouger à côté de Jonina et il avait l'air de dormir, il avait l'air de ne pas entendre. Mais on entend ce genre de chose, qu'on le veuille ou non, on l'entend, et à plus forte raison quand il n'y a pas de vent et que tombe une neige qui rend le monde silencieux.

Aqua alta

Pour F.M.

Mes parents sont rentrés de Venise. Ils sont rentrés de Venise sains et saufs, il ne leur est rien arrivé. Ils auraient pu se faire agresser, dévaliser, poignarder. Ils auraient pu mourir empoisonnés en mangeant du poisson, tomber du vaporetto, la nuit, ivres, la tête la première dans l'eau saumâtre de la lagune, sans que personne s'en aperçoive, ou s'écrouler sur le sol dallé de leur chambre d'un Palazzo, terrassés par un infarctus. Ils auraient pu se perdre dans le labyrinthe des ruelles de la ville, et ainsi disparaître, devenus à jamais introuvables, engloutis par la terre, par les eaux. Venise n'est-elle pas une ville dangereuse. Tout n'est-il pas plus ou moins dangereux, donc sans danger, donc rien. Je m'attends chaque jour à la disparition de mes parents. Ils sont rentrés de Venise, cette fois encore.

Quand mes parents sont devenus vieux, ils se sont remis à voyager. Ils avaient fait des voyages avec mes sœurs et moi quand nous étions enfants et qu'ils étaient jeunes, en Suède, en Norvège et sur la côte atlantique française, mais ce n'est pas à ce genre de voyage que je pense. Quand nous avons grandi et que nous évitions de nous retrouver avec eux, que nous étions en mesure de l'éviter et commencions à prendre nos distances, ils restaient à la maison, fleurissaient leur balcon et demeuraient assis là, tout le mois de juin, tout le mois de juillet, tout le mois d'août, jusqu'à ce que la fraîcheur revienne, qu'arrive l'automne et enfin l'hiver, et que les après-midi sur la plage, les bébés endormis et les petits enfants sous les parasols, les paniers de pique-nique et les châteaux de sable ne soient plus que de pâles souvenirs – nous venions et repartions, nous claquions la porte de la maison derrière nous et c'est seulement dans la rue, déjà loin, très loin, que nous criions « A ce soir, ce sera sûrement tard » par-dessus notre épaule ; notre mère sur le balcon nous faisait signe de la main, nous le savions, mais nous ne nous retournions pas. Quand nous avons été vraiment grandes, adultes, parties enfin de la maison, et eux devenus vieux, ils se sont remis à voyager, tous les deux, sans nous. Ils se sont acheté de ces petites valises à roulettes que l'on tire derrière soi, ils les ont remplies plus que de raison, bourrées à craquer, et puis les ont traînées à grand-peine derrière eux, encore malhabiles et nerveux lors du premier voyage, ensuite avec beaucoup de savoir-faire et de flegme, les valises étaient aussi devenues plus légères, ils n'emportaient plus que le strict nécessaire. Ils ont voyagé en Italie, en Grèce et en Espagne. Ils partaient début juin et revenaient à la fin du mois d'août, tout bronzés, ravis, les valises pleines de denrées avariées que ma mère, sans jamais comprendre un traître mot de la langue du pays, achetait en quantité sur les marchés des villages espagnols, italiens ou grecs. Ils n'avaient pas beaucoup d'argent et voyageaient au tarif économique dans des wagons de chemin de fer bondés, ils dormaient dans des auberges de jeunesse et des chambres d'hôtel louées à l'heure et, le soir, assis sur le bord d'une fontaine, mangeaient des filets de hareng en conserve à même la boîte et du pain sec. Ils visitaient des églises, des musées et des palais, des champs de fouilles et autres sites historiques, ils se tenaient devant les temples écroulés et les amphithéâtres avec à la main un de ces livres dans lesquels on peut superposer des calques aux photographies des ruines pour voir l'aspect que ces lieux, il y a plus de mille ans, n'avaient vraisemblablement pas. Je crois que mon père trouvait là un réconfort, et ma mère se sentait réconfortée quand lui l'était. Il y avait une journée, au cours de toutes ces semaines, qu'ils passaient à la mer pour faire plaisir à ma mère. Elle marchait dans l'eau, sautillait comme un enfant à la rencontre des vagues, avançait, reculait, tandis que mon père, qui n'avait pas ôté un seul de ses vêtements, patientait à l'ombre, même pas pieds nus, avec une mine perplexe. Il n'avait jamais aimé le sable ni la baignade, mais il accordait tout de même à ma mère cette unique journée. Ils nous envoyaient des cartes postales qui ne nous parvenaient souvent que des mois après leur retour et dont mon père avait choisi les motifs – moulages des corps ensevelis à Pompéi, momies de franciscains dans les catacombes de Palerme et Messine, le *Tempietto* de Bramante à Rome. Au dos, les phrases courtes de ma mère – « Le temps est superbe. Nous avons déjà vu plein de choses. Papa n'est toujours pas rassasié. Vous nous manquez et nous aurions envie que vous soyez là » – puis l'écriture indéchiffrable de mon père, des hiéroglyphes en pattes de mouche noirâtres, avec parfois un mot identifiable – *psychiatrie en milieu ouvert, toits d'ardoise, cercueils en zinc, oreille de Dionysos.* Quand ils partaient, nous les emmenions à la gare. Nous étions curieusement de bonne humeur, parce qu'enfin ils ne seraient plus là, mais ailleurs, loin, et nous laisseraient seuls dans la ville qui, comme toujours en leur absence, allait nous apparaître comme une ville enfin étrangère, enfin belle, somptueuse, inconnue, et dans laquelle nous pourrions désormais nous déplacer autrement, libres, seuls et sans entraves. Mais quand le train partait et les emportait, que leurs mains qui nous faisaient signe disparaissaient, et que nous nous retrouvions en rade sur le quai, confuses et épuisées, alors, sans que nous ayons échangé un mot, nous étions toutes saisies par la plus enfantine des tristesses. Notre peur qu'ils puissent ne plus jamais revenir, l'idée que nous les avions abandonnés, laissés tomber, que nous serions responsables de leur disparition, c'est une chose que nous ne nous sommes jamais avouée ; mais je suis certaine que mes sœurs la ressentaient comme moi.

Une seule fois je les ai rejoints lors d'un de ces voyages, ou plus exactement, leur voyage a croisé le mien, plutôt par hasard et, pour ce qui me concerne, presque malgré moi. C'était en juillet, ils étaient déjà partis depuis quatre semaines, nous nous sommes retrouvés à Venise. Cet été-là, je me trouvais pour la énième fois à la fin d'une histoire d'amour, ou du moins j'étais dans une disposition à vouloir désormais parler de l'amour et y penser en ces termes et plus jamais autrement, et j'allais avoir trente ans, un anniversaire que je ne voulais en aucun cas passer à la maison ni même avec des amis. Je suis allée en Corse – pourquoi précisément la Corse, je ne m'en souviens plus, il semble que ce n'était pas important – et j'ai loué une chambre minuscule sur le port dans un village de pêcheurs. Un escalier menait directement de la fenêtre à la plage, et la nuit on avait l'impression que les vagues venaient battre jusque dans la pièce. Je suis restée là une semaine sans rien faire, immobile devant la mer à contempler les flots, les mouettes, les couchers de soleil, je me disais, je ne veux plus penser à rien, et en fin de compte je ne pensais effectivement plus à rien, j'enfouissais mes doigts de pieds dans le sable, je buvais de l'eau, je fumais des cigarettes corses et j'échangeais avec des étrangers le minimum de mots nécessaire ou rien du tout. Un ami lointain, une très vague connaissance, m'avait donné pour le voyage mon unique cadeau d'anniversaire, j'avais longuement hésité à l'emporter, et si finalement je l'avais pris avec moi, c'est parce qu'il s'agissait justement du cadeau d'un étranger. Le matin de mon trentième anniversaire, j'ai ouvert le paquet. Je m'étais préparé du café, j'avais coupé un melon, posé sur la table un petit bouquet de plantes des sables. Le cadeau était un livre, un livre qui de toute façon faisait déjà partie de mes lectures de vacances et que j'avais lu dès les premiers jours. Sur la page de titre il y avait une dédicace qui me demeurait complètement incompréhensible – « *You get so alone at times, that it just makes sense*, bon anniversaire, F. » J'ai mis le livre dans le placard, je suis allée sur la plage et je me suis assise sur la jetée, et il ne m'a pas fallu trop longtemps pour bien me convaincre que j'entrais dans l'âge adulte débarrassée de tout fardeau, c'est-à-dire libre et désormais invulnérable. Ce soir-là, j'ai décidé de m'en aller et de rejoindre mes parents à Venise, je savais qu'ils y étaient arrivés, venant de Rome, trois jours plus tôt et que, pour la troisième fois, ils resteraient une semaine dans cette ville. Ils m'avaient proposé de leur rendre visite à Venise et j'avais accepté en termes aussi vagues que possible, je ne voulais pas m'engager. Je savais comme ils seraient contents de me voir là-bas. Le lendemain matin, j'ai préparé mon sac à dos, payé la chambre, et je suis partie. J'ai laissé le cadeau d'anniversaire dans le placard, le locataire suivant se casserait la tête sur son contenu et sur la dédicace de F. J'ai pris le ferry pour rejoindre le continent, Bastia, très belle, couleur de craie, a disparu dans la brume, les mouettes n'ont abandonné le bateau qu'en pleine mer. Quelque chose allait me manquer, une distance par rapport au monde, peut-être. J'ai pris le train de Venise passant par Vérone, j'ai passé presque tout le temps à dormir ou à regarder par la vitre dans un état voisin du sommeil. Peut-être était-ce la rencontre prochaine avec mes parents qui me rendait si lasse, ou peut-être tout le reste ; c'est seulement en arrivant à Venise que je me suis sentie mieux.

Je me souviens d'une carte postale que mon père m'avait envoyée lors du premier voyage de mes parents à Venise. La plupart des phrases étaient comme toujours illisibles, mais j'avais tout de même pu déchiffrer des mots presque distincts, tels que *San Simeon Piccolo* ou *Chiesa degli Scalzi* ou *Lista di Spagna*, comme s'il avait eu plaisir à tracer joliment ces syllabes italiennes sonores. Il devait s'agir de la gare, de la première vision que l'on a des églises et du Grand Canal, de l'arrivée à Venise qu'il nous avait décrite plus tard comme « une arrivée qui ressemble à une entrée sur une scène d'opéra ». Quand je me suis trouvée devant la gare de Venise, je n'ai pas pu m'empêcher de penser à cette comparaison, et bien qu'elle me plaise assez cela m'a contrariée. L'église San Simeon Piccolo couleur vert-de-gris, l'église des Carmélites, la Chiesa degli Scalzi. Sur le Grand Canal circulaient gondoles et vaporetti, l'air était un peu moite, le ciel blafard et crépusculaire, bien que ce ne fût que le début de l'après-midi. J'aurais pu être déconcertée par la lumière et les couleurs, le naturel avec lequel les gens déambulaient sur le pont au-dessus du Grand Canal comme dans une rue banale, ordinaire, mais je n'étais pas déconcertée. Ma mère, qui s'efforçait toujours d'avoir réservé le plus grand nombre possible de pensions, de billets de train et de forfaits séjour avant même le début du voyage, m'avait, à la maison, noté l'adresse de leur pension à Venise. Elle avait dit « C'est tout près de la gare, on ne peut vraiment pas la rater », comme si cela devait me rendre en quelque sorte plus facile la décision de venir à Venise. J'ai déplié le plan de la ville qu'elle avait pris soin de me faire emporter, ce qui m'a tout de suite donné très chaud car je n'ai jamais su lire les plans des villes et, surtout, je n'ai jamais été capable de les replier correctement. Ma mère avait tracé une petite croix sur la pension et inscrit à côté un numéro de téléphone, il m'a fallu une concentration extrême pour trouver enfin la Lista di Spagna, qui partait à gauche de la gare. J'ai chargé mon sac à dos sur mes épaules et je me suis mise en route, je suis passée à côté des clochards sur l'escalier de la gare, des marchands de souvenirs, des attrape-touristes, j'ai monté la rue, les restaurants se succédaient, séparés par quelques boutiques de cartes postales, de chapeaux de soleil, de tasses à café, et une fête foraine. Je marchais lentement, je m'arrêtais pour essayer de repérer les numéros des maisons, de repérer mes parents, je supposais qu'à cette heure-là ils ne devaient pas être à l'hôtel mais plutôt au musée, sur la place Saint-Marc, à l'Accademia. Et pourtant je m'attendais sans arrêt à les découvrir, à la table d'un restaurant, dans l'entrée d'un magasin de vins, tournant dans l'ombre d'une rue latérale. Je me sentais maintenant tout excitée, joyeuse à l'idée de les surprendre, mais aussi inquiète – à quoi allaient-ils bien ressembler, mes parents à Venise ? Le naturel avec lequel ils séjournaient dans cette ville, que j'y vienne ou non, m'a paru tout à coup presque incongru. La rue débouchait sur une grande place, le Campo San Geremia, la pension devait se trouver là, quelque part. Les pensions bon marché sont impossibles à repérer, en fait elles restent quasiment introuvables. Je me suis arrêtée et j'ai déposé mon sac, je me sentais exténuée. Le soleil m'aveuglait, il était juste à l'aplomb de la croix au-dessus de la coupole de l'église. Mes parents se faufilaient entre les lourds battants du portail, ils se faisaient tout petits derrière un groupe de touristes, ils se cachaient sous les parasols du café de la place, brusquement j'ai eu le sentiment qu'ils n'étaient pas du tout ici, qu'ils n'étaient jamais arrivés à Venise, qu'ils s'étaient volatilisés avant, à Rome ou à Florence ou tout au début de leur voyage, à la gare de Lutherstadt Wittenberg. « Signor et Signora P. ? » me dirait le concierge de la pension d'un ton perplexe, en étirant les syllabes, il hausserait les sourcils et secouerait la tête avec un air de regret, et alors qu'est-ce que je ferais ? Je prendrais la chambre qu'ils avaient réservée pour eux et je me coucherais dans leur lit inutilisé, dans leurs draps propres et frais, et froids ? Je m'imaginais déjà dans une cabine téléphonique appelant en Allemagne, « Ils ne sont pas ici, ils ne sont pas à Venise, ils ne sont même pas arrivés », et les voix ensommeillées, perplexes de mes sœurs, « Quououaaa... ? », non pas horrifiées, plutôt hébétées, et c'est à ce moment-là qu'une voix a crié mon nom de l'autre côté de la place. J'aime bien me rappeler ça, ce moment sur le Campo San Geremia où ma mère a crié mon nom et m'a délivrée. J'ai tourné la tête, effrayée et interloquée, c'est qu'elle n'avait pas crié mon véritable nom mais celui par lequel elle m'appelait enfant, « Fillette ! » a crié ma mère de l'autre côté de la place. J'ai regardé loin par-dessus la tête des gens, je n'arrivais pas à la repérer, elle m'a appelée encore une fois, sa voix venait de très haut, et enfin je l'ai vue sur l'unique balcon d'une petite maison étroite juste en face de l'église. Elle riait et agitait la main comme une folle, et pendant un instant elle a vraiment ressemblé à une Vénitienne, à une femme qui habiterait là, au n° 1 du Campo San Geremia et qui vers midi serait assise à l'ombre sur son balcon, très haut au-dessus du bruit et de la cohue de la place. J'ai pris mon sac, je me suis frayé un chemin au milieu des touristes et j'ai couru vers elle, arrivée sous le balcon je me suis arrêtée. Elle a baissé la tête et m'a regardée, puis elle a répété mon nom, toujours d'une voix très forte. Elle a crié « Nous savions que tu venais, nous en étions sûrs, nous attendons depuis des heures ! », et j'ai essayé de la calmer. Elle était complètement surexcitée, et les gens me regardaient d'un œil rond. J'ai dit « Maman ! Un peu moins fort, d'accord ? », ça m'a fait rire, elle a disparu, est revenue avec mon père et tous deux se sont penchés très bas par-dessus la balustrade du balcon, chacun à sa manière. J'ai crié « Je peux monter ? », ils ont secoué la tête et ont désigné le café sur la place où, pour une raison mystérieuse, j'ai dû les attendre vingt minutes. Ils ont fini par descendre, entre-temps j'avais bu deux cappuccinos, fumé quatre cigarettes et ma joie s'était presque envolée. Ils ont traversé la place en courant, ils se querellaient à propos de je ne sais quoi, ma mère parlait d'un ton pressant à mon père qui faisait des gestes de dénégation et levait les yeux au ciel d'un air accablé. Et puis ils sont entrés dans le café, quel qu'ait été le sujet de leur dispute ils l'ont oublié et ils se sont plantés devant ma table, presque recueillis, tellement contents. Etais-je différente ? Plus grande, étrangère ? J'étais bronzée et coiffée comme je le suis toujours, qu'ont-ils vu en moi, leur grande enfant ou bien toujours la petite, celle que je resterais à jamais, aussi longtemps qu'ils seraient là ? Je me suis levée, et nous nous sommes embrassés.

Un autre souvenir – je parle au téléphone avec mon père, qui ne va pas très fort, il est déprimé, il n'a pas le moral, je sais par ma mère qu'il a dit plusieurs fois « Pour moi c'est terminé », sur un ton qui n'admet pas de réplique, d'ailleurs personne n'aurait su quoi lui répondre. Nous bavardons au téléphone, sans évoquer son moral, nous parlons du livre qu'il est en train de lire, *Brandung*, de Walser, d'un poème que cite l'auteur, le langage haineux de l'amour, et d'autres choses, anodines, puis il se sent fatigué et nous nous disons au revoir. Je dis « Papa. Ne sois pas aussi triste », il dit « Porte-toi bien », et nous raccrochons. Je ne sais pas pourquoi je m'en souviens. J'entends le ton sur lequel il a dit « Porte-toi bien », je me souviens que j'ai perçu la fin de notre conversation comme une cruauté, je ne trouve pas d'autre mot. Ou alors comme un rejet ? Il me semble que tout souvenir est triste.

Dans le café du Campo San Geremia à Venise, ma mère a commandé un Prosecco, mon père un petit verre de vin, le garçon parlait allemand, j'ai trouvé ça vexant. Nous étions assis face à face, je ne sais plus si nous nous observions, je crois que non. J'ai dit « C'était comment, votre voyage, jusque-là ? », parce que je voulais le savoir et parce que je ne voulais rien raconter du mien. Ma mère a répondu avec empressement, mon père a commandé un deuxième verre de vin. A Rome ils avaient raté le train, à Padoue se trouvait la chambre de pension la moins chère d'Italie, il faut dire que c'était dans un bordel, à Milan un chauffeur de taxi les avait escroqués de cinquante mille lires, pendant le voyage en car vers Florence mon père s'était senti tellement mal qu'ils avaient été obligés de descendre, il s'était allongé de tout son long sur la route, il ne voulait plus continuer, le car était donc reparti. Ma mère racontait toujours des histoires de ce genre à propos de leurs voyages – avec beaucoup de détails, de digressions, des associations indirectes qui la menaient à d'autres voyages, d'autres situations, souvent dix ans en arrière ou davantage – et à un certain moment mon père n'a plus supporté, il est intervenu, s'est mis à compléter, puis à raconter lui-même. Les incrustations sur la gauche de l'entrée sud de la cathédrale de Milan, les Offices à Florence, Michel-Ange et Léonard, la canicule et les traces des roues des véhicules sur les pierres poussiéreuses de la Via Appia Antica. Ma mère a dit « En Italie, il n'y a pas un seul restaurant où le soir on puisse se contenter de boire un petit verre de vin, il faut toujours commander un menu avec cinq plats, et en plus ils vous apportent du vin blanc quand on voudrait du rouge », mon père lui a jeté un regard oblique. Elle a dit d'une voix mal assurée « Ce n'est pas vrai ? », alors il l'a saisie par la nuque, à la fois ému et agacé, il l'a secouée un peu et elle a eu un sourire gêné. J'ai dit « C'est bon de vous revoir ». Le garçon nous obligeait tous les quarts d'heure à passer une nouvelle commande, l'horloge du clocher a sonné six fois, mon père a commencé à s'agiter, il a tiré de la poche de sa veste une petite brochure publicitaire et s'est mis à la feuilleter avec ostentation, finalement ils avaient passé tout l'après-midi sur le balcon pour rien, à m'attendre. Ma mère n'avait rien souhaité plus ardemment, a-t-elle dit, que de me « voir du balcon traverser la place ». La pension dans laquelle ils logeaient n'était pas chère, certes, mais en contrepartie la visite d'étrangers était formellement interdite, je n'avais même pas le droit de jeter un coup d'œil dans leur chambre, à plus forte raison d'y passer la nuit. « Ils ne te laisseront pas entrer, même pas pour deux minutes », a dit mon père, « de toute façon c'est complet, il faut maintenant qu'on te cherche une chambre ailleurs ». J'ai dit « Je peux me chercher une chambre moi-même », mon père a dit « Mais tu n'y connais rien, les chambres ici sont toutes incroyablement chères, nous allons chercher ensemble, il faut que tu négocies », et j'ai dit « Vraiment, je peux le faire toute seule ». La perspective de faire la tournée des hôtels avec mon père et de devoir, rouge de honte, l'écouter *négocier* laborieusement avec la réception dans son anglais suranné, me paraissait redoutable. « Eh bien justement, non », a dit mon père, tout de suite blessé, le prenant comme une offense personnelle, j'ai dit « Papa, je t'en prie », mais il ne m'écoutait plus et il a fait signe au garçon. « Quand veux-tu repartir, rentrer à la maison ? » a demandé ma mère, innocemment. Depuis le début j'avais dit que, si jamais je venais, ce ne serait que pour une nuit. « Demain », j'ai dit, « Il faut vraiment que je rentre, j'ai des choses à faire », c'était vrai et en même temps ce n'était pas vrai, j'avais des choses à faire mais au fond je me fichais complètement de savoir quand je retournerais à la maison et si même je rentrerais. J'ai dit « Demain », je l'ai regretté aussitôt, et pourtant j'étais contente parce que j'avais suivi mon désir. Ma mère m'a fait le plaisir de ne rien ajouter, elle n'a même pas eu l'air déçu. Nous avons réglé une note exorbitante et nous nous sommes donné rendez-vous à huit heures sur la place Saint-Marc, mes parents voulaient encore visiter Santa Maria della Salute, Santa Maria Formosa et Santa Maria Gloriosa dei Frari, ma mère énumérait tous ces noms avec un sérieux enfantin. Mon père m'a expliqué très précisément sur le plan le chemin que je devrais prendre pour aller place Saint-Marc. J'ai fait des efforts pour paraître concentrée, j'étais de nouveau en nage. Il a dit d'un air soupçonneux « Le plan est déjà tout chiffonné, il faut que tu le replies correctement », il me l'a pris des mains et l'a replié lui-même. Puis nous nous sommes séparés. Je les ai regardés s'éloigner, pressés, affairés, ils ont vite été engloutis par la marée humaine de la place. Je suis entrée dans le premier hôtel que j'ai trouvé à côté de leur pension, j'ai pris une chambre à un tarif que ma mère aurait jugé indécent, me suis douchée rapidement, allongée dix minutes sur le lit – la fenêtre donnait sur une arrière-cour en puits de mine dans laquelle, venant de profondeurs insondables, montait une sorte de grattement, de raclement continuel et sinistre – et j'ai fumé lentement une cigarette. L'horloge du clocher au loin a sonné sept heures et demie, je me suis relevée, à peine délassée, je me suis habillée et j'ai quitté l'hôtel, le portier derrière son comptoir était assoupi. Dehors, c'était toujours Venise, la Lista di Spagna, l'air à présent frais, saturé d'humidité.

Voyager m'est pénible. Deux ou trois jours avant le début d'un voyage je deviens anxieuse, sans aucune raison, tout me paraît dénué de sens, l'éloignement, l'étranger, les continents, rien qui diffère de ce que je vois chaque jour de ma fenêtre, quatre semaines dans un pays inconnu, à quoi bon, me dis-je, qu'est-ce qui sera différent là-bas et à quoi cela va-t-il me servir, absurdement c'est comme si j'avais déjà tout vu. Il m'est impossible de me sentir en sécurité et le cœur léger dans des villes étrangères, ce que je voudrais surtout ce serait pouvoir rester dans ma chambre d'hôtel, la porte fermée au verrou, ne pas sortir du tout. Naturellement je ne reste pas dans ma chambre, je sors, mais cette sensation de peur ne se dissipe que rarement. A Venise c'était différent, la présence de mes parents semblait me tranquilliser. J'avais instantanément oublié l'itinéraire indiqué par mon père et, au sortir de la Lista di Spagna, je me suis contentée de suivre le flot des touristes qui à cette heure paraissaient s'être tous donné rendez-vous place Saint-Marc. Les touristes suivaient les petits panneaux de bois sur lesquels étaient représentées les curiosités les plus remarquables, la Piazza San Marco, les Procuraties, le Pont des Soupirs. Je suivais les touristes, amusée et un peu arrogante. Cette Venise me semblait trop irréelle, un décor de théâtre, l'invraisemblance même, aucun lieu réel ne peut être aussi étrange, aussi fascinant. J'ai arpenté le pont sur le Grand Canal avec ce même naturel qu'à mon arrivée j'avais trouvé si ridicule, le canal était d'un bleu d'eau savonneuse, la lumière à présent décroissait, les palais sur la rive reculaient dans l'ombre. Tout me paraissait indécis, adouci, mais peut-être n'était-ce que le bruit de l'eau, le crépuscule. J'ai obliqué dans les ruelles de San Polo, je me sentais protégée, je n'étais pas seule, quelque part par là, dans la prochaine ruelle, après le prochain pont, il y aurait mes parents, une perspective étrange et agréable. De toutes les petites rues débouchaient des flots de gens, parmi lesquels il ne me semblait pas y avoir un seul Vénitien. Les touristes marchaient vite, de plus en plus vite, je courais presque, et d'un seul coup ils se sont tous arrêtés et ont poussé un soupir général – *le pont du Rialto* ! Je me suis arrêtée moi aussi, je ne pouvais pas faire autrement. Je me suis appuyée au parapet, les pierres du pont rayonnaient d'un éclat blanc, et la lumière des lampadaires se reflétait dans l'eau en traînées bleues et dorées. Mon arrogance m'avait quittée, mon scepticisme aussi. J'étais parmi tous les autres et je pensais, avec maladresse et bonheur, « Que c'est beau, Venise », et j'ai continué à me le répéter jusqu'au moment où j'ai senti que le touriste derrière moi avait glissé sa main dans la ceinture de mon pantalon. Le pont du Rialto était noir de monde, les touristes affluaient à droite et à gauche, ils se pressaient vers le parapet puis refluaient, et j'avais parfaitement remarqué sur ma droite quelqu'un qui semblait vouloir témoigner à l'eau un intérêt particulièrement intense. Mais je venais de comprendre que ce qui l'intéressait, ce n'était pas du tout l'eau, c'était le contact interdit d'une femme au milieu de la masse anonyme, c'était moi. La main qui venait de s'introduire dans mon pantalon était fraîche et étonnamment naturelle, si naturelle que – l'âme en paix pendant une seconde – je me suis abandonnée à son contact, avant de me dérober sans équivoque. La main a glissé de ma peau, indulgente et sans regrets. Je me suis retournée et j'ai vu le visage échauffé du touriste, qui en fait n'était pas du tout un touriste, mais un Vénitien, j'en étais sûre, enfin un Vénitien. Je ne sais pas à quel moment précis je me suis dérobée à son geste. Je ne sais pas s'il venait juste de commencer à m'entreprendre, si mon interruption a été décisive ou bien s'il avait déjà fini. Je l'ai repoussé loin de moi, et son visage s'est éclairé, il a capté mon regard et l'a soutenu effrontément pendant deux, trois secondes. Nous nous regardions droit dans les yeux, c'était probablement le point culminant de son jeu, la dernière et délicieuse montée en puissance, et avant que j'aie eu le temps d'allonger le bras pour le frapper au-dessus de ces yeux-là, il avait tourné les talons et disparu dans la foule.

Ce genre d'expérience m'avait jusque-là été épargné, je ne suis pas bégueule et je suis prête à tolérer toutes les fantaisies imaginables, à condition qu'on ne m'approche pas de trop près. Le Vénitien sur le Rialto m'avait approchée non seulement de trop près, mais de *vraiment très* près, et pourtant j'ai retrouvé mon aplomb étonnamment vite. Il avait disparu si rapidement qu'il aurait été stupide de lui courir après. D'ailleurs je n'aurais pas su quoi faire avec lui, l'impulsion de le frapper avait cédé la place à une stupéfaction ébahie. J'avais la sensation qu'il avait laissé derrière lui une odeur, une odeur désagréable, aigre, qui me paraissait plus répugnante que ses attouchements, et je me suis rendu compte que je me cramponnais des deux mains au parapet du pont et que je respirais très vite. Ce souffle rapide m'est apparu comme un cadeau que je lui faisais et qu'il n'avait pas mérité. Je me suis obligée à respirer plus lentement, j'ai essayé de percevoir une autre odeur, l'eau de la lagune, l'air du soir, mais peut-être qu'à Venise tout avait une odeur étrange et saumâtre. Alors j'ai lâché le parapet et j'ai continué mon chemin, les genoux qui tremblaient un peu. Je me retournais de temps en temps parce que j'avais l'impression qu'il était revenu sur ses pas et qu'il me suivait, mais il avait vraiment disparu, ou alors il se cachait bien. Quand je suis arrivée sur la place Saint-Marc – avec dix minutes de retard – je l'avais presque oublié.

Je me dis toujours, quand mes parents seront vieux je voyagerai avec eux. Peut-être que je me dis aussi, quand je serai vieille je voyagerai avec mes parents. J'oublie qu'ils sont déjà vieux ou plutôt je refoule cette idée, je me dis, nous avons encore le temps, je perds la notion du temps. Chaque rencontre avec mes parents est entachée d'une espèce d'inquiétude. N'aurais-je pas mieux à faire que de rester assise sur le balcon avec ma mère et mon père et de parler avec eux de cette manière brouillonne, familière, absurde ? N'y a-t-il pas d'autres gens avec lesquels je serais plus heureuse ? Ne suis-je pas assise là simplement pour leur faire plaisir ? Et chaque départ est accompagné de remords et de tristesse, comme c'est bien tout de même d'être avec eux, comme c'est singulier et intime. Et ne devrais-je pas revenir vers eux pour toujours, puisque aussi bien je sais déjà tout sur tout le reste, sur le restant de la vie. Il est rare que j'arrive à être avec eux sur un mode neutre, sans inquiétude, ni remords, ni tristesse, sans que ce soit juste en passant et en m'efforçant de leur donner à croire je ne sais quoi. Comment nous pouvions rester ainsi tous les trois, assis côte à côte sur la place Saint-Marc, un père, une mère, un enfant adulte, ni plus ni moins, je suis incapable de le dire.

Ma mère avait insisté pour aller au Café Florian, bien qu'on y paie une simple eau minérale 15000 lires. Elle disait « Si on est à Venise, il faut aller au Café Florian. Ou au Quadri. Sinon, on n'est pas allé à Venise ». Mon père a fait remarquer qu'il s'était jusque-là bercé de l'illusion tenace d'avoir été déjà deux fois à Venise, même s'il n'avait jamais mis les pieds au Florian ni au Quadri. Derrière un cercle épais de sacs à dos de touristes nous avons découvert comme prévu les tables du Florian installées sur la place. La plupart étaient vides, nous nous sommes assis à une table sur le côté, ce qui avait l'avantage de ne pas nous mettre sur un présentoir, a estimé ma mère. Tandis que nous attendions longuement d'être servis, nous avons vu un garçon chasser des gens qui s'étaient assis uniquement parce qu'ils voulaient se reposer un peu. Pour détourner de nous, au moins a posteriori, un pareil soupçon, ma mère a insisté pour que nous ne commandions pas le vin rouge le moins cher, mon père a cédé. Le garçon a posé obligeamment devant nous une coupelle d'olives. Nous avons trinqué avec nos verres de vin rouge, « Bon anniversaire, ma grande fille », a dit ma mère tendrement, rien de plus, et je lui en ai su gré. « Oui », a dit mon père. L'orchestre du Florian jouait *My Way* sous les arcades. Les touristes qui nous entouraient chantaient avec la musique, « Des Américains » a dit ma mère juste en remuant les lèvres. Quand notre orchestre s'est tu et que le vent nous a apporté les échos de *Moon River* venant du Quadri, de l'autre côté de la place, la plupart des gens sont partis. La cathédrale Saint-Marc est devenue visible, mon père a déplacé sa chaise pour mieux la voir, ma mère a dit « Moi, je ne bouge pas de là », je crois qu'elle ressentait le comportement de mon père comme une sorte d'impolitesse à l'égard du Florian. Nous sommes restés un long moment sans parler. Mon regard allait et venait entre eux deux, je suivais tantôt celui de mon père, tantôt celui de ma mère qui s'évadait, indécis, vers les fenêtres éclairées du Quadri. « La petite a eu trente ans hier », a-t-elle dit de but en blanc à mon père sur un ton de reproche. Mon père a pris une de ses expressions perplexes. « Parfois », m'a-t-elle dit, « ton père ne prononce pas un mot pendant des heures si je ne lui demande pas ceci ou cela. Mais il faudrait que tu voies comme il ferme les yeux quand je dis baroque et que ce n'est pas du baroque. Il sait tout et moi je ne sais rien », il y avait presque du triomphe dans sa voix. J'ai pensé, « Voilà comment c'est, quand mes parents voyagent », j'ai pensé à la Corse, au livre d'anniversaire dans le placard d'une chambre fermée au bord de la plage, à celui qui était parti, à celui qui allait venir ou peut-être pas, il pouvait très bien ne plus jamais rien m'arriver. Ensuite il a commencé à faire frais, nous avons payé et nous nous sommes levés, j'étais un peu ivre ou tout simplement détendue. J'ai pris mes parents par le bras, ils savaient où se trouvait la station des vaporetti, la gare, l'hôtel, ils me protégeaient et je les protégeais aussi, mais ils ne le savaient pas. Nous avons traversé la ville nocturne en vaporetto, franchi sur l'eau les arches des ponts, nous nous étions assis contre le bastingage, j'étais entre eux deux. Dans un groupe il y avait une petite fille en costume de princesse, une robe blanche ornée de roses, son corps était boudiné et ses bras nus minces comme des bâtons, son visage, grave et beau, lui donnait plus que son âge. Elle se cramponnait à la main d'un homme, elle paraissait un peu anxieuse, ses yeux noirs étaient écarquillés. Quand le bateau s'est arrêté à l'Accademia, elle est descendue, digne et majestueuse, les jambes flageolantes. J'ai pensé au fréquent sentiment de malaise que j'éprouve d'habitude quand je vais quelque part avec mes parents, le sentiment d'attirer l'attention, de paraître bizarre, d'être la risée des gens qui m'observent, *Freaks*, je m'attendais à éprouver la même chose, mais non. Ma mère me signalait la moindre fenêtre de Palazzo ouverte qui permettait de voir à l'intérieur – « Regarde, le brocart, les lustres, les verres qui brillent. On a peine à imaginer que des gens vivent là ». Je savais que mon père aurait eu envie qu'elle se taise, j'en avais envie aussi d'une certaine manière, je savais que ça, c'était ma mère. « Quand nous traversions la nuit vénitienne en vaporetto et que tu n'as pas pu t'empêcher de jacasser tout le temps », dirait mon père, plus tard, gentiment. Nous avons débarqué à la gare, avec regret, le sol a continué à tanguer un moment sous mes pieds. Nous avons suivi la Lista di Spagna jusqu'à l'hôtel, il était minuit, j'ai pensé à la place Saint-Marc, aux pigeons, et au fait qu'on ne pouvait la voir vide que tard la nuit et tôt le matin. « Il y a un tourisme du suicide à Venise », nous avait une fois raconté mon père, « ceux qui veulent attenter à leur vie viennent exprès à Venise et se tirent une balle dans la tête à cinq heures du matin sur la place Saint-Marc ». « Quelle excentricité », avait dit ma mère, j'avais demandé « Et toi ? », mon père avait eu un rire bref et il avait dit « Trop vieux ». Je me suis représenté les pigeons prenant leur envol dans le silence suivant le coup de feu, et c'est alors que ma mère a trébuché et failli tomber. Nous l'avons retenue, j'ai dit avec indignation et effroi « Maman ! » et, à mon père, « Il faut que tu fasses attention à elle ! » Mon père a dit « De toute façon elle tombe toutes les deux minutes » et ma mère, gênée, a repoussé d'un geste d'enfant le soutien de nos mains rassurantes et craintives. Je leur ai montré très vite mon hôtel, les ai empêchés de jeter un coup d'œil à la chambre et de donner au portier des instructions à mon sujet, puis je les ai ramenés à leur pension. « Alors on passe te prendre demain matin à sept heures et demie pour le petit déjeuner », a dit mon père, et il a disparu aussitôt sans plus de formalités et sans se retourner à la porte, il trouvait toujours amusantes les sorties de ce genre. J'ai embrassé ma mère et je lui ai dit plusieurs fois d'affilée « Surtout fais attention dans l'escalier ! », j'ai réprimé mon envie de dire « Est-ce que je peux venir, est-ce que je peux me faufiler dans l'escalier en cachette et me coucher avec vous dans votre lit, s'il vous plaît », et puis elle a disparu aussi. J'ai attendu devant la fenêtre de mes parents que la lumière s'allume, j'ai attendu qu'elle s'éteigne à nouveau, vingt minutes plus tard. Mon père s'est avancé une fois encore d'un pas circonspect sur le balcon, il a allumé une cigarette, il avait enlevé ses lunettes, j'étais sûre qu'il ne pouvait pas me voir. J'ai failli l'appeler, lui souhaiter encore une fois « Bonne nuit », mais j'ai fait demi-tour et je me suis éloignée. J'ai bu un dernier verre au café de la place, des Noirs avaient étalé par terre devant l'église des imitations de sacs de luxe, ils étaient en costume africain et se gelaient manifestement, pendant tout le temps où je suis restée là ils n'ont pas vendu un seul sac. Puis je suis rentrée à l'hôtel, passée devant la réception déserte pour rejoindre ma chambre dans laquelle j'avais laissé en partant la lampe de chevet allumée. Du fond du puits de l'arrière-cour montait toujours ce grattement, ce raclement qui n'était plus inquiétant à présent, plutôt soporifique, j'ai fumé une dernière cigarette, et je me suis endormie.

Au matin, le portier a frappé à ma porte et crié plusieurs fois d'une voix rude « Mama e papa ! », il m'a fallu un bon moment pour comprendre que je ne rêvais pas. J'ai bondi hors de mon lit et j'ai ouvert, le portier était tout contre le battant et a fait un bond en arrière, puis il a répété encore, très lentement et en accentuant les syllabes « Mama e papa », du doigt il a montré la rue, puis il a tourné les talons et disparu. J'ai remballé mes affaires aussi vite que possible, je redoutais de trouver mes parents occupés à d'âpres négociations sur le prix de la chambre extorqué par ruse au portier, mais quand je suis arrivée à la réception, ils étaient apparemment absorbés dans la contemplation d'un petit tableau accroché au mur à côté de la porte d'entrée et ne m'ont pas vue. J'ai réglé ma note le plus discrètement que j'ai pu et je les ai observés, mon père expliquait quelque chose à voix basse, l'index pointé, ma mère considérait du coin de l'œil les tapis, les moulures, les draperies des rideaux et les palmiers d'intérieur, et puis elle s'est retournée brusquement vers moi et elle a dit sans transition « La petite est levée ». J'ai pris congé du portier de l'hôtel avec une civilité excessive, je désirais qu'entre tous ses hôtes il se souvienne de nous, de moi, de mama e papa, qui étaient restés là devant son petit tableau, si joliment, si unis, et avaient attendu leur enfant endormie, mais le portier demeurait morose et absent, alors nous sommes sortis, nous nous sommes retrouvés dans la rue. Il était un peu moins de huit heures, la lumière était claire et le ciel blanc, la rue vide et silencieuse, sur la place devant l'église des enfants couraient en uniformes d'écoliers, ils ont disparu dans une ruelle ; je n'avais pas imaginé qu'il puisse y avoir à Venise une école, des enfants, une forme quelconque de vie normale. Les boutiques de souvenirs étaient encore fermées, devant les cafés les garçons installaient leurs tables essuyées de frais et disposaient les chaises, des jeunes femmes en tailleur serré, avec d'étroits porte-documents sous le bras, se hâtaient en talons hauts sur les pavés, il n'y avait pas le moindre touriste en vue. Les gondoles vides se balançaient doucement à la Stazione Ferrovia Bar Roma. Nous nous sommes assis dans un café devant la gare et nous avons commandé du café et des croissants, je ne m'attendais pas à ce que mon père, après ses commentaires sur le tableau à l'hôtel, se remette à parler, alors j'ai parlé avec ma mère, et nous avons discuté de ce qu'elle appelait « des questions pratiques » – mon billet de retour, ma facture de téléphone, mes sœurs, les plantes sur le balcon de leur appartement de la Stuttgarter Strasse. « J'espère », a dit ma mère, « que tes sœurs les auront arrosées au moins une fois, dans ce cas elles auront peut-être survécu ». Mon père fumait et, la tête baissée, regardait l'eau. J'aimais avoir avec ma mère ce genre de conversations, j'aimais aussi sa formulation, « tes sœurs », curieusement elle m'honorait. Nous étions les premiers clients du café, le garçon avait placé pour nous les chaises autour de la table avec une belle fougue matinale, à présent il apportait le café auquel j'aspirais allègrement. Un deuxième client s'est assis à la table à côté. J'ai levé les yeux une seconde, je les ai baissés puis levés à nouveau et au fur et à mesure que devait se peindre sur mon visage l'effroi de le reconnaître, le visage de ce client s'illuminait de surprise et de joie. Celui qui à présent se mettait à son aise, commandait un café et comprenait visiblement d'un coup d'œil la situation, c'était le Vénitien du Rialto. Il était assis derrière le dos de mes parents, eux ne pouvaient pas le voir, ils n'avaient même pas encore remarqué, je crois, que quelqu'un s'était installé derrière eux. Je ne sais pas si c'était un air de famille ou notre façon d'être assis là ensemble qui lui avait fait deviner qu'il s'agissait de mes parents – toujours est-il qu'il avait compris la situation. Il comprenait que j'étais perdue et sans défense et qu'à cause de mes parents j'allais être à sa merci.

On lui a apporté son espresso, il l'a bu d'un trait, s'est allumé une cigarette et a enfoui sa main libre, la droite, dans la poche de son pantalon. La rue était toujours à peu près déserte, le garçon hors de vue. « Tu dois présenter ton attestation d'immatriculation », disait ma mère d'un ton sévère, et mon père feuilletait une fois de plus sa petite brochure publicitaire fatiguée. Je me cramponnais à ma tasse de café, j'aurais bien aimé fumer moi aussi, j'aurais donné n'importe quoi au monde pour pouvoir fumer là, tout de suite, mais pas en même temps que le Vénitien. Le Vénitien se masturbait, j'ai croisé les bras sur ma poitrine, détourné la tête, serré mes jambes l'une contre l'autre, un vaporetto a mugi à l'embarcadère, le garçon, très loin, a fait cliqueter de la vaisselle, le café avait un goût amer, des mouettes ont filé au-dessus de l'eau, l'horloge du clocher de San Geronimo a sonné une fois, deux fois. « Je verrais volontiers le Giorgione à l'Accademia », a marmonné mon père, ma mère a demandé l'addition, le croissant s'émiettait entre ses doigts. Quand j'étais petite et que j'avais de la fièvre, on me donnait des fraises, quelle que soit la saison ma mère réussissait à acheter des fraises qu'elle coupait en petits bouts, sucrait et me mettait dans la bouche, morceau par morceau. « Par manque d'assurance, par politesse ou par excès d'humilité tu donnes toujours un pourboire beaucoup trop gros », a dit mon père à ma mère et elle m'a souri, j'ai pensé *aqua alta*, allez savoir pourquoi, *aqua alta*, les hautes eaux, en automne et en hiver cette ville est inondée et un jour ou l'autre elle sera complètement engloutie. « Tu nous écoutes ? » a dit mon père, « Oui », ai-je dit, « mais oui, je vous écoute », mon cœur battait fort, le Vénitien a incliné sa tête en arrière. Il n'a pas émis un son, c'était fini. Il a enlevé la main de la poche de son pantalon. Et puis il a payé son espresso, il a dit « Grazie », au garçon, pas à moi, et il est parti.

Sommes-nous allés à l'Accademia ? Avons-nous vu Carpaccio et le Tintoret, Véronèse et le Titien ? Sainte Ursule, saint Marc, saint Roch, saint Georges. Ai-je attendu avec ma mère, devant l'Accademia, mon père qui est sorti longtemps après nous, les yeux rouges, avons-nous acheté des cartes postales pour témoigner de notre visite ? Est-ce que nous nous sommes assis au bord de l'eau, devant Santa Maria della Salute, si belle, si blanche, jambes pendantes par-dessus le mur du quai ? Quand nous nous sommes levés, je titubais, mes parents m'ont attrapée par le bras comme une vieille, un geste qui m'a mise en colère, je m'en souviens. Nous avons traversé des ponts, des ruelles, encore des ponts, marché le long de l'eau et retour. « Nous allons acheter des provisions de voyage » a dit ma mère, qui dans les villes étrangères adore acheter des denrées étrangères, j'ai attendu avec mon père devant une épicerie fine vénitienne ma mère qui, des heures plus tard, nous a-t-il semblé, est enfin ressortie avec une mine radieuse. Dans un kiosque, un regard bref, involontaire, curieux sur les gros titres d'un journal allemand de la veille. Des gondoles qui glissent sur l'eau, avec à l'intérieur des Japonais, des Américains, affalés au fond, comme morts. « Ça vous ferait plaisir de monter une fois dans une gondole comme ça ? », ai-je demandé à ma mère. « Oui », a-t-elle dit et elle a regardé mon père, « j'aimerais bien, mais ce n'est pas dans nos moyens ». Les cloches de Santa Maria della Pietà, Santa Maria Assunta, Santa Margherita, Santa Corona. « La lumière », a dit mon père, « la lumière, tu n'as pas remarqué quelque chose à propos de la lumière ? »

Mes parents m'ont amenée à la gare. Ils ont attendu le départ du train, nous avons fumé une cigarette ensemble, ils n'ont pas demandé « Tu veux rester ? », s'ils l'avaient demandé, je serais restée. Eux-mêmes voulaient encore passer trois nuits à Venise, ensuite ils iraient peut-être en Suisse, peut-être en Autriche, mon père voulait voir les montagnes, les Alpes, « J'aimerais faire une randonnée en montagne », a-t-il dit, ma mère a levé les yeux au ciel. Je relisais sans arrêt le panneau de la gare, Stazione Ferroviaria Santa Lucia, j'avais le cœur lourd, j'ai dit « Ecrivez des cartes, faites attention à vous, revenez sains et saufs, bientôt ». Quand le train a démarré, ma mère avait saisi la main de mon père. Les portes se sont fermées, ils m'ont fait signe, je n'ai pas pu m'empêcher de penser, si je devais les avoir vus pour la dernière fois, eh bien ce serait ainsi, debout main dans la main à la gare de Venise, un après-midi de juillet 1999. Le train était vide, je me suis installée dans un compartiment, j'ai fermé les rideaux du côté du couloir, je me suis assise près de la fenêtre, dehors la lagune défilait. J'ai ouvert le sac en papier que ma mère m'avait donné, du pain, du fromage de brebis, des olives, des pommes, un lion vénitien en chocolat. J'ai mangé le pain et le fromage, et j'ai essayé de dormir. A un moment, le train s'est arrêté en rase campagne, au milieu d'une prairie verte constellée de boutons-d'or qui avait un air incontestablement allemand ou autrichien, il s'est immobilisé là, tout simplement. J'ai ouvert la vitre et j'ai regardé dehors, il n'y avait pas l'ombre d'un quai de gare à l'horizon, rien que cette prairie dans la lumière du crépuscule, devant les montagnes déjà sombres. Quelques passagers sont descendus et se sont assis dans l'herbe, le train ne paraissait pas devoir repartir de sitôt. Le compartiment était frais, mais dehors il semblait faire vraiment chaud, l'air vibrait au-dessus de la prairie. Je me suis levée et je suis descendue moi aussi. Tout était tranquille et paisible, personne ne s'énervait de cette interruption du voyage. Au début, je redoutais que le train ne redémarre brusquement, trop vite pour pouvoir remonter, il y avait quelque chose de périlleux à marcher ainsi à travers cette prairie, à s'éloigner du train, à se retourner et à le voir là, immobile dans ce paysage. Un couple s'était installé à l'ombre des arbres comme pour un pique-nique du soir, je les avais déjà remarqués à la gare à Venise parce qu'ils étaient tous les deux monstrueusement gros et qu'ils ne se lâchaient pas, ils ne se lâchaient littéralement jamais. Ils étaient montés dans le train en se tenant par le bras, très laborieusement, ils avaient avancé dans le couloir cramponnés l'un à l'autre, à présent ils étaient assis main dans la main sous un arbre, deux enfants géants. Je me suis dirigée vers eux, ils m'ont saluée aimablement et ont répondu de manière polie et circonstanciée à ma question sur la raison de cet arrêt entre deux gares. Nous nous trouvions juste après la frontière italienne, quelque part en haut dans la montagne un deltaplane s'était crashé et il était tombé sur la ligne, on avait déblayé, le train pourrait repartir dès qu'on aurait réparé, peut-être dans une heure ou deux. Ils avaient parlé presque en même temps, en ne cessant de s'interrompre gentiment l'un l'autre pour apporter des informations complémentaires, à présent ils faisaient une petite pause. Je ne savais pas trop si je devais commenter notre retard ou déplorer la chute du deltaplane. Je me demandais si le pilote avait survécu à l'accident ou s'il était obligatoirement mort, je leur aurais bien posé la question mais cela me paraissait en quelque sorte déplacé. Je me taisais et ils se taisaient aussi. Et puis ils se sont remis à parler et ils m'ont raconté qu'ils étaient en voyage de noce et que ce mariage était poursuivi par la guigne. Le curé avait été frappé d'une attaque peu avant la célébration, une auto remplie d'invités était rentrée dans un arbre et l'auberge dans laquelle aurait dû se tenir la fête qui suivait la cérémonie avait brûlé. Mais eux allaient très bien. J'ai considéré comme une marque de respect le fait qu'ils ne mentionnent pas la chute du deltaplane au nombre des catastrophes et j'en ai déduit que l'homme était mort, accroché à quelque ligne électrique, les ailes brisées. Je suis restée encore un moment assise avec eux sous l'arbre, nous nous adressions de temps à autre des sourires rassurants, et ils n'arrêtaient pas de se câliner. A un moment je me suis levée et je suis retournée au train. Il faisait déjà presque sombre quand les contrôleurs ont fait le tour des gens en les priant de remonter en voiture, maintenant on allait repartir. Ils se sont tous levés et sont montés dans le train, lentement, presque avec réticence, ils seraient bien restés encore un peu. A présent les montagnes étaient noires. Les portières se sont fermées, je suis retournée dans mon compartiment et, quand le train a redémarré, j'ai laissé encore un moment la fenêtre ouverte, l'air qui entrait à flot était chaud. C'est seulement beaucoup plus tard, des mois plus tard, que je me suis dit que nous avions attendu quatre heures dans cette prairie, devant le train et dans la lumière du soir, à cause d'un mort et que c'était peut-être par recueillement et en l'honneur de ce mort que nous étions restés si calmes, tranquilles et patients. Je n'ai pas pensé à mes parents. Ils sont rentrés de Venise, cette fois encore.

Souteneur

Johannes tenait à ce que je dise *Karlovy Vary*. Pas Carlsbad. Surtout pas Carlsbad. C'était pour lui une question d'honneur en quelque sorte, un tribut au passé, *Carlsbad* – il étirait le mot en longueur, le prononçait d'une façon laide qui le rendait plus laid qu'il n'était –, pour dire ça il fallait vraiment être ignare. J'avais du mal à dire *Karlovy Vary* mais j'ai fini par le dire. Une ville dans une vallée en République tchèque, avec une fontaine d'eau thermale, chaude et salée.

Johannes vivait comme moi à Berlin. Il avait étudié la peinture et à la fin de ses études il arrivait plus ou moins à vivre des expositions et de la vente de ses toiles, sans avoir fait particulièrement sensation sur la scène artistique. Il aimait bien vivre à Berlin, mais il préférait quitter la ville aussi souvent que possible et travailler dans des lieux étrangers, très lointains, pendant six mois, puis rentrer à Berlin. Il gardait la maison d'une vague relation dans le Sud de la France, louait un appartement dans une petite ville américaine, habitait trois mois dans un phare en Ecosse, et quand il n'avait pas d'argent, il se contentait de lieux de séjour moins spectaculaires. Cette année-là, il s'était décidé pour Karlovy Vary. Quelqu'un avait mis là-bas à sa disposition un appartement assez grand pour qu'il puisse l'utiliser comme atelier, pendant le temps qu'il voudrait, en tout cas jusqu'à la fin de l'année. Il était parti au début d'août, cela faisait maintenant six semaines, et il paraissait s'y plaire.

Je connaissais Johannes depuis longtemps déjà – mais qu'est-ce que ça veut dire – je le connaissais depuis dix ou douze ans. Tout au début j'avais été très amoureuse de lui, et quand j'avais cessé il était tombé amoureux de moi, et nous nous étions poursuivis l'un l'autre pendant un moment, et puis nous avions laissé tomber. Quand je parlais de lui, par la suite, je disais « Mon meilleur ami Johannes », peut-être simplement pour ne pas avoir à dire « Mon ami, mon *ami*, pas mon amant ». Un jour il m'avait demandé d'écrire un texte sur un de ses tableaux pour un catalogue, je m'y étais essayée, il avait été satisfait du résultat, et depuis j'écrivais régulièrement pour lui, il me payait pour ça. Quand je lui avais remis ce tout premier texte – deux pages et demie à propos d'un tableau représentant une orchidée ou un cœur ouvert en train de se dissoudre sur un fond d'un noir profond et brillant –, nous nous étions retrouvés un après-midi dans un café. Il était pressé et n'avait même pas enlevé son manteau, il avait bu un expresso, survolé le texte, dit « Oui, oui, ça va aller », fourré les pages pliées en quatre dans sa poche et pris congé. J'étais restée en plan, blessée, mortifiée, furieuse, les larmes aux yeux. Plus tard, je me suis débarrassée de cette susceptibilité, il y avait d'ailleurs des textes qu'il commentait avec moi plus longuement, surpris et ravi de ce que je voyais et croyais comprendre. Il m'avait appelée de Karlovy Vary en disant « Je viens de terminer un assez grand tableau et j'aurais besoin de quelque chose pour le catalogue. Tu aurais deux semaines de délai, est-ce que tu peux venir voir ? » Je n'en avais en réalité ni l'envie ni le temps, j'ai avancé un prétexte d'une voix hésitante, mais il ne m'a pas écoutée ou ne m'a réellement pas comprise, il n'arrêtait pas de répéter « Quoi ? Quouaaaaa ? Allô ? », alors j'ai crié « D'accord ! Je le fais ! Je vais le faire ! J'arrive ! » Et nous avons raccroché.

Je me rendis à Karlovy Vary en voiture. Il me fallut sept heures, sur la carte ça ne paraissait pas si loin. Je quittai Berlin vers midi, restai coincée une heure dans un embouteillage sur le Oberbaumbrücke puis une autre heure l'après-midi à Dresde, mais en direction de la frontière tchèque les routes étaient moins encombrées. A la frontière, deux jeunes auto-stoppeurs, un garçon et une fille, attendaient main dans la main une occasion, je m'appliquai à prendre un air aimable, ouvert, ils ne m'accordèrent pas un regard et montèrent dans une voiture avec une plaque d'immatriculation tchèque. Le douanier se plongea pendant un temps inutilement long dans la contemplation de mon passeport, l'esprit ailleurs, puis me fit signe de passer. Je changeai de l'argent, achetai une cartouche de cigarettes, le paysage était sinistre et un vent froid soufflait sur les parkings devant les boutiques Duty Free. Je regardai une fois encore la carte, la route semblait mener tout droit à Karlovy Vary, Karlovy Vary dont je ne savais rien sinon qu'il s'agissait d'une ancienne ville thermale avec des sources chaudes dont on pouvait boire l'eau, et que Johannes se trouvait en ce moment quelque part là-bas dans un appartement « très haut au-dessus des toits de la ville, ça je te le garantis » et qu'il m'attendait. Mais comment. En trouvant le temps long ? En se réjouissant à l'avance ? Je repris la route, allumai une cigarette et mis le chauffage.

Sur le bord de la chaussée, il y avait à présent des petites baraques en bois dans lesquelles on pouvait acheter du Coca-cola et des bonbons, et derrière leurs vitrines qui descendaient jusqu'au sol des filles nues dansaient toutes seules sous une boule disco, baignées d'une lumière rouge. Je n'étais pas préparée à cela, et la première baraque de ce genre me déconcerta au point que je baissai les yeux et détournai la tête, si bien que ma voiture faillit quitter la route ; mais ensuite les baraques en bois se multiplièrent, avec des parkings, des arrêts d'autocars, les filles nues dansaient dans la rue, endurcies contre le froid et le vent, en chaussures à plateau et avec des nœuds argentés dans les cheveux. Je me mis à rouler plus lentement et à les regarder, je n'accélérais que si je croisais leur regard, leur sourire amusé, ambigu, familier, comme si elles savaient sur moi quelque chose que je n'avais jamais révélé à personne. Je me disais que Johannes aurait dû me préparer au spectacle de ces filles faisant le trottoir, et je me réjouissais de passer là en voiture toute seule, de ne pas être obligée de m'enfoncer dans un silence pénible ou alors de parler. La route nationale s'élargissait, elle traversait des villages et des petites villes, les filles dansaient dans des baraques, derrière les vitrines des cafés, elles étaient assises devant des barres d'immeubles au soleil couchant et se nattaient mutuellement les cheveux tandis que des petits garçons jouaient au foot dans la rue devant elles. Je ne voyais aucun homme, aucune femme, rien que ces filles, ces petits garçons et des camions qui stationnaient sur les parkings devant les bars, et puis les enseignes lumineuses multicolores, les *Love* et les *Girls* et les *Dance* et les *GoGo* qui clignotaient sur les façades lépreuses des maisons. Le soleil déclinait et pendant quelques minutes tout fut baigné d'une lumière lourde et dorée. J'allumai l'autoradio, puis j'éteignis. Je pensai à

Johannes et pendant un moment je n'eus plus du tout envie de le revoir, d'arriver à Karlovy Vary. Je roulais tout droit, toujours tout droit, il y eut encore une grande fille, la dernière, avec une chemise de nuit en soie et des cheveux roux coiffés en chignon, debout au bord de la route, dans la boue jusqu'aux chevilles, et puis plus rien. Juste la plaine, des collines en pente douce et des lumières au loin. Plus tard, des installations industrielles, des usines de lignite, des gravières, des fabriques désaffectées, dans le ciel la lune qui montait. Vers huit heures du soir, j'arrivai à Karlovy Vary, garai la voiture dans un parking du centre de la ville et fis à pied le trajet que Johannes m'avait décrit.

J'ai été avec Johannes à Paris, à Berne, à Bremerhaven, à Zurich. A Paris et à Berne, j'étais invitée à l'inauguration d'une de ses expositions, j'avais écrit le texte du catalogue et je suis restée une heure debout près du radiateur, un verre de champagne à la main, avant de regagner mon hôtel, le lendemain j'ai repris le train pour rentrer chez moi ou aller je ne sais où. A Bremerhaven, où il vivait les premières années, j'étais venue en voiture pour le voir, pour le revoir et lui dire enfin ce que je voulais lui dire, et naturellement je n'ai rien dit, rien avoué, et il ne s'est rien passé du tout. A Zurich, j'étais celle qu'il aimait ou croyait aimer, et nous avons passé la nuit allongés côte à côte sur un canapé-lit dans une chambre d'hôtel du quartier chaud, j'avais tourné mon visage vers le mur et mis mon bras par-dessus ma tête, il s'est mis à pleurer et il a dit « Tu es cruelle », ce que je n'étais pas. A Karlovy Vary, je n'étais rien pour lui, il n'était rien non plus pour moi, en somme nous étions enfin des amis, et c'est seulement aujourd'hui que j'ai peut-être envie de savoir si c'était vraiment ce que nous voulions être. Ou alors autre chose. Je me tenais devant la porte de son appartement, au cinquième étage d'une maison modern style peinte en blanc, dans une rue qui montait et au bout de laquelle des sortes de cyprès s'élevaient dans le ciel nocturne. La cage d'escalier sentait le citron, le savon et l'encaustique. Il n'y avait aucun bruit, j'ai heurté trois fois la tête de lion en cuivre contre la porte laquée de vert, j'ai écarté mes cheveux de mon visage avec ma main droite, lissé mon manteau. Je n'ai pas pensé à Zurich. Je n'ai pas pensé à Bremerhaven. J'ai peut-être pensé que j'aurais volontiers repoussé ce moment, le moment qui se situe juste avant que quelqu'un n'ouvre la porte et que mon visage ne prenne une expression dont je ne sais rien, mais non, je suis sûre que je n'ai pas non plus pensé à ça. Johannes a ouvert, il portait un pantalon de costume, une chemise à carreaux, les cheveux plus courts que jamais, sans que ça le change, il a dit « Entre », il l'aurait dit de la même façon partout dans le monde. Et nous nous sommes embrassés.

« Karlovy Vary », a dit Johannes, « est la ville thermale la plus réputée d'Europe. *Vary* signifie chaud, ou plutôt *Wary* signifie bain chaud et *Karlovy Vary* signifie bain chaud de Charles, parce que c'est l'empereur Charles IV qui a découvert ces sources lors d'une chasse et qui a guéri dans leurs eaux ses blessures reçues à Crécy ». Nous étions assis par terre sur un tapis oriental vert foncé à côté d'une table basse, Johannes versait du thé dans des bols de porcelaine d'une finesse extrême, il a dit « Autrefois les sources étaient utilisées surtout pour les bains, maintenant on privilégie un usage interne, il faut que tu t'achètes une tasse à bec et que tu boives de l'eau de source, quatre à cinq fois par jour ». J'ai dit « Qu'est-ce que tu racontes ? », alors il a eu un drôle de sourire dans sa barbe, l'air d'insinuer que j'avais encore beaucoup de choses à apprendre. La pièce était grande, éclairée indirectement par différentes lampes, elle donnait dans une autre pièce, et puis il y en avait encore une, et puis une quatrième, une cinquième, je m'étais rarement trouvée dans des appartements comme celui-ci. Tous les murs étaient laqués, couleur coquille d'œuf, ils brillaient d'un éclat mat, renvoyaient la lumière. Les pièces étaient remplies d'antiquités. Bureaux Empire, petites chaises Rococo, vases chinois, tentures, dessins à la plume dans des cadres foncés, tapis de brocart sur de lourdes tables de salle à manger, fauteuils profonds en velours devant une cheminée, vases de cristal remplis de fleurs fanées sur des guéridons hauts sur pattes, et toujours et encore des meubles chinois ou asiatiques, comme cette table à côté de laquelle nous étions assis, une chaise longue face à la fenêtre et des tabourets sculptés devant des miroirs aveugles. J'avais traversé l'entrée pleine de recoins et déposé mon sac de voyage dans la chambre à coucher à côté du lit d'une largeur rassurante, Johannes ne m'avait offert aucune autre possibilité pour dormir. Il m'avait crié de loin diverses recommandations « Enlève tes chaussures, tu raies le parquet avec tes talons hauts ! » – « L'eau dans la salle de bains est bouillante ! » – « N'ouvre pas la porte du balcon, après je ne peux plus la refermer ! » Sa voix paraissait venir tantôt de tout près, tantôt de plus loin, c'était délibéré et déconcertant ; quand je suis revenue sur mes pas, j'ai mis un long moment à le retrouver. Toutes les pièces avaient deux ou trois portes, quand je pénétrais dans l'une il venait justement de la quitter, jusqu'à la cuisine où je l'ai saisi par le poignet et j'ai sifflé « Ne bouge plus ! » Assis près de la table basse, il a glissé un coussin derrière son dos et dit « Affections nerveuses chroniques, neurasthénie, goutte et herpès, hypocondrie, faiblesses des organes abdominaux, hydropisie, scorbut et syphilis ». Je l'ai interrompu et j'ai dit « C'est une habitude chez toi, ou quoi ? Une sorte de tic. Ne pas parler de ce dont il faudrait parler, mais dire complètement autre chose, dire exactement le contraire. Je me trompe ? » Johannes n'a pas répondu. J'ai bu une petite gorgée de mon thé, il avait un goût de poussière, le petit bol de porcelaine reposait, léger et brûlant, dans le creux de ma main. La dernière pièce était débarrassée de tous ses meubles, les petites tables, les petites chaises et les chaises longues repoussées contre les murs, par les portes ouvertes je voyais le chevalet de Johannes, un tableau grand format recouvert d'un drap, des palettes, des bombes aérosols. La maison sentait la térébenthine, la peinture et un parfum que je ne connaissais pas. J'ai dit « Où sommes-nous, ici ? », et Johannes a dit « A Karlovy Vary », ça nous a fait rire tous les deux. J'ai parlé de Berlin et de mon travail et, de façon allusive, d'éventuelles amours, de rencontres et de nuits, puis nous avons parlé du commerce de l'art et des galeries, de trahison, de fierté, d'argent et de discipline, après j'étais fatiguée et j'ai voulu aller me coucher. Je voulais aller me coucher avant Johannes, être endormie avant qu'il ne s'allonge près de moi. Je suis allée à la fenêtre et j'ai regardé dehors. J'ai dit « Dis-moi, à qui appartient-il en ce moment, cet appartement ? », et Johannes a dit « A une Chinoise. La mère de ma galeriste », j'ai dit « Et où est-elle, la Chinoise ? » et Johannes a dit « La Chinoise est morte. Elle est morte il y a deux mois. Almine ne voulait pas liquider l'appartement, mais elle ne voulait pas non plus le laisser vide, alors elle m'a proposé de travailler ici, six mois peut-être ». J'ai dit « Mais bon sang, qu'est-ce que cette Chinoise pouvait bien faire à Karlovy Vary ? » Johannes a répondu « Boire de l'eau chaude et regretter son pays natal – c'est sans doute ce que tu voulais entendre ». J'ai dit

« Bonne nuit » et j'ai suivi le long couloir obscur jusqu'à la chambre à coucher. J'ai ouvert les placards remplis de vêtements, de manteaux de fourrure, de cartons à chapeaux, de chaussures, d'étoles. Dans les armoires à glace de la salle de bains, des pots de rouge ouverts, des flacons de parfums, des médicaments, la brosse à dents de la Chinoise dans un verre en cristal sur la tablette au-dessus du lavabo de porcelaine. J'ai pris tous les objets dans ma main, je les ai humés et j'ai examiné un assez long moment une trace de doigt dans un pot de crème de nuit – son index ? son petit doigt ? –, je me suis lavé le visage, j'ai enfilé ma chemise de nuit et je me suis mise au lit. Les draps étaient amidonnés de frais et sentaient la lessive. J'ai éteint la lampe de chevet, je me suis couchée sur le côté et j'ai regardé dans le couloir par la porte ouverte, on voyait de la lumière dans toutes les pièces, j'entendais Johannes aller et venir, tousser, le parquet qui craquait. Je pensais à la Chinoise. Je pensais, je me sens mal, mais je ne me sentais pas mal. Sur la table de nuit, un petit réveil doré faisait tic tac, l'aiguille de l'alarme marquait six heures et demie.

Johannes avait des habitudes fixes, des règles auxquelles il conformait sa vie à l'époque où j'ai fait sa connaissance, et plus tard à Karlovy Vary également, je suis certaine qu'il ne renoncera jamais à ces habitudes. Elles subiront quelques modifications, minimales, elles sont tributaires des lieux dans lesquels il vit, des gens qu'il a autour de lui pour un temps plus ou moins long. Mais dans leurs grandes lignes elles subsisteront jusqu'à ce que – ai-je envie de dire cela ? – jusqu'à ce qu'il devienne vieux et les oublie. Il y a dix ans, il vivait dans un deux-pièces à Kreuzberg, l'appartement était chauffé par un poêle, les toilettes étaient à l'extérieur, les fenêtres joignaient mal et l'électricité tombait sans arrêt en panne. L'hiver, il se levait vers huit heures, allait dans la cuisine, mettait la bouilloire sur le feu et retournait se coucher jusqu'à ce que l'eau soit chaude et que la bouilloire siffle. Alors il préparait du thé, du thé au jasmin avec du sucre et de la crème, et le buvait au lit, adossé au mur, en regardant par la fenêtre les acacias dénudés dans la lumière du matin, avec des parapluies et des petits filets vides de graines pour oiseaux suspendus à leurs branches. A un moment il se levait, prenait une douche glacée – il avait lu ça chez Brecht –, mangeait une pomme, mordait dans un demi-citron et se mettait au travail. D'où est-ce que je tiens ça, l'ai-je vécu ou me l'a-t-il raconté ?

J'ai revu la Kurpromenade de Karlovy Vary des années plus tard, sur un emballage de biscuits, un dessin maladroit qui évoquait vaguement l'allée avec sa colonnade, la petite fontaine, les bancs blancs au bord du fleuve. *Karlsbader Oblaten*, lisait-on sur le papier brun, *un souvenir délicieux*, je me suis souvenue de Karlovy Vary, d'un banc blanc sur lequel nous étions assis, Johannes et moi, le souvenir était effrayant parce qu'il était très soudain, il était net et précis. Nous sortions de la maison vers midi pour descendre vers le fleuve. Les maisons avaient un éclat blanc contre le ciel bleu de cette fin d'été, sur les balcons se tenaient de gros messieurs âgés en tricots de corps sans manches qui fumaient des cigares puis se détournaient, disparaissaient derrière les rideaux dans des pièces ombreuses et laissaient la porte du balcon entrouverte avec un geste léger et doux. La Kurpromenade était si aveuglante sous le soleil de midi que j'ai dû fermer les yeux, mettre mes lunettes de soleil. « Quelle bêtise, tu n'es pourtant pas russe », a dit Johannes qui marchait à côté de moi, d'un pas vif et déterminé. « A présent je vais te montrer un Klimt, dans la maison de cure, tu ne dois pas le connaître. » Un tableau mural, une mosaïque, effectivement je ne le connaissais pas et aujourd'hui non plus je ne m'en rappelle pas le moindre détail. Je me souviens de couloirs avec du linoléum par terre, d'où l'on apercevait des pièces carrelées avec des baignoires en zinc, des tables de massage, des dispositifs d'inhalation hors d'âge, une infirmière avec une coiffe bleue près d'une table, en train de fumer, penchée sur un journal. Je me souviens du silence de la maison de cure, des photos des musiciens de l'orchestre de l'établissement sur le palier du premier étage, la première violoniste, belle et grave, le clarinettiste aux cheveux roux, affligeant de ridicule. « Réservé aux curistes », a dit la vendeuse de billets dans le hall d'entrée, qui mangeait du gâteau aux prunes et n'a même pas levé les yeux, « Les billets de concert sont réservés aux curistes, quant à ce qu'ils jouent – eh bien mon Dieu, Strauss, des valses, toute cette musique nostalgique ». Johannes était déjà dans la rue, la porte s'est refermée lourdement derrière lui. J'ai acheté dans le premier kiosque venu une tasse à bec avec un cerf peint dessus. Johannes a affirmé ne s'être pas encore acheté de tasse à bec, « Et je n'ai pas l'intention de le faire », j'ai dit plusieurs fois de suite « Je ne comprends pas ça. Je ne comprends vraiment pas ». Des groupes d'Allemands en voyage organisé. Des vieilles femmes appuyées sur des cannes, avec des chaînes en or autour du cou et aux poignets, des peaux de renard posées sur leurs épaules voûtées. Des Russes et des Polonais. Les silhouettes des maisons modern style avec leurs pignons pointus, et puis les collines et la forêt déjà multicolore, de temps à autre une drôle d'odeur dans l'air limpide. « C'est le soufre », a dit Johannes comme s'il épelait le mot. Autour d'une fontaine avec un robinet doré étaient assis les Allemands, en anorak et pantalon beige, leurs visages de curistes repus et satisfaits tournés vers le soleil, nous nous sommes assis parmi eux. Au début j'hésitais à remplir ma tasse à bec avec l'eau de la fontaine, et puis je l'ai tout de même fait, j'ai penché la tête en arrière et j'ai bu. L'eau était chaude et salée, nauséabonde, j'ai bu prudemment, à petites gorgées. Les Allemands parlaient de leur poids et de leur digestion, de régime et de taux de glycémie, de sieste et de dîner, de la vertu curative de l'eau de source. « Ecoute bien », a dit Johannes, ce qui était superflu. J'ai rempli à nouveau ma tasse sous le robinet, dans la maison de cure une horloge a sonné, « L'heure du café », ont dit les Allemands, ils se sont levés et sont partis d'un pas nonchalant. Johannes a attendu que j'aie fini de boire mon eau comme on attend un enfant qui doit terminer sa limonade, il a dit « Tu bois ça comme si c'était de l'eau de Lourdes ». J'ai failli dire « J'aimerais bien en boire, de l'eau de Lourdes », j'ai eu le sentiment que dire ça n'aurait servi à rien, ce n'était pas la faute de Johannes. Nous avons parcouru la Colonnade, longé d'innombrables fontaines, des palmiers dans des caisses en bois, nous marchions lentement, tout le monde marchait lentement. L'univers s'était ratatiné, réduit à ce Karlovy Vary, plus rien que de l'eau chaude salée, une lumière méridionale et la pensée vague qu'au fond tout pourrait m'être égal, complètement égal, et peut-être que ce fut le cas, pendant un instant.

Devant la grande fontaine d'eau de source de Karlovy Vary à l'extrémité de la Kurpromenade – la fontaine était fermée et son eau avait couvert les ardoises de la chaussée d'une couche vert-de-gris argenté –, un chœur d'enfants chantait quelque chose comme l'*Ave Maria* de Schubert. Ignorant les panneaux avec l'inscription *Don't smoke* je me suis allumé une cigarette, un groupe de vieux Polonais m'a imitée avec reconnaissance. Johannes avait disparu depuis une demi-heure, et tout à coup il a surgi de nouveau à côté de moi, il avait l'air d'avoir très chaud. Plus nous montions haut sur la colline, plus les maisons étaient délabrées, les chaussées défoncées, des toiles d'araignées flottaient dans l'air, et par-dessus les murs écroulés se faufilaient des chats galeux. La route montait en pente raide et se transformait en un chemin forestier, à présent la ville était derrière nous, en dessous de nous, Karlovy Vary, la belle, l'éclatante. J'ai dit « Johannes, retourne-toi et regarde comme c'est beau », mais Johannes grimpait le chemin d'un pas vif, sans rien voir, et il a dit d'une voix essoufflée par-dessus son épaule « Quand nous serons en haut nous pourrons rentrer par le téléphérique ». Je marchais derrière lui, les yeux fixés sur son dos, un dos familier, autrefois familier. Johannes avait son blouson bleu de l'armée américaine, le blouson qu'il portait toujours, avec ses innombrables poches dans lesquelles il conservait jadis tous les objets imaginables, hameçons, plumes d'oiseau, noix, ficelle d'emballage, un petit caillou bleu de la côte atlantique française, un jeton du métro de New York, un bout de papier plié avec le modèle du tatouage qu'il voulait se faire faire un jour, une brosse à dents chinoise pas plus grande que l'ongle du pouce, un bracelet déchiré. Je connaissais chacun de ces objets. Il y a longtemps, j'étais assise devant lui, recueillie, et j'avais dit « Montre-moi ce qu'il y a dans tes poches », Johannes les avait vidées et avait tout étalé sur la table devant moi. Je ne voulais pas savoir ce qu'il en restait, ce qui était venu s'ajouter, ce qui s'était perdu. Au fond je ne voulais rien savoir de Johannes, de celui qu'il était à présent, de celui qu'il resterait pour toujours à partir de maintenant, à partir de quand exactement, je voulais rester dans le flou.

En haut, au sommet de la colline, il y avait un petit restaurant touristique, une baraque en rondins avec des bois de cerf au-dessus de l'entrée et une terrasse sur laquelle les chaises étaient rabattues contre les tables et le gravier déjà couvert de feuillage roussâtre. Johannes a pris deux chaises dégouttantes d'eau de pluie, a balayé de la main les feuilles qui couvraient la toile cirée d'une table, un serveur est sorti de la baraque en traînant les pieds. Nous avons mangé des roulades avec des knödel et du chou, Johannes a bu du vin blanc, moi un Coca-cola glacé, j'avais soif, j'avais chaud et la tête me tournait un peu, l'acide carbonique me picotait la langue. Le garde-fou en bois de la terrasse était envahi de toiles d'araignée, au-delà la forêt descendait à pic dans la vallée, jusqu'aux faubourgs de Karlovy Vary, aux barres d'immeubles et aux parkings vides, sur la façade d'un building une minuscule fenêtre s'est ouverte et a projeté un miroir de soleil le long de la ligne d'incidence de la lumière. J'ai enlevé mon pull-over et mis mes lunettes de soleil. Johannes a commandé un deuxième verre de vin blanc, le serveur est resté planté à côté de notre table, perplexe, à regarder avec nous en direction de la vallée, et puis il s'est détourné et il est parti. Au-dessus du verre de Coca-cola des guêpes étaient en suspens, immobiles, comme au bout d'un fil. Quelque chose m'a serré le cœur et puis la sensation a reflué, une brève conscience du caractère interchangeable des lieux, de la lumière et des situations, cette belle vie qui est la nôtre, dans laquelle il nous est accordé de nous arrêter dans des endroits comme celui-ci ou d'autres, un pont sur la Seine, un petit bateau d'excursion face à la côte de Sicile, une chambre d'hôtel à Amsterdam avec vue sur le quartier chaud, Karlovy Vary, des roulades et un vin blanc âpre dont je ne voulais pas ; je me suis roulé une cigarette et j'ai regardé le visage de Johannes, son indifférence affichée et cette sorte de fierté de celui qui sait mieux que les autres – ce soleil ne dépendait de rien, ni le feuillage rouge, ni la chaleur tardive, de rien du tout, et en tout cas pas de nous. « Un verdier » a dit Johannes et il a pointé le doigt vers la forêt, je n'ai rien vu, pas de verdier, j'ai dit « Oui ». Je réfléchissais, je me demandais avec qui j'aurais dû partager cela, pour qui était toute cette beauté, ce calme de midi, si ce n'était pas pour nous, c'était bien pour quelqu'un à qui j'aurais pu en parler. J'ai dit « Johannes. J'aimerais bien rencontrer quelqu'un à qui je puisse raconter quelque chose. A qui je pourrais écrire une lettre. Il y a longtemps que je n'ai plus écrit de lettre », Johannes a haussé les sourcils et n'a rien dit. Loin en bas, dans la vallée, une ambulance a allumé son gyrophare bleu et pris la direction de la vieille ville, le bruit de la sirène montait jusqu'à nous. Johannes a dit « Dans un quart d'heure elle est en haut, elle t'embarque et elle t'emmène, parce que tu es vraiment incorrigible, bon Dieu », et j'ai dit « Dans un quart d'heure elle est ici et elle t'emmène parce que tu refuses de comprendre quoi que ce soit », nous avons échangé un regard noir. Un scarabée rampait sur la toile cirée, j'étais rassasiée et je n'avais pas envie de finir ma roulade, j'ai repoussé mon assiette, enfilé mon pull-over et remis mes lunettes de soleil. Nous avons payé et nous sommes partis. Nous avons pris le téléphérique pour redescendre dans la vallée, je gardais les yeux fixés sur la perruque blonde de la conductrice, une seule fois j'ai risqué un bref regard au-delà, dans le précipice – à quelle vitesse nous dégringolerions vers la vallée si les freins lâchaient, j'imaginais comme nous nous agripperions les mains, si nous pouvions encore le faire. Nous étions assis loin l'un de l'autre dans cette petite cabine, une cabine fantôme, et nous nous tournions le dos. Sans que cela ait une signification particulière.

« *There is a light coming into my window* », chantait Johannes l'après-midi, allongé sur le grand lit de la Chinoise morte, les yeux fermés, il ne chantait pas vraiment, il fredonnait plutôt, susurrait les paroles, à travers les persiennes à demi closes quelque chose entrait, de la lumière, mais ce n'en était pas, c'était autre chose. J'étais près de lui, couchée sur le côté, je le regardais et je continuais à le trouver beau, comme autrefois, comme toujours, ses drôles de cheveux cotonneux, son petit menton, sa peau rugueuse. J'aurais aussi bien pu être allongée auprès d'un mort, auprès de n'importe qui ou bien n'importe où ailleurs, tant je lui indifférais et tant il m'indifférait, et nous étions si proches l'un de l'autre, ça me faisait mal, à lui pas, manifestement. Je me suis levée et je me suis éloignée, je suis allée dans le couloir et je suis entrée dans une des pièces aux murs coquille d'œuf, je me suis assise sur une chaise contre le mur et j'ai songé que j'avais déjà faim de nouveau et que je mangerais volontiers ce soir. Plus tard seulement je me suis demandé comment nous nous étions retrouvés allongés là ensemble, côte à côte, las et amorphes – comment nous nous étions assis au bord du lit, avions enlevé nos chaussures, nous étions couchés sur le dos, tournés l'un vers l'autre, rien de plus, tandis que dehors la lumière baissait et qu'un vent soufflait qui faisait battre les persiennes contre la fenêtre. Ça ne m'est pas revenu.

Peut-être que Johannes avait compris quelque chose, une chose que je ne pouvais pas comprendre parce que j'étais trop sentimentale, et aussi trop possessive, tandis que lui s'adaptait, tout simplement, et présentait au temps son dos opiniâtre. « *It's a long way to China* », a-t-il répété plusieurs fois sur un ton mystérieux, comme si cela devait avoir pour moi une signification. Il avait un petit récepteur radio qu'il emportait à chaque voyage, qui était posé en ce moment sur le rebord de la fenêtre dans la cuisine de la Chinoise morte, et dont il a tourné les boutons jusqu'à ce qu'il tombe sur un émetteur arabe. « A quoi ça rime d'écouter de la musique tchèque quand on est en République tchèque. Tu comprends seulement que tu es en République tchèque quand tu entends de la musique arabe ou mongole, si tu préfères, ou bengalie, en tout cas quelque chose de complètement différent. » J'étais debout à côté de lui, inutilement parce qu'il ne me laissait pas éplucher les carottes, ni nettoyer le poisson, ni mettre la table, « Non, je fais ça tout seul ». A la radio, une voix perçante d'homme montait et descendait en cascades, un chant lancinant qui vous arrachait le cœur, des roucoulades vibrantes. J'ai pensé à des choses assez lointaines, une lune désolée derrière les fenêtres, des chacals et le sable du désert qui ensevelirait les maisons modern style de Karlovy Vary et étoufferait les sources, et puis ça ne m'a plus intéressée et je me suis rappelé tout à coup que Johannes m'avait une fois écrit une lettre à Essaouira. J'étais allée au Maroc parce qu'il y avait été des années auparavant, et peut-être avait-il dit une phrase du genre « Si tu veux mettre une image sur ta singulière nostalgie, eh bien va au Maroc », toujours est-il que j'y suis allée, mais ma nostalgie n'était pas suffisamment grande pour que j'y aille seule, j'y suis allée avec quelqu'un, pas avec Johannes, avec un autre. Johannes m'avait donné quelques adresses, des hôtels, des pensions, des restaurants qu'il avait trouvés bien, dans lesquels il avait passé la nuit et mangé. J'en ai dédaigné la plupart, mais à Essaouira nous avons pris une chambre à l'Hôtel du Tourisme, que Johannes m'avait recommandé. L'hôtel était au bord de la mer, construit dans les murs de la vieille ville, décoloré par le soleil et délabré, dans l'atrium voletaient des oiseaux jaunes, les draps étaient crissants de sable et de sel. Nous avons payé la chambre d'avance et quand l'employé de l'hôtel a examiné nos passeports, il s'est interrompu tout à coup et a sorti d'un tiroir une lettre qui, a-t-il dit, était arrivée pour moi une semaine plus tôt. La lettre était gonflée par l'humidité, une enveloppe faite de papier journal plié, Johannes n'achetait jamais d'enveloppes toutes prêtes, il les fabriquait lui-même avec du vieux papier. Sur l'enveloppe, il y avait mon nom, *Hôtel du Tourisme, Essaouira, Maroc.* Je n'ai pas montré mon étonnement, mon agréable surprise, j'ai pris la lettre avec beaucoup de calme et de naturel, comme si j'étais une globe-trotter, une femme sans attaches, quelqu'un à qui l'on envoie une lettre dans l'inconnu, à travers le monde, peut-être qu'elle la recevra, peut-être pas. Et si elle la reçoit, cela aura un sens, ce sera un signe qui produira un changement. Nous avons monté l'escalier pour gagner notre chambre, je serrais la lettre dans ma main parce que je savais que, sinon, celui qui était avec moi me l'arracherait, torturé par la jalousie, il la déchirerait et la jetterait par la fenêtre en mille petits morceaux que le vent de la mer emporterait. J'ai lu la lettre dans les toilettes, je l'ai portée partout avec moi pendant tout le reste du voyage, sous ma chemise, contre mon cœur, et chaque soir, quand nous allions dormir, je la cachais dans un endroit différent. Ce qu'il y avait dedans, ce que Johannes m'avait écrit, je l'ai oublié. Dans la cuisine à Karlovy Vary – Johannes coupait des oignons, broyait du poivre entre ses mains, des graines de piment, de cardamome – j'ai dit « Tu te souviens de la lettre que tu m'as envoyée un jour à Essaouira ? » et Johannes a dit avec franchise « Non ».

Nous nous sommes assis à la table dans la pièce couleur coquille d'œuf, nous avons mangé du poisson à la tomate et au paprika, du couscous et de la salade, bu du vin, je n'avais pas vraiment envie de savoir où Johannes avait déniché ces denrées déjà presque exotiques à Karlovy Vary. Nous mangions dans de grandes assiettes de porcelaine et versions le vin de la carafe, un courant d'air venu d'on ne sait où faisait vaciller les bougies, et dans la cuisine les Arabes chantaient doucement pour eux tout seuls. Mon dégoût initial devant les assiettes, les tasses et les verres de la Chinoise morte s'était dissipé, je mangeais de ses épices et buvais son vin. La Chinoise était assise au haut bout de la table, ses petites mains croisées sur son ventre, elle portait un kimono rouge et nous souriait avec une apparente bienveillance. J'ai dit « Tu n'as pas eu peur au début ? », et Johannes a dit, comme s'il la voyait lui aussi « Si, au début oui. Je trouvais tout bizarre, et aussi absurde, cet empressement d'Almine à me laisser occuper l'appartement de sa mère morte. Il y a eu deux nuits où je ne me suis pas senti tranquille, peut-être trois, et puis j'ai cessé d'avoir peur. Si j'avais peur, je ne pourrais pas travailler ». Il a ouvert le ventre blanc du second poisson et l'a coupé en morceaux, cette dernière phrase était typique de lui, de sa capacité à prendre une décision, à décréter une chose et puis terminé, j'aurais donné beaucoup pour avoir cette faculté-là. J'aurais volontiers parlé plus longtemps avec lui de la Chinoise morte, qui était excentrique et d'une richesse incalculable. Je la voyais descendre la Kurpromenade à petits pas gracieux et boire son eau thermale dans une tasse chinoise à bec – que fait une Chinoise à Karlovy Vary, la question ressemblait à une blague –, « Et où donc vit sa fille, Almine, ta galeriste ? » « A Paris », a dit Johannes, laconique, il était manifeste qu'il n'avait pas envie d'avoir une conversation sur la Chinoise morte avec moi. Je me suis donc adossée à ma chaise et j'ai attendu qu'il décide de quoi il voulait parler avec moi. Je me disais, il faut que nous parlions de quelque chose, n'importe quoi, il n'est pas tard, nous ne pouvons pas aller déjà nous coucher, nous devons rester encore un petit moment comme ça, assis côte à côte. Mais au fond ça m'était égal, je me félicitais que ça me soit égal. J'imaginais comment j'aurais pu être assise à cette même place, anxieuse et tremblante, si j'avais été encore amoureuse de lui, si j'avais eu l'intention de le lui montrer, si j'avais brûlé de désir pour lui, je ne brûlais pas de désir pour lui. Johannes a mangé son poisson posément, a bu son vin et s'est essuyé la bouche avec la serviette en lin. « Tu voudrais encore quelque chose ? » « Non, merci. Je n'ai plus faim du tout. C'était bon. » Il a ramassé les assiettes et les plats, s'est levé et a disparu dans la cuisine. J'ai échangé un regard entendu avec la Chinoise et fait une grimace à la porte de la cuisine. Johannes s'affairait dans un cliquetis de vaisselle, il a crié « Je reviens tout de suite », amphitryon courtois, étranger, beau avec ses yeux bleu-gris et ses cheveux très clairs. Je me sentais d'humeur vindicative. C'était complètement absurde. « Tu veux un gin tonic ? » Je n'ai pas répondu, j'ai entendu qu'il ouvrait le réfrigérateur, le bruit des glaçons dans un verre, il a crié « Toi, tu te souviens de Myriam ? » A la manière dont il a accentué le *toi*, j'ai compris que sa question devait être la réplique à la mienne à propos de la lettre d'Essaouira. J'ai dit « Naturellement que je me souviens de Myriam ». Johannes est revenu dans la pièce, il a posé la bouteille de tonic et un verre devant lui sur la table, s'est assis et a dit « Et comment c'était, ta première rencontre avec Myriam ? » J'ai dit « Tu veux parler d'elle parce qu'elle te manque à ce point, ou bien tu veux que je te dise comment c'était parce que tu veux vraiment le savoir ? » Johannes m'a regardée d'un air agacé et il a dit « Je veux savoir comment c'était pour toi, c'est tout, tu n'es pas obligée de me répondre », alors j'ai déposé les armes. J'ai dit « Ça fait combien de temps, trois ans, quatre ? », et Johannes a dit, très sûr de lui, « Quatre ans », cette définition précise du temps m'a donné un moment le vertige. Quatre ans. L'été qui a suivi le Maroc. Johannes m'avait offert une bague, une grosse bague en argent fabriquée spécialement selon ses desiderata, avec au milieu une pierre qu'il avait trouvée sur je ne sais quelle île grecque. Il y avait une intention très symbolique dans l'aspect même de cette bague, et je l'ai acceptée. De quoi s'agissait-il ? D'un mariage ? D'une promesse ? J'ai pris la bague et j'ai disparu, j'avais à faire et ne pouvais m'occuper de rien. Quand j'ai eu disparu depuis assez longtemps, Johannes m'a appelée et il a demandé à récupérer sa bague avec un sérieux qui ne prêtait pas à discussion. Il avait raison. J'en étais lassée. Je me suis rendue à Kreuzberg un matin à la fin de l'été, la bague dans la poche droite de mon manteau, j'avais dix minutes pour lui parler. C'était cet appartement de deux pièces sur une arrière-cour, avec les toilettes à l'extérieur, le chauffage au poêle, l'acacia, les parapluies dans les branches. Au moment où j'entrais dans le bâtiment sur cour, une porte a claqué à un des étages supérieurs et quelqu'un s'est mis à descendre l'escalier, j'ai compris tout de suite. J'ai commencé à monter, et elle descendait, au deuxième étage nous nous sommes rencontrées, nous nous sommes croisées, nos coudes se sont touchés, nous nous sommes regardées. Ses yeux étaient marron foncé, son visage clair semé de taches de rousseur, serein, avec une expression de contentement, aucune trace de gêne, c'était un matin à la fin de l'été, et voilà, elle était passée. Quand j'ai regardé par la fenêtre du palier, je l'ai vue détacher son vélo de celui de Johannes, le pousser à travers la cour, disparaître par le portail. Les dix minutes que j'aurais eues pour parler avec Johannes, lui poser une dernière énigme et puis m'en aller, je suis restée dans la pénombre du palier, à inspirer et expirer et à trembler, et la colère et la tristesse qui montaient en moi de Dieu sait où étaient surprenantes. J'ai grimpé les marches deux par deux, je me suis retrouvée en haut et j'ai frappé contre la porte avec mes poings. La porte était mal fermée, elle s'est ouverte d'un coup et j'ai été projetée à l'intérieur, ridicule et maintenant en larmes, j'ai été projetée à travers l'entrée jusqu'à la petite pièce où Johannes était assis sur le lit, le dos appuyé contre le mur, le regard dirigé vers l'acacia, une tasse de thé au jasmin avec du sucre et de la crème se balançant sur ses genoux. La fenêtre était ouverte, il faisait encore chaud. J'ai pris la bague dans la poche de mon manteau et je l'ai posée sur la table de nuit, à côté des verres de vin vides, du cendrier avec les mégots et du livre ouvert, Giuseppe Ungaretti, *Poèmes*. Johannes a détourné les yeux de l'acacia et m'a regardée, exactement comme si je n'étais pas là. J'ai fait demi-tour, retraversé l'entrée jusqu'à la porte ouverte et je l'ai fermée derrière moi, soigneusement et sans bruit.

La Chinoise, dans sa pièce couleur coquille d'œuf dans une ville au fond d'une vallée en République tchèque – *it's a long way to China* – a hoché la tête plusieurs fois d'affilée, s'est levée, a salué d'une courbette gracieuse, dans un bruissement de kimono, et puis elle a disparu. Johannes a dit « Comment pouvais-tu savoir que c'était Myriam, je veux dire, comment savais-tu que cette femme étrangère qui sortait de mon immeuble venait de chez moi ? », j'ai dit avec irritation « Je le sais – je le savais, tout simplement. Ce genre de chose, on le sait. C'est évident », il a dit gentiment « Et comment c'était ? », j'ai dit d'une voix blanche « Comment voulais-tu que ce soit – c'était terrible. Terrible ». Je n'avais aucune envie d'en parler avec lui. Je voulais réfléchir au fait que ç'avait été terrible, effectivement, et que maintenant ça ne l'était plus – alors que *c'était* terrible –, comment pouvions-nous être assis aujourd'hui dans cette pièce côte à côte, dans l'aura bilieuse de toutes nos blessures, et en parler ? Je n'arrivais pas à me concentrer. J'ai dit « Je sais qu'elle est toujours là. Myriam, je veux dire. Elle est toujours là et je le sais, tu n'as pas besoin de me le dire ». Johannes a souri et il a dit « Mais je serais tout prêt à te le dire : elle est toujours là ». Il n'y avait aucun triomphe dans sa voix. Il a versé du tonic dans son verre, nous avons trinqué, nous avons bu, fumé, nous avons parlé et nous nous sommes tus, et quand nous nous taisions je croyais entendre la fontaine de Karlovy Vary, son eau de source qui jaillissait à flot au bout de la Kurpromenade sur les pierres semblables à des écailles de poisson. Tu l'entends aussi, oui, je l'entends aussi. La Chinoise, accroupie dans l'entrée obscure, confectionnait des dragons en papier de soie plié qu'elle faisait s'envoler comme des papillons. « Est-ce que tu te rappelles », ai-je dit, « est-ce que tu te rappelles comme tu m'as trouvée belle, à Paris, au vernissage de l'exposition, il y a deux ans ? », j'étais vaniteuse et probablement triste, mais Johannes l'était aussi. Il a dit « Evidemment que je me rappelle. Tu étais très belle. Tu portais un manteau de fourrure et des chaussures noires à hauts talons, et ton visage rayonnait. Tu es restée debout près du chauffage pendant une demi-heure, tu n'as parlé avec personne, tu avais froid, et puis tu es partie ».

Le matin, au petit déjeuner, vers dix heures et dans une lumière brumeuse – il s'était mis à pleuvoir pendant la nuit et il pleuvait toujours –, Johannes a éclaté de rire et il n'a plus pu s'arrêter pendant une heure d'horloge. Il s'était levé avant moi. Quand je suis arrivée dans la cuisine, il était déjà assis à table et mangeait sa sempiternelle pomme avec une petite tranche de pain blanc. J'ai dit « J'aime bien ce temps, j'aime bien quand il fait gris dehors et qu'il brouillarde », j'ai dit « Je crois que je suis de bonne humeur », et Johannes a reposé sur son assiette la pomme qu'il venait de couper en deux et il a éclaté de rire. J'ai attendu poliment. Je pensais qu'il allait sans doute me faire participer à ce qui le mettait tellement en joie, mais Johannes s'est arrêté de rire et il n'a rien dit. J'ai dit « Qu'est-ce qu'il y a de si drôle », il m'a regardée, il a regardé sa pomme, m'a regardée de nouveau et puis s'est remis à rire, encore plus fort, encore plus longtemps. Je me suis assise à la table en face de lui, maintenant je riais moi aussi, j'ai dit d'un ton léger « Ecoute, qu'est-ce qui te fait rire comme ça ? » Johannes a secoué la tête, a mis sa main devant son front, devant ses yeux, il riait, puis il s'est calmé de nouveau, s'est arrêté. Je me suis versé une tasse de café. J'ai dit prudemment « Johannes ? », et il s'est appuyé à la table avec ses deux mains, s'est levé, s'est posté devant l'évier, me tournant le dos, ses épaules tressautaient. Je le regardais fixement. J'ai dit « Est-ce que j'ai fait quelque chose, la nuit dernière ? Quelque chose dont je ne me souviens plus et qui était si follement drôle ? », et Johannes a tendu les deux mains en signe de dénégation. J'ai dit « Je ne comprends pas », il a tressailli, s'est plié en deux au-dessus de l'évier, j'ai dit furieuse « Tu ris de moi, ou quoi ? Qu'est-ce qui te fait rire, bon Dieu ? », il est sorti de la cuisine. Je l'entendais dans l'entrée. Un ricanement étouffé, une inspiration, un gémissement niais, et de nouveau des éclats de rire. J'ai versé du lait dans mon café. J'ai pensé « Je m'ennuie ». J'ai tendu l'oreille. Johannes est revenu dans la cuisine, s'est rassis à table, a dit « Excuse-moi » et a pris sa pomme. Je l'ai regardé jusqu'à ce qu'il me rende mon regard, pendant une seconde, une légère rougeur lui est montée au visage, je voyais qu'il cherchait vraiment à se contrôler. Il n'y arrivait pas, il a éclaté de rire. Il a caché son visage dans ses mains. J'ai dit, avec autant de détachement que possible « Tu ne veux donc pas me dire ce qu'il y a de si drôle », et il a répondu d'une voix étranglée « Rien. Il n'y a rien de drôle. Je ne peux pas te le dire ». J'ai renoncé. J'ai reculé contre le dossier de mon siège, je me suis chauffé les mains contre ma tasse de café brûlante et je l'ai regardé comme on regarde un patient, ou bien un prisonnier ou un témoin, j'attendais et je le regardais. Il suffoquait, son visage était rouge foncé, les larmes ruisselaient de ses yeux, le rire le secouait et semblait douloureux. De temps à autre je riais aussi. Johannes ne cherchait plus à réprimer son rire, à l'arrêter par égard pour moi, il le laissait venir comme une vague et s'y abandonnait, je ne me souvenais pas d'avoir jamais ri de cette façon. Il s'est relevé et a quitté la cuisine en titubant, a traversé la pièce puis est revenu, debout dans l'entrée il a pris une profonde inspiration puis s'est laissé aller de nouveau, tout son saoul. Je l'ai ignoré. J'ai observé dehors la bruine qui tombait, dans l'immeuble en face les rideaux de toutes les fenêtres étaient tirés, le vent soufflait à travers les branches des platanes. Johannes riait derrière la porte fermée de la salle de bains, puis plus loin dans la chambre à coucher et une fois, brièvement, dans la cage d'escalier où l'écho redoublait son rire de façon grotesque. A un moment il s'est tu. J'ai tendu l'oreille et je ne l'ai plus entendu, j'ai attendu encore un moment, et puis je me suis levée et j'ai parcouru toutes les pièces à sa recherche. Il était dans la pièce-atelier, étendu sur une chaise longue, et avait posé sa main droite sur son ventre. Je me suis arrêtée sur le seuil et j'ai dit sur un ton hésitant « Ça va ? », il a dit sérieusement « Oui, ça va. Ça va ». Je suis restée plantée là en me demandant si j'allais lui reposer la question, mais je ne l'ai pas fait. J'ai dit « Tu ne voudrais pas, à un moment où un autre, me montrer ton tableau, le tableau sur lequel je dois écrire un texte ? », et Johannes a dit « Je crois que j'ai changé d'avis. Je n'ai pas besoin de texte. Le tableau n'est pas encore fini. Je te le montrerai une autre fois ».

J'ai essuyé la vaisselle, bu une deuxième tasse de café sur le balcon dans la bruine et je me suis recouchée. J'ai lu les trois pages d'introduction d'un catalogue d'art que Johannes m'avait donné, peut-être pour me montrer comment devait être écrit un véritable texte d'accompagnement pour un tableau, et puis je me suis endormie. Johannes m'a réveillée une heure plus tard. Il m'a dit « Tu vas choper une dépression si tu dors trop longtemps pendant la journée », j'ai dit « Est-ce que tu pourrais m'apporter un morceau de chocolat et une cigarette ? » Johannes était ravi. Il m'a apporté une boîte de bonbons au gingembre chinois dont je n'ai pas réussi à déchiffrer la date de péremption, mais que j'ai tout de même vidée. Johannes était assis sur la chaise à côté de mon lit et me regardait manger, puis il s'est levé et a quitté la pièce. Je l'ai entendu s'affairer dans l'atelier, la radio jouait de la musique mongole, Johannes sifflotait doucement, il rinçait ses pinceaux dans la cuisine, semblait-il, la pluie tambourinait sur le châssis en tôle de la fenêtre. Il me paraissait étrange de passer un si long temps en compagnie de quelqu'un avec qui j'entretenais un rapport aussi trouble, une distance aussi imprécise. Johannes ne m'était pas suffisamment familier pour que je sois tout le temps à courir derrière lui à travers la maison, à papoter en manifestant un attachement sans complexe, il m'était suffisamment familier pour que je le laisse s'asseoir à côté de mon lit et me regarder, à moitié réveillée et les cheveux emmêlés, avaler vingt bonbons au gingembre d'affilée. J'étais au lit parce que je ne savais pas ce que j'aurais pu faire d'autre, avec lui, sans lui.

L'après-midi, alors que dehors il faisait déjà presque nuit de nouveau, je me suis levée. Johannes était sorti. Il ne m'avait pas dit où, il ne m'avait pas demandé non plus si je voulais venir, ce qui n'était pas grave, je ne serais pas venue. « Tu connais des gens à Karlovy Vary ? » « Non. Personne. D'ailleurs je ne veux connaître personne, ça ne ferait que me détourner de mon travail. » Moi aussi, je le détournais de son travail, je le savais, il ne pouvait évidemment pas travailler quand j'étais là, en vérité il ne voulait pas de texte pour son tableau, il était temps de partir, demain matin je m'en irais. J'ai bu le reste de thé au fond de sa tasse, debout dans la cuisine, la main droite appuyée sur la hanche, du thé au jasmin froid avec de la crème et du sucre, et puis j'ai reposé la tasse sur la table et je suis allée dans l'atelier. La chambre de Barbe-Bleue. La septième pièce. L'air autour de moi semblait vibrer, ma peau était bizarre au toucher et j'avais la sensation de ne pas entendre parfaitement. Les stores de l'atelier étaient relevés, une lumière de pluie entrait et tous les objets donnaient l'impression d'être fondus et flous. Les tableaux étaient retournés contre le mur, recouverts d'un drap, aucune toile sur le chevalet, aucune toile terminée contre le mur. Entre les fenêtres étaient accrochés des bouts de papier sur lesquels Johannes avait noté des choses, des mots cryptés, *Jürgen Bartsch*, *Résistance*, *Résistance de la peau*, *Emballages vides*. Sur le bureau, des crayons, des coupures de presse, du papier, une poche de tabac et du papier à cigarettes, la petite boîte pour l'herbe que je lui avais offerte des années plus tôt, des punaises, des briquets, des tasses à café vides, des polaroids – Johannes avec un foulard noir autour des yeux –, un recueil de poèmes de Nietzsche, des cartes postales avec une vue de la Kurpromenade de Karlovy Vary, un encrier, une pince, trois bombes aérosols de peinture, un presse-papiers en verre avec une pagode chinoise en bambous à l'intérieur. Ce que je cherchais ne se trouvait pas sur le bureau, c'était sur le rebord de la fenêtre, soigneusement empilé, des enveloppes bleues, des enveloppes bleues rectangulaires avec l'adresse de Johannes écrite d'une écriture minuscule. Johannes à Karlovy Vary, une ville dans une vallée en République tchèque, avec une fontaine d'eau thermale chaude et salée. Je n'avais plus le cœur qui battait, j'aurais pu tourner les talons et partir, fermer la porte derrière moi, faire autre chose, je ne suis pas partie. J'ai pris la première lettre dans ma main, elle était légère, elle ne pesait rien du tout, elle ne jouait aucun rôle. J'ai sorti de l'enveloppe une feuille de papier quadrillée, je l'ai dépliée et j'ai commencé à lire. Une toile d'araignée, un entrelacs, un réseau de traits entortillés semblable à une énigme chinoise. Je n'ai jamais eu peur de lire les lettres d'autrui, leurs journaux intimes, leurs notes privées, j'ai toujours eu peur et je l'ai quand même fait souvent, par une sorte de sens du devoir inversé, pour apprendre quelque chose que je n'avais pas à apprendre et qu'il fallait pourtant que je sache pour pouvoir me décider. Les lettres de Myriam étaient un tissu d'obscénités. Obscènes, sexuelles, pornographiques, incohérentes. Elle rappelait à Johannes des émois très précis, décrivait des nuits futures, se perdait en délires lubriques. Je n'aurais jamais pensé que Johannes avait une sexualité, en tout cas pas une sexualité comme celle-là – était-ce la sienne ou celle de Myriam, ce qu'elle lui demandait de faire ? Ce n'était pas ma sexualité, et un petit quelque chose en moi me susurrait que c'était dommage. J'ai lu la troisième, la quatrième, la cinquième lettre, la sixième, juste pour me confirmer que c'était bien tout ce qu'elle avait à lui écrire, « Ce désir ardent tout au fond de moi, à l'endroit le plus obscur de moi » ; la dernière lettre, je l'ai lue parce que je me disais : Et si cette fois elle allait tout de même lui écrire une phrase du genre « Ce matin, je suis enfin allée à la bibliothèque municipale afin de rassembler les matériaux nécessaires à mon mémoire de maîtrise », elle ne l'écrivait pas. J'ai remis les lettres à leur place, soigneusement empilées, bord contre bord, J'ai pensé au clair visage de Myriam et à ses yeux marron, à Johannes dans son lit blanc, aux objets sur la table de nuit, deux verres à vin, un cendrier, un livre. Etait-ce à double sens ? Je me suis rappelé comment j'avais dit à Johannes, dans le petit restaurant touristique en haut de la colline au-dessus de Karlovy Vary « J'aimerais bien rencontrer à nouveau quelqu'un à qui je puisse écrire une lettre », j'aurais donné cher pour pouvoir reprendre cette phrase, elle me paraissait ridicule, je l'avais prononcée au mauvais endroit et au mauvais moment. Je suis sortie de l'atelier, la chambre de Barbe-Bleue, la septième pièce, je suis retournée dans la cuisine, j'ai ouvert le réfrigérateur et j'ai bu une grande rasade de gin directement à la bouteille. J'ai dit tout haut « Je voudrais ne l'avoir jamais vue. Je voudrais n'avoir jamais lu ses lettres. Je voudrais ne pas être ici », mais je savais que je mentais.

Johannes est rentré le soir, et rien en lui ne m'a permis de deviner où il était allé. Pendant ces heures que j'avais passées assise à la table de la cuisine à l'attendre, il avait été un autre, un étranger qui menait une vie dont je ne savais rien. C'est en tout cas ainsi que j'ai dû le regarder, car il s'est arrêté tout près de moi et il a dit « Ça ne va pas ? », j'ai dit « Mais si. Pourquoi ça n'irait pas ». Il s'est changé et nous sommes sortis, nous avons trébuché sur les pavés trempés de pluie d'un Karlovy Vary nocturne et désert, les fontaines de la Kurpromenade glougloutaient doucement pour elles toutes seules. « Une dernière gorgée d'eau thermale ? » « Plus d'eau thermale, merci beaucoup. » Nous sommes allés au parking où j'avais garé ma voiture et nous avons pris l'ascenseur jusqu'au dernier étage, nous avons soudoyé le portier avec une somme incroyable en dollars américains que Johannes a tirés de la poche de son manteau, et nous sommes entrés au *Bel Etage*, la seule boîte de nuit de Karlovy Vary. Il y avait longtemps que je n'avais pas passé la nuit dans une boîte, et une boîte comme celle-là, je n'en avais encore jamais vu. Derrière les grandes fenêtres s'étendait Karlovy Vary la belle, la ténébreuse, et personne ne regardait dehors, ils tournaient tous le dos au panorama, comme s'ils ne pouvaient plus le supporter, et concentraient leur attention sur le centre de la salle. Je me suis demandé si on allait fermer les persiennes quand le soleil se lèverait au-dessus des collines et de la forêt, rien n'étant plus redoutable à mon sens que la lumière du matin derrière les fenêtres d'un bar dans lequel j'ai passé la nuit à boire. Johannes a dit « Vers trois heures ils ferment hermétiquement, personne ne s'en aperçoit ». La salle était aussi vaste que la surface du parking en dessous de nous, le parking du niveau trois où se trouvait ma voiture, une grande salle remplie de tables, de banquettes et de niches éclairées par de minuscules lampes dorées. Au centre, la piste de danse, une boule disco au plafond, un décor années soixante-dix, lumière noire et show laser. C'était plein à craquer, les serveuses circulaient entre les tables avec des plateaux remplis de cocktails et de bouteilles de champagne. Curieusement, elles étaient toutes dans la cinquantaine, de grosses matrones robustes et déterminées qui avaient la situation en main, encaissaient tout de suite et, à ceux qui s'informaient, désignaient sans façon les prostituées tchèques assises en rang le long du bar, occupées à siroter leur flûte de champagne en bâillant. Sur la piste, les Russes et les Polonais se comportaient comme des déments, les Allemands se cramponnaient aux tables et dodelinaient de leurs lourdes têtes saoules, les très vieux curistes, les petites vieilles avec leurs renards et leurs chaînes en or s'apprêtaient à partir. Des jeunes Tchèques faisaient le pied de grue à la porte et invitaient sans ambiguïté les petites vieilles en train d'ajuster minutieusement leur toque de fourrure sur leur tête à aller enfin se coucher. Johannes a crié dans mon oreille « C'est la seule boîte ici qui ne ferme qu'au matin, tout le monde y vient, absolument tout le monde, et la mafia se fait une fortune ! », j'ai acquiescé d'un air idiot, je me sentais mal à l'aise, l'objet de tous les regards. On nous a conduits à une table, fait asseoir auprès d'un couple, demandé avec brusquerie ce que nous voulions boire, deux gin tonic avec glace, je me suis glissée dans la niche sur la banquette en cuir, j'ai enlevé mon manteau et serré mes genoux sous la table. Toutes les trois minutes, comme tirée par une corde, une prostituée se détachait du bar, mettait le cap sur une table, plongeait dans la pénombre au-dessous des petites lampes dorées, et une autre prostituée prenait aussitôt sa place au bar, il n'y avait jamais de vide. Les filles portaient des vêtements blancs qui dans la lumière noire rayonnaient d'un éclat fantomatique qui s'éteignait sitôt qu'elles étaient assises, Johannes a suivi mon regard et il a dit « A l'étage au-dessous il y a des chambres, une sorte d'hôtel de passe, très fréquenté ». La serveuse a posé brutalement les verres de gin tonic sur la table devant nous et a encaissé en dollars américains, elle m'a balayée d'un regard méprisant. Le couple s'est présenté. Rudi et Vlaska, la soixantaine, une Tchèque et un Allemand, mariés depuis dix ans, un énième mariage, Vlaska était belle, Rudi replet et élégant dans son costume blanc, la cravate étroitement amarrée autour de son cou épais. Penché par-dessus la table, Johannes écoutait les histoires très privées que tous deux lui hurlaient dans les oreilles, l'un à droite, l'autre à gauche, en feignant la plus extrême attention. J'ai bu mon gin tonic, accroché avec agressivité le regard de la serveuse et commandé aussitôt un deuxième, j'aurais bien dit : Trois d'un coup, s'il vous plaît, j'avais le sentiment que je ne pourrais pas supporter la situation à jeun. Des hommes passaient mine de rien devant le bar d'un pas nonchalant, évaluaient d'un coup d'œil les prostituées, les filles exhibaient leurs épaules nues et éclataient d'un rire éraillé. Les grosses serveuses s'agglutinaient comme des abeilles autour de la caisse enregistreuse, front contre front, s'énervaient, puis l'essaim s'égaillait à nouveau, les plateaux débordants brandis haut au-dessus de leurs têtes. Un second gin tonic, tiède. Vlaska chantait à Johannes une chanson populaire tchèque, sur la piste un quelconque tube déclenchait une vague d'hystérie. Rudi a desserré sa cravate, m'a offert une cigarette et a touché le bout de mes doigts avec sa grosse main suante. J'ai souri, il m'a souri en retour, nous avons trinqué, il a crié « C'est ma tournée ! » dans le vide, la serveuse était hors de vue. Johannes s'est penché vers moi et il a dit « Ça va bien ? », j'ai hoché la tête et j'ai voulu saisir vite son bras, mais il s'était déjà retourné vers Vlaska. Je me suis mise à fixer la boule disco, ses reflets clignotants, jusqu'à ce que la tête me tourne. Les prostituées luisaient, blanches comme des cygnes, le gin tonic avait le goût de l'eau, les Russes sur la piste braillaient « Every breath you take, every move you make », Rudi a posé la main sur mon genou sous la table, j'étais complètement à jeun, ça ne marchait pas, il n'y avait rien à faire. Johannes était assis à côté de moi, un bel étranger, un client ou autre, j'aurais aimé l'attraper par la nuque et le secouer. Vlaska s'est levée et a disparu. Rudi a enlevé la main de mon genou, a désigné du doigt une des prostituées au bar, qui a aussitôt regardé dans notre direction, et il a raconté à Johannes un incident qui apparemment avait fait sensation, je ne voulais rien entendre. J'ai détourné la tête et regardé par la fenêtre. Dans la vitre se reflétait toute la salle, la même chose dehors que dedans, pas de Karlovy Vary, pas de fontaine, pas de forêt obscure. Johannes a dit « Excusez-moi », il s'est levé et il est parti. J'ai regardé d'un air hébété le visage luisant de Rudi, qui s'est immédiatement et sans la moindre seconde d'hésitation tourné vers moi. Je trouvais monstrueux que Johannes m'ait laissée seule avec lui. Rudi a dit « Vous êtes ensemble, ou quoi ? », et je n'ai même pas répondu, ce qui d'ailleurs ne l'a pas contrarié du tout, il a de nouveau fait signe à la serveuse en me regardant et en ricanant. Je me demandais si Johannes était avec Vlaska, s'ils étaient convenus par quelque signe secret de se retrouver quelque part et si là, en ce moment même, ils n'étaient pas occupés ensemble dans une des chambres au-dessous de nous. Je me demandais en fait si Johannes était en train de le faire à Vlaska, une expression que j'avais lue dans les lettres de Myriam et qui me mettait dans tous mes états. Vlaska ne réapparaissait pas, Johannes non plus. La rangée de prostituées était serrée, compacte, impossible de se rendre compte si l'une d'entre elles avait emboîté le pas à Johannes, celle dont Rudi avait parlé ou une autre, elles se ressemblaient toutes. Rudi a attrapé ma main, mon poignet, mon bras, il serrait fort et me faisait mal, il a dit quelque chose que je n'ai pas compris. Je ne me sentais pas bien et j'étais tentée de me lever tout simplement et de l'emmener, d'aller avec lui dans une chambre et là de me faire enseigner des choses dont je ne savais rien, que je devinais tout juste et encore, même pas, j'aurais pu raconter ça à Johannes, plus tard. J'ai retiré ma main et je me suis levée. Je titubais en marchant dans l'allée, la lumière noire a fait luire un instant mon chemisier, les extrémités en demi-lune de mes ongles, la couture de mon jeans, d'un blanc de neige. J'ai titubé jusqu'aux toilettes et j'ai vomi dans le lavabo, une vieille Tchèque qui n'était pas partie avec les autres était debout derrière moi et sa main fraîche soutenait mon front.

Tard dans la nuit, peut-être à l'aube, peut-être au petit matin, à cinq heures, j'étais dans le corridor de l'appartement de la Chinoise morte, devant sa penderie. Les portes de la penderie étaient ouvertes, les vêtements sur leurs cintres accrochés à la tringle en laiton, des robes en soie, des robes en velours, en taffetas, de la dentelle et des broderies, de la fourrure et du brocart chatoyant. Des vêtements montait une douce odeur d'antimite, de poudre, de parfum, mêlée à autre chose que je ne connaissais pas, une note fumée. Je vacillais un peu en avant et en arrière, je me sentais la tête brûlante et fiévreuse, j'ai passé la main au-dessus des cintres, je n'arrivais pas à me décider. J'aurais voulu que la Chinoise vienne et choisisse un vêtement pour moi, une robe qui m'irait comme une seconde peau, mais la Chinoise était assise à la grande table de la cuisine et alignait d'innombrables grains de riz composant des figures géométriques compliquées, un peu comme des fleurs de givre, elle avait mieux à faire. J'ai pris un vêtement sur son cintre en fermant les yeux. J'ai rouvert les yeux, la robe était en soie bleue, brochée de fils d'or avec un col montant, ça ne m'allait pas comme une seconde peau et je n'arrivais pas à fermer les boutons dans le dos, mais quand je me suis retournée et que je me suis regardée dans la glace, le reflet de mon visage au-dessus du col bleu montant, avec ses joues rouges, m'a au moins paru familier. Je suis restée un moment comme ça, à me regarder. Je ne savais pas ce que je devais faire à présent, de la robe, de moi, de Johannes, de tout. Je ne savais pas si c'était triste, ou pas triste, ou rien du tout. Je suis allée dans la chambre et je me suis arrêtée à côté du lit, Johannes dormait. J'ai pensé que ce n'était pas ce qu'il fallait. Mais pas non plus ce qu'il ne fallait pas. Et finalement Johannes a ouvert les yeux, d'un coup, comme s'il n'avait pas été endormi. Il m'a regardée et j'ai craint un moment qu'il ne me comprenne pas, mais il a tendu la main et m'a fait asseoir près de lui. Il a caressé le tissu bleu scintillant et il a dit doucement « C'est vraiment agréable au toucher », il a soulevé la couverture et je me suis étendue à côté de lui.

Je me suis couchée le dos contre son ventre et il a passé son bras autour de moi et m'a tenu la main jusqu'à ce que je cesse enfin d'être obligée de penser à lui.

Et tout cela compte pour rien. Karlovy Vary. Je ne sais pas ce que c'était, cette visite à Karlovy Vary, une série d'instants fortuits, un hasard qui produit un changement, peut-être ça. Je m'en souviens comme je me souviens de la lettre à Essaouira ou du visage de Myriam, et ces souvenirs-là aussi sont inutiles. Le souvenir de Karlovy Vary est recouvert par le souvenir des lettres de Myriam, de ses assauts sexuels déchaînés, de la salive de Rudi sur mon visage, c'est dommage mais c'est probablement toujours ainsi. C'était comme un voile au-dessus d'autre chose. Comme si je fermais une caisse, une caisse remplie d'objets anciens, absurdes, merveilleux, et qu'au dernier moment je pense à quelque chose, un unique et minuscule objet au fond de la caisse, tout en dessous, que je rouvre la caisse et ressorte tout, mais que la petite chose reste introuvable, la seule preuve de son existence étant l'intuition que j'en ai, rien de plus. Je n'ai jamais revu Johannes depuis. Si je le rencontrais, je pourrais lui raconter le brouillard dans lequel j'ai roulé quand j'ai quitté Karlovy Vary. Un mur de brouillard, si inattendu que j'ai dû d'abord m'arrêter pour m'orienter et ensuite continuer en roulant au pas, longtemps, presque une heure. Je voyais tout juste l'extrémité de la calandre de ma voiture, pas plus loin, le reste du monde avait disparu dans le blanc. Je conduisais avec anxiété, penchée en avant comme si cela pouvait m'aider à distinguer quelque chose, il n'y avait rien à voir, et tout à coup j'ai eu le sentiment de me trouver dans une sorte d'entre-deux-mondes. J'ai pensé : Et quand le brouillard se dissipera, il y aura là autre chose, quelque chose d'étranger et de nouveau, et en dépit de toute ma peur cette idée me rendait heureuse. Le brouillard s'est dissipé aussi soudainement qu'il était venu. On ne le voyait même plus dans le rétroviseur et devant moi il y avait les baraques de la douane tchéco-allemande et les douaniers et les contrôleurs de passeports et le ciel, ils m'ont fait signe de passer et j'ai continué ma route, je suis rentrée chez moi.

Rien que des fantômes

Ellen dira volontiers par la suite qu'elle est allée une fois en Amérique mais qu'elle ne s'en souvient plus très bien. Elle a traversé de la côte Est à la côte Ouest et retour, elle a été en Californie, dans l'Utah, au Colorado, elle a vu l'Iowa, l'Illinois et l'Idaho. Elle s'est baignée dans l'Atlantique, dans le Pacifique, dans la Colorado River, la Blue River, le lac Tahoe, elle a contemplé le ciel au-dessus de l'Alabama, du Mississippi et du Missouri, et de tout cela elle ne sait plus rien. Elle dit « Je le sais parce que je le vois aux notes des chambres de motel et des restaurants, aux cartes postales jamais envoyées qui tombent de mon agenda. Je le sais, mais il n'y a rien à en dire. J'ai été à San Francisco, oui. A Big Sur et au Redwood National Park. Mais la seule chose sur laquelle il y aurait vraiment quelque chose à dire, c'est Austin, Nevada. Austin, au Nevada, l'Hotel International et Buddy. Buddy est le seul sur lequel il y a quelque chose à dire ». Comme s'il n'y avait pas eu ce voyage, comme s'il n'y avait pas eu elle et Felix. Ni avant, ni après, jamais.

Ils arrivèrent en fin d'après-midi à Austin. Ils s'étaient mis en route le matin à Delta, à la frontière de l'Utah et du Nevada, ils voulaient traverser le désert en une journée, ils avaient vu sur la carte, 600 miles sur la Highway 50 et trois localités recensées au milieu de cette solitude désertique : Elli, Western Town et Austin. Ils avaient trois gallons d'eau dans le coffre, un bidon supplémentaire d'essence, une cartouche de cigarettes, trois pommes et un pain blanc. Le pick-up Ranger Ford n'était pas climatisé. Ils burent un café à Elli, s'assirent un moment en silence sur une balancelle hollywoodienne devant la pompe à essence, Ellen transpirait, une lumière blanche vibrait au-dessus des lacs salés, et tout était recouvert d'une fine couche de sable, sa peau et les cheveux de Felix, il y avait du sable dans leur café, du sable dans leur bouche. Ils restèrent une demi-heure assis sans rien dire devant la pompe à regarder le désert, Ellen ne sait plus très bien d'où ils venaient et où ils voulaient aller, ils visaient probablement la mer. Ils se levèrent en même temps et sans un mot, Ellen jeta son gobelet de café vide et celui de Felix encore plein dans la poubelle poussiéreuse, et ils repartirent.

Austin surgit du néant, mais dans le désert tout surgit probablement du néant. La Highway 50 poursuivait son cours monotone entre les lacs salés tous semblables, les chaînes de montagnes se succédaient, une vallée, un sommet, une vallée, un sommet, et toujours cette lumière brillante, torride. A certains moments Ellen n'était plus très sûre qu'ils roulaient vraiment, qu'ils étaient en mouvement, et surtout qu'ils avançaient. Elle dormait quand ils passèrent Western Town puis se réveilla, rien n'avait changé. Elle s'efforçait de bouger le moins possible, buvait de l'eau, fumait trop, parfois elle tournait à demi la tête et regardait Felix, elle dit « Comment peux-tu supporter ça sans lunettes de soleil ». La route décrivit une brusque courbe, s'enfonça dans une gorge, inattendue et surtout abrupte, Ellen jeta un bref coup d'œil par la vitre de la voiture sur l'abîme qui s'ouvrait tout à coup sur sa droite. La route descendait en sinuant vers une vallée, puis apparurent des constructions, des maisons en bois, une église, une pompe à essence abandonnée, encore des maisons, dix peut-être, quinze, pas âme qui vive. Déjà s'ouvrait à nouveau devant eux le désert, la plaine et à l'horizon la prochaine chaîne de montagnes, mais Felix tourna à droite en direction d'un parking, arrêta la voiture, coupa le moteur et dit « Je crois que je n'ai plus envie ».

Le moteur émit un léger craquement, le vent projetait du sable contre le pare-brise, Ellen regarda le parking qui semblait appartenir à un hôtel, un vieil hôtel de western avec une large véranda de bois et une balustrade à claire-voie. Les fenêtres du premier étage étaient condamnées par des planches, mais au rez-de-chaussée une enseigne lumineuse clignotait derrière une vitre poussiéreuse, *Budweiser*, le néon faisait un effet bizarre dans la lumière du jour. Sur la porte fermée du saloon on lisait en lettres de bois un peu de guingois et délavées par les intempéries *Hotel International*. De l'autre côté de la route il y avait un motel, et l'écriteau *Vacancy* sur sa hampe oscillait dans le vent. Ellen dit « Comment ça, tu crois que tu n'as plus envie », elle eut le sentiment que sa voix avait une intonation stupide. Felix baissa la vitre, sortit prudemment son bras et dit « Je n'en peux plus. Je n'en peux plus de rouler. Je suis fatigué, je veux faire une pause, peut-être repartir demain. J'aimerais bien m'allonger une heure ». Il ramena son bras à l'intérieur et referma la vitre. « M'allonger n'importe où, quelque part où il fasse vraiment frais. Ou bien est-ce que tu veux absolument continuer. » Il avait mis un point à la fin de la dernière phrase. Ellen dit « Non. Je ne sais pas. Je ne veux pas absolument continuer ».

Elle demeura un moment assise sans bouger, Felix ne disait plus rien, alors elle finit par sortir en laissant la portière de la voiture ouverte, elle savait que Felix serait agacé. Elle traversa la route en direction du motel et entendit la portière claquer derrière elle, elle savait que Felix était resté dans la voiture, qu'il s'était penché par-dessus le siège du passager et qu'il avait fermé la portière d'un geste rageur. Ellen sentait l'asphalte brûlant à travers la semelle de ses chaussures. Elle cracha, le sable crissait entre ses dents, elle s'essuya les mains à son pantalon et regarda la route, en amont et en aval, il n'y avait rien à voir. Le motel était comme tous les motels, un bâtiment en fer à cheval avec un seul étage, *outdoor-system*, pas une seule voiture sur les places de parking devant les portes des chambres, et sur la vitre du bureau un panneau qui déconseillait de chercher des noises à Annie. Ellen poussa la porte du plat de la main, derrière il faisait frais et sombre, stores baissés, une odeur de poussière et de déjeuner aigre. La porte se referma toute seule et il fallut un moment à Ellen pour distinguer la femme maigre derrière le comptoir de la réception. Elle s'était enroulé autour de la tête une serviette de toilette d'où dépassaient sur les côtés de longues mèches de cheveux trempés, et Ellen ressentit le besoin pressant de se laver elle aussi les cheveux, là, tout de suite. La femme se mettait du vernis à ongles. Ellen s'éclaircit la voix et dit « C'est vous, Annie ? » La femme maigre revissa le bouchon de son flacon de vernis, souffla sur ses ongles, posa sur le comptoir un formulaire et un crayon à bille, et alors seulement regarda Ellen. Ellen sourit. « On ne peut plus loger à l'Hotel International ? », et Annie – si c'était bien elle – dit « Non ». Ellen entreprit de remplir sa fiche et s'interrompit aussitôt en entendant la voiture sur le parking. Une voiture inconnue. Elle regarda par la porte vitrée, à travers une fente du store, la voiture vint se garer directement face au motel. Felix était toujours assis dans la Ford devant l'Hotel International. De la voiture descendit une femme très petite et très grosse. Ellen revint à son formulaire et écrivit son nom et celui de Felix, avec application, en majuscules. Elle faisait cela depuis des semaines. Depuis des semaines elle remplissait les fiches dans les motels, passait les commandes dans les restaurants, négociait avec les rangers dans les campings des parcs nationaux, tandis que Felix se contentait d'attendre, d'attendre qu'elle ait tout organisé et clarifié, ce n'était pas qu'il parlait mal l'anglais, c'était qu'il refusait l'Amérique, il refusait Ellen. La femme petite et grosse entra en soufflant dans le hall, traînant derrière elle une valise et un sac de voyage tout déformé, apparemment très lourd, et s'appuya hors d'haleine au comptoir de la réception, à côté d'Ellen, Ellen se poussa un peu. Annie se leva et défit d'une main somnolente la serviette autour de sa tête, les mèches de cheveux trempées tombèrent, lourdes et lisses, sur ses épaules. La grosse femme dit « Nous avons téléphoné. Me voilà », et Annie dit « Oui ». Elle dit que, quant à elle, tout était prêt, alors la grosse femme demanda quelque chose, au début Ellen n'écoutait pas vraiment et puis elle prêta tout de même l'oreille et du coup elle tarda à porter sur la fiche le numéro d'immatriculation de la voiture. La grosse femme avait dans les cinquante ans mais son visage était rond et rose comme celui d'une toute jeune fille, elle avait des petits yeux à peine ouverts et des cils décolorés, ses cheveux décolorés également et très épais étaient rassemblés en une queue-de-cheval dont l'extrémité s'ornait d'un nœud rose. Elle portait une robe d'été à fleurs, des sandales d'enfant rouge vif, et sentait une drôle d'odeur, pas désagréable, mais tout de même bizarre, peut-être la sueur mêlée à un déodorant douceâtre. « De très vieux spectres », dit-elle sans préambule à Ellen. « Des chercheurs d'or. Des sales types sans manières. » Elle rougit fugacement. « Je vais entrer en contact avec eux », elle regarda Ellen avec un sérieux impressionnant, puis se tourna de nouveau vers Annie dont le visage ne trahissait ni ennui, ni agacement, ni quoi que ce soit d'autre. La grosse femme dit qu'elle allait photographier les spectres et communiquerait les photos à tous ceux qui le voudraient, elle avait aussi sur elle un classeur avec des photos d'autres spectres, elle les montrerait volontiers, tout de suite ou alors plus tard, comme ça leur ferait plaisir. Elle regarda de nouveau Ellen et sourit, Ellen lui rendit son sourire, ce qui lui coûta. Annie dit « Plus tard. Je préfère ». Elle chercha vainement quelque chose sous le comptoir et quand elle fit observer incidemment qu'elle ouvrirait le premier étage de l'Hotel International vers minuit, la grosse femme fut littéralement transportée d'enthousiasme. Elle sortit de son sac de voyage tout un bric-à-brac d'objets impossibles à identifier, un appareil photo en plastique, et pour finir un grand et solide appareil de prise de vue d'un autre âge qu'elle déposa sur le comptoir juste devant Ellen. Ellen écrivit le numéro d'immatriculation de la voiture sur la fiche, donna à Annie un billet de cinquante dollars et lui prit la clé des mains. La grosse femme s'affairait autour de l'appareil de prise de vue, il se mit en marche en ronflant et quand ce ronflement se modifia tout à coup, laissant place à un autre bruit très curieux, Ellen dit « A plus tard », sortit et traversa la route pour rejoindre Felix qui était affalé dans la voiture, les yeux fermés. Elle ouvrit la portière du conducteur et dit « Tu as vu la grosse femme ? », Felix ouvrit les yeux, « Laquelle ? », et Ellen dit « Cette grosse femme qui vient de descendre de la Chrysler, à l'instant. Qui s'est inscrite en même temps que moi au motel », elle dit « C'est une chasseuse de spectres », et Felix dit « Aha ».

Ellen se souvient de la chasseuse de spectres. Pas de la même manière qu'elle se souvient de Buddy, elle ne l'a pas vue comme elle a vu Buddy, plus tard, mais elle se souvient d'elle. Elle revoit ses pieds gonflés par la chaleur et enserrés dans ces petites sandales d'enfant, la peau de ses pieds était toute laiteuse. Elle se souvient de la couleur du vernis à ongles d'Annie, un rose saumon nacré, et elle se rappelle comment la chaleur s'est abattue sur elle sur le parking devant l'Hotel International. Felix avait dit « Aha » et puis plus rien, il ne se laissait pas impressionner, et pendant un court moment Ellen s'était imaginé ce qui se serait passé s'il était tout simplement reparti pendant qu'elle remplissait sa fiche au motel, s'il avait démarré, repris la route et disparu dans le désert. Il serait reparti, tout simplement, et elle l'aurait suivi des yeux à travers une fente du store, elle aurait entendu le bruit du moteur, de moins en moins fort, et puis de nouveau le silence. Il n'est pas reparti sans elle et rien de tout cela n'a d'importance, pourtant Ellen n'a pas oublié, elle le voit encore, des images très nettes et vives devant ses yeux, comme si à Austin, Nevada, tout avait eu un sens, mais ce ne fut pas le cas, pas tout à fait.

Felix amena la voiture sur le parking du motel, de l'autre côté de la route, et la gara devant la chambre 14. Le véhicule de la chasseuse de spectres était en travers devant la réception, elle-même demeurait invisible. Ellen ouvrit la porte, la chambre était petite et propre, un lit *queensize*, un téléviseur, un fauteuil, une douche, l'air conditionné. Il ne faisait pas frais, il faisait un froid glacial et Felix arrêta la clim. Ils sortirent les sacs à dos de la voiture, ils ne les déferaient pas, ils ne les avaient pas encore défaits pour de bon une seule fois, mais ils les sortirent malgré tout du coffre, les déposèrent dans un coin de la pièce. Felix enleva ses chaussures et s'allongea sur le lit. Il rabattit le couvre-lit jaune sur ses jambes et dit qu'il voulait dormir un peu, pas longtemps, une heure. Ellen s'assit sur le bord du lit et le regarda, il se tourna sur le côté et ferma les yeux. Elle se leva, chercha dans sa poche une cigarette, trouva une Camel écrasée et l'alluma, puis se rassit sur le bord du lit. Elle fuma lentement. Felix ne bougeait pas, peut-être dormait-il déjà, peut-être pas, son visage n'était pas détendu. Ellen observa les taches de rousseur autour de ses yeux, son nez pelait. L'expression *aimer quelqu'un terriblement* lui vint à l'esprit, elle pensa plusieurs fois d'affilée « je t'aime terriblement, je t'aime terriblement », puis les mots perdirent leur sens. Elle regarda par la fenêtre la route déserte et silencieuse, les ombres s'allongeaient et la lumière prenait une teinte bleuâtre, par la porte ouverte de la chambre la chaleur se déversait à l'intérieur en un flux constant et lourd. Les fenêtres du rez-de-chaussée de l'Hotel International s'étaient éclairées, en plissant les yeux elle distinguait derrière la vitre un bar, un miroir et peut-être des bouteilles, l'ombre mouvante d'une silhouette humaine. Elle termina sa cigarette et écrasa soigneusement le mégot dans le cendrier en plastique qui se trouvait sur la table de nuit. Elle resta encore longtemps assise dans la même position, les jambes l'une sur l'autre, la tête appuyée sur une main, à regarder Felix dont les traits peu à peu s'adoucissaient, mais ce n'était peut-être que l'effet de la lumière qui baissait, devenait grise.

A un moment elle se leva, se déshabilla et alla sous la douche. Elle prit une douche chaude malgré la canicule, se lava deux fois les cheveux et resta très longtemps sous le jet, puis elle passa à l'eau froide. Quand elle eut fini, Felix dormait toujours, et il faisait sombre à présent dans la chambre. Ellen sécha ses cheveux avec une serviette, s'habilla et sortit faire un tour. Elle laissa la porte ouverte et descendit la route, bien qu'il fît encore très chaud elle frissonnait un peu. Elle chercha à s'imaginer comment ce serait de tomber malade ici, un tout petit peu malade, 37,5 de température. Sans résultat. Elle passa devant une station d'essence fermée, la tôle rouillée de la cuve-réservoir était percée de larges trous aux bords saillants et à travers la carcasse du petit édifice de la station elle vit des épaves de véhicules empilées en train de disparaître sous une dune de sable. Une épicerie dont la vitrine sale était tapissée à l'intérieur de papier journal, deux, trois maisons qui étaient probablement habitées mais qu'elle ne voulut pas voir, et l'agglomération s'arrêtait là. Elle marchait lentement, les mains dans les poches de son pantalon, après la dernière maison la pente devenait raide, les plantes épineuses proliféraient. Elle continua encore un peu, jusqu'à ce qu'elle se trouve carrément dans le désert et plus du tout dans Austin, alors elle s'assit au bord de la route, parmi les plantes épineuses, sur une pierre. La pierre était chaude. Elle avait raté de peu le coucher du soleil, il venait juste de passer sous l'horizon, les pointes des pylônes étaient embrasées et les montagnes réduites à une silhouette. D'Austin on ne voyait plus rien et le désert à l'éclat bleu et froid avalait la ligne de la route bien avant qu'elle n'eût atteint la première hauteur. Il revint à Ellen que quelque part entre Elli et Austin elle avait dit à Felix à quel point elle aimait le désert parce que là elle réussissait à ne plus penser à rien, et comme toujours – mais cette fois à juste titre – il n'avait pas répondu.

Au fin fond du désert des points lumineux se détachèrent de l'obscurité, qui devinrent rapidement plus gros et plus brillants. Ellen attendit impatiemment le bruit du moteur, elle espérait que ce serait un camion, c'était un camion, et quand il passa à côté d'elle en grondant, elle dut prendre sur elle pour ne pas sursauter. Le chauffeur la regarda du haut de sa cabine et appuya sur l'avertisseur, il fit durer le son plaintif jusque bien après Austin. Elle pensa à Felix dans la chambre du motel, couché sous le couvre-lit jaune, qui dormait ainsi sans défense, la porte ouverte. L'Amérique était une Amérique de cinéma, celle des psychopathes et des serial killers, des passages les plus horrifiants dans les romans de Stephen King, l'Amérique n'existait pas, pas vraiment. Elle se leva et continua à marcher, elle ne revint pas vers Austin, elle ne rebroussa chemin que lorsque ce pick-up, qui avait ralenti derrière elle, s'arrêta presque à son niveau et qu'elle vit le conducteur, un Blanc avec un chapeau de cow-boy sur la tête. Il fit un geste de la main qu'elle fut incapable d'interpréter, en tout cas il ne l'aurait jamais laissée marcher seule dans la nuit et dans le désert. Jamais de la vie. A cet instant elle fit demi-tour et revint sur ses pas, beaucoup trop lentement, comme on fuit quand on rêve. Elle revint sur ses pas, refit la route en sens inverse et n'ôta les petits cailloux qu'elle avait dans ses chaussures que lorsqu'elle n'entendit plus la voiture derrière elle. A Austin des lumières s'étaient allumées dans deux ou trois maisons, sinon la ville était plongée dans l'obscurité et la route serpentait vers le néant.

Felix était toujours couché. La chambre était à présent torride et suffocante, et Ellen remit la climatisation. Elle s'assit sur le bord du lit et posa sa main sur la joue de Felix, son visage était tout chaud, et Ellen dit « Felix, tu ne veux plus jamais te lever ? » Il se détourna d'elle mais ouvrit les yeux et dit « Qu'est-ce qu'il y a ? » Ellen dit « Il est tard. J'ai faim, je voudrais aller boire quelque chose », sa voix avait une sonorité tout à fait singulière et elle aurait eu envie que Felix la regarde. Il se leva. Il dit « Où est-ce qu'on irait boire quelque chose », et Ellen désigna vaguement et presque en s'excusant les lumières de l'Hotel International derrière la fenêtre. Felix dégagea les cheveux de son visage avec ses deux mains et poussa un profond soupir, puis il enfila ses chaussures et dit qu'il fumerait bien une cigarette. Elle lui donna une Camel et du feu, leurs regards se croisèrent, Ellen ne put s'empêcher de rire et il sourit légèrement.

Buddy arriva tard à l'Hotel International. Quand il arriva, la grosse chasseuse de spectres était justement en train d'installer son appareil de prise de vue d'un autre âge en connectant toute une série de câbles et d'antennes mystérieuses, ses gestes étaient soit confus, soit d'une virtuosité bizarre. Son visage ruisselait de sueur, une rougeur de phtisique enflammait ses joues, ses ongles étaient mangés, rongés jusqu'au sang. Elle avait étalé son matériel sur la table de billard et tous les clients, des hommes exclusivement, traversaient de temps à autre la salle d'un pas nonchalant, leur bière à la main, pour s'approcher l'air de rien. Ils ne venaient jamais seuls. Quand ils posaient des questions, ce n'était pas sur les spectres, mais sur la technique. Quand ils s'apprêtaient à toucher l'appareil, la chasseuse de spectres serrait ses poings d'enfant, deux petites boules d'où saillait son index tel un dard. Les hommes reculaient, ricanaient et se frottaient la nuque d'un air perplexe. La chasseuse de spectres déclara sur un ton affecté et méprisant « Vous pensez à des chauves-souris. Vous pensez probablement à des chauves-souris et au fait que nous ne percevons pas leurs fréquences mais que nous pouvons les enregistrer. Mais ici il s'agit d'autre chose. De tout autre chose. Les spectres ont leur propre fréquence ».

La chasseuse de spectres était arrivée dans la salle vers dix heures. Felix et Ellen étaient assis au bar, le bar était long et lourd, fait d'un bois sombre et luisant, il prenait toute la longueur de la salle plongée dans la pénombre, qui s'était vite remplie ; quelqu'un avait allumé un feu dans la cheminée malgré la chaleur, le juke-box jouait. Tous ces gens qui semblaient ne pas venir seulement d'Austin, mais aussi du désert, des maisons isolées dont on pouvait juste soupçonner la présence par-delà les chaînes de montagnes, par-delà la lumière brillante, ne prêtaient aucune attention à Felix et Ellen. Ils avaient garé leurs voitures dans tous les sens devant l'hôtel, pénétré dans la salle, gardé leurs casquettes de base-ball et leurs chapeaux de cow-boy sur la tête, salué Annie debout derrière le bar – toutes sortes de tâches à Austin semblaient relever de ses attributions –, et s'étaient assis aux tables de bois rayées ou au comptoir. Quand ils s'asseyaient à côté de quelqu'un, c'était comme s'ils n'avaient été absents qu'un court moment. Annie avait relevé ses cheveux en un chignon négligent et adressé à Ellen et Felix un salut presque aimable, mais rien n'indiquait qu'elle les avait reconnus. Felix avait commandé une bière et Ellen un café, un sandwich et des chips, Felix ne voulait rien manger, il soutenait mordicus qu'il n'avait pas faim, une affirmation qui agaçait Ellen au plus haut point. La grosse chasseuse de spectres était entrée avec assurance et détermination, chargée de son énorme sac tout déformé, elle portait toujours sa robe d'été et avait enfilé par-dessus une veste en tricot. Elle avait dit à Annie, dont le visage avait tout de même fini par s'éclairer d'une lueur de curiosité ou d'amusement, « On peut y aller », avait embarrassé Ellen en la serrant longuement et chaleureusement dans ses bras, n'avait rien voulu boire mais s'était mise aussitôt à vider son sac sur la table de billard et à disposer les objets en ordre comme pour une expédition.

Elle ne s'était pas souciée des regards des autres, elle n'avait même plus jeté le moindre coup d'œil autour d'elle, et elle ne parut pas non plus remarquer le silence qui se fit quand Buddy entra. Le juke-box venait juste de s'arrêter. Un homme s'était levé pour appuyer sur un autre numéro, mais il s'était rassis sans aller au bout de son geste en apercevant Buddy. Buddy n'avait pas salué Annie, en tout cas Ellen n'avait rien vu de tel. Annie avait posé une bière pour lui sur le comptoir, juste à côté d'Ellen. Buddy s'approcha, prit la bière, la sirota à petites gorgées, regarda la table de billard, se détourna, but puis regarda à nouveau la table, un peu plus longuement cette fois. Ce manège dura quelque temps. Pour finir il reposa son verre, le tourna puis le remit droit. Annie prononça doucement son nom – *Buddy* –, alors Buddy traversa la salle à pas lents en direction de la table de billard. Ellen aurait cru que Felix restait assis à côté d'elle avec l'esprit complètement ailleurs, mais il avait apparemment observé Buddy avec la même attention qu'elle, car à présent il se laissait glisser de son tabouret de bar et disait « Je vais voir ça d'un peu plus près ». Ellen se leva et lui saisit la main. Buddy atteignit la table de billard. Il effleura discrètement le poignet de la grosse chasseuse de spectres, et puis, des deux mains, il rassembla sans ménagement tout son matériel en un tas. Il dit « Pas de bazar à fantômes sur la table de billard ». Il dit « Le bazar à fantômes sur la table de billard, ça gêne pour jouer », puis souleva toute l'installation en l'air et la planta contre la poitrine de la chasseuse de spectres. Un moment s'écoula avant qu'elle ne lève les bras et saisisse son bazar. Elle fixa sur lui ses petits yeux comme deux braises mais ne soutint pas son regard, il lui souriait très gentiment, elle se détourna et transporta tout sur l'extrémité libre du comptoir, où elle reprit les choses à zéro. Pendant un instant irréel, Ellen eut le sentiment que ces deux-là se connaissaient, que tout le monde ici se connaissait et que tout cela était un coup monté, un spectacle, une mise en scène dont elle ne comprenait pas le sens ; et puis les gens se dispersèrent, retournèrent s'asseoir au bar, aux tables, quelqu'un mit le juke-box en route, et cette idée lui sortit de l'esprit. Elle chercha des yeux Felix qui était allé au bar et se commandait une bière, il observait Buddy avec une expression nouvelle, intéressée, un peu tendue.

Il était rare que Felix regarde d'autres gens de cette façon, avec ce regard ouvert, sans défense, pour ainsi dire subjugué, Ellen aurait dit « Il est rare que Felix réagisse ». Il réagissait à Buddy et Buddy ne tarda pas à réagir à Felix, et puis aussi à Ellen. Plus tard Ellen eut le sentiment que Buddy avait aussitôt compris, même si elle n'aurait pas su préciser quoi exactement. Les clients s'étaient remis à parler. La grosse chasseuse de spectres enfichait ses câbles. Buddy répondit au regard de Felix, sans sourire. Felix se détourna et Ellen passa à côté de lui, il ne lui prêta aucune attention, il se pencha par-dessus le comptoir et dit à Annie « Il y a vraiment des spectres à l'Hotel International ? » Ellen eut l'impression très nette qu'il posait la question à cause de Buddy, qu'il la posait pour faire sentir à Buddy, qui ne pouvait manquer de l'entendre, qu'il était capable de se mouvoir, d'agir, de communiquer. Pour l'attirer. Pour le repousser ? Il posa la question sérieusement, sans aucune ironie, et Annie lui répondit sans aucune ironie non plus que l'Hotel International avait été transporté cent ans plus tôt à travers le désert, poutre par poutre et morceau après morceau, par un chercheur d'or venu de Virginie à Austin, Nevada. Avec l'hôtel étaient venus les spectres, arrachés à leurs refuges et à leurs niches, terrorisés, ils étaient venus à Austin avec le vieil hôtel, et les gens cherchaient à les soutenir un peu dans leur situation d'apatrides, c'était tout, il ne fallait pas avoir peur. Elle parlait lentement et Ellen l'écoutait, la grosse chasseuse de spectres, qui semblait à présent en avoir fini avec l'agencement de ses appareils, écoutait aussi, impassible, presque indifférente. « C'est sinistre là-haut, au premier étage ? » demanda Ellen, et Annie dit « Non, pas vraiment, pas vraiment sinistre, c'est peut-être confortable, d'une certaine façon », ce qui fit rire Felix, d'un rire absent, un peu gris. La grosse chasseuse de spectres accrocha le regard d'Annie, désigna sa montre, s'éclaircit la voix et dit « Allons-y ». Il était onze heures et demie. Autour de son cou était suspendu avec une lanière de cuir le petit appareil photo en plastique. Elle écarta les cheveux de son visage d'un geste énergique, et Annie prit une clé dans un tiroir et sortit lentement de derrière son comptoir. De nouveau ce fut le silence, un silence comme si quelqu'un avait frappé sur son verre avant de faire une déclaration importante. Du coin de l'œil, Ellen regarda Buddy qui se tenait tranquillement debout dans l'ombre derrière la table de billard. La grosse chasseuse de spectres tira de son sac une lampe frontale pareille à celles qu'utilisent les mineurs dans les galeries et se l'attacha autour de la tête, puis elle se passa en bandoulière l'appareil de prise de vue avec ses mystérieuses antennes qui oscillaient. Annie se dirigea vers la porte à côté de la cheminée et l'ouvrit, la porte grinça exagérément dans ses gonds, et tous regardèrent la chasseuse de spectres qui pour finir serrait la main d'Annie, prenait tout à coup une expression d'une gravité saisissante, puis se mettait en marche d'un pas raide et disparaissait dans les ténèbres au-delà de la porte. Annie resta là à la suivre des yeux, ferma doucement la porte, se retourna vers les autres, son visage n'exprimait rien, elle emporta le sac de la chasseuse de spectres derrière le comptoir et se rassit devant la caisse sur son tabouret de bar. Le silence durait, alors elle donna le signal d'un haussement de sourcil, quelqu'un repoussa sa chaise, les billes tombèrent avec fracas dans la poche de la table de billard, et Buddy sortant de l'ombre s'avança.

Ellen se commanda un verre de vin. Felix se tourna vers elle, leva son verre de bière et trinqua avec elle en la regardant galamment dans les yeux. Elle espéra qu'il allait lui dire quelque chose, lâcher une phrase sur la chasseuse de spectres, qui à présent était arrivée au premier étage au-dessus d'eux dans l'obscurité. Elle l'imaginait qui se glissait dans le couloir avec son matériel absurde, dans ses petites sandales d'enfant, pas le moindre clair de lune qui puisse pénétrer à travers les fenêtres condamnées, et derrière les portes, dans les recoins ou ailleurs, les spectres, quels spectres, combien ? Mais Felix ne dit rien et les autres semblaient eux aussi avoir oublié la chasseuse de spectres. Personne ne regardait la porte à côté de la cheminée ou bien le plafond, le juke-box marchait à plein volume, Annie monta d'un cran le ventilateur. Ellen demanda un glaçon dans son vin, but et observa Buddy, reconnaissante de pouvoir détourner sur quelqu'un d'autre son attention concentrée sur Felix. Buddy déposa précautionneusement les boules de billard dans le triangle, se pencha par-dessus la table, ajusta la queue, demeura ainsi, immobile, puis se redressa et donna la queue à quelqu'un qui se tenait derrière lui. Il parla avec des tas de gens, mit de l'argent dans le juke-box, appuya sur un numéro sans regarder, but sa bière au bar, la tête rentrée dans la nuque, et à un moment il traversa à nouveau la salle en direction de la table de billard. Mais il ne joua pas et Ellen le regretta. Pour une raison qu'elle ignorait, elle aurait aimé le voir jouer. Il était encore jeune, trente ans, peut-être trente-deux. Il portait une casquette de base-ball sur la tête, son visage avait une expression enfantine, simple et éveillée, son ventre rond débordait par-dessus son jean bleu, une sorte de puissance compacte émanait de lui. Ellen l'observait et elle pensa à une conversation qu'elle avait eue avec une femme des années plus tôt, elle était encore presque une petite fille. Elle s'était laissé entraîner dans une discussion sur les fantasmes et les obsessions sexuelles, elle-même n'avait rien dit de ses propres fantasmes sexuels, autant qu'elle s'en souvienne ils étaient d'ailleurs inexistants. La femme racontait qu'elle avait envie de savoir un jour comment c'était de coucher avec un homme vraiment gros, cette lourdeur d'un homme vraiment gros, une idée qui à l'époque avait fait monter le rouge de la honte au visage d'Ellen. Elle observait Buddy et se souvint de cette conversation. Elle sentait que Felix aussi observait Buddy, il avait maintenant commandé de l'eau minérale, il craignait probablement d'avoir à parler avec Buddy, ou alors il s'y préparait. Ce qui était attirant chez Buddy, ce à quoi Felix réagissait – Ellen avait souvent par la suite cherché un mot pour désigner ça et finalement elle en avait trouvé un qui ne lui plaisait pas mais qui pourtant lui paraissait adéquat –, c'était sa dominance. Son assurance, quelque chose comme une énergie visible, et aussi la concentration qui l'entourait, c'était un porte-parole, sans qu'il eût beaucoup parlé.

Felix avait toujours réagi aux êtres de cette sorte, peut-être, songea Ellen, parce que sa propre dominance était à l'inverse camouflée et entravée. Buddy en était au moins à son dixième demi-litre de Budweiser, il fixait le ventilateur et à l'occasion d'un de ses trajets entre le bar et la table de billard il s'arrêta de manière tout à fait inattendue devant Ellen et Felix. Il regarda Ellen, puis Felix, et dit « Si on faisait une partie ». Felix haussa les épaules et eut ce sourire timide, juvénile qui chaque fois serrait le cœur d'Ellen. Elle se pencha et dit « Je ne sais pas jouer au billard, mais Felix sait, il voudra sûrement jouer », elle songea qu'il ne fallait pas toujours qu'elle s'interpose ainsi, qu'elle s'en mêle, qu'elle lui ouvre la voie, mais elle ne pouvait pas faire autrement. Buddy tendit la main à Ellen et dit son nom, Ellen se présenta puis présenta Felix, en prononçant leurs deux noms à l'américaine, Filix et Allen. *Filix et Allen, Phoenix in Arizona, and for the salad Thousand Island, please.* « Je déteste ta manière de prononcer le nom de cette salade », lui avait dit Felix au restaurant deux jours plus tôt et Ellen avait fondu en larmes. Elle se disait en guise d'excuse « On ne peut pas faire autrement, Felix, sinon ils ne comprennent pas ». Felix se leva et se dirigea vers la table de billard, Buddy lui tendit la queue. Ellen sentait combien il tardait à Felix de rentrer, de retrouver sa maison, sa chambre, son lit, d'être de retour une bonne fois pour toutes et loin d'elle. Des années plus tard, elle songerait que tout ce temps passé avec Felix lui avait au moins appris une chose – que rien ne se commande, et l'amour encore moins que tout le reste, une constatation ridicule, et pourtant rassurante. Buddy plaça les boules dans le triangle et laissa Felix jouer le premier coup. Ellen se retourna sur son tabouret de bar pour ne pas être obligée d'observer son jeu. La tension entre ses omoplates, dans son estomac, se relâcha. Buddy se chargeait de Felix, elle n'avait plus rien à faire, plus besoin de faire d'effort, de proposer, d'offrir une compensation pour sa présence, pour le terrorisme de ce voyage, pour cet emprisonnement de trois mois en Amérique, entre l'aller et le retour d'un billet d'avion à dates fixes, pour le fait d'être à la merci l'un de l'autre. Elle pensa vaguement « Peut-être que tout se passera bien », d'un seul coup elle était sûre que tout se passerait bien. Felix alla plusieurs fois au bar pour boire son verre d'eau, puis commanda une nouvelle bière. Il dit « Tu ne regardes pas », « Si », dit Ellen, « si, si, bien sûr, je regarde ». Quand Felix alla aux toilettes, Buddy se posta à côté d'elle et dit de but en blanc « Il est silencieux, ton ami, tu t'es choisi un ami silencieux », il hocha la tête à plusieurs reprises pour souligner sa remarque, et Ellen le regarda fixement, incapable de répliquer quoi que ce soit. « Il faut lui laisser du temps, non ? » dit Buddy, et il retourna à la table de billard, attendit Felix, puis empocha sans triomphalisme trois billes consécutives. Le juke-box jouait *Sweet home Alabama* et *I can't get no satisfaction*. La porte du saloon s'ouvrit brusquement et un air chaud et sec entra, s'engouffra dans l'air froid de la climatisation. Ellen repoussa sur le côté la serviette qui se trouvait sous son verre de vin, suçota un glaçon, alluma une cigarette. Elle essaya de se concentrer sur quelque chose, de se concentrer sur le fait qu'elle était à Austin, à Austin en Amérique dans le Nevada, en plein désert, au cœur du désert du Nevada et très loin de chez elle ; elle essaya de se concentrer sur le fait qu'elle était assise au bar de l'Hotel International, pendant que Felix commençait enfin à s'enraciner un peu dans ce voyage en jouant au billard avec Buddy, en écrasant ses mégots dans le cendrier en plastique sur le bord de la table de billard et en faisant maintenant signe à Annie de lui apporter une autre bière ; elle essaya de trouver dans tout cela une certaine forme de bonheur, de conscience ou de signification, et puis elle perdit le fil et pensa à tout autre chose.

Ellen ne sait plus combien de temps la chasseuse de spectres demeura absente. Une heure, deux heures ? Elle ne sait plus si elle parla beaucoup avec Felix pendant ce laps de temps. Felix et Buddy continuèrent à jouer au billard. Entre les tours, ils restaient debout côte à côte près de la table, appuyés sur les queues, Felix dit quelque chose qui fit rire Buddy, Ellen n'était pas sûre de vouloir vraiment entendre de quoi ils parlaient. Elle repoussa les tentatives d'approche de deux Texans ivres coiffés de chapeaux de cow-boy ineptes et but un deuxième verre de vin que lui proposa Annie. Elle se fit donner un dollar par Annie, se leva et se dirigea vers le juke-box. Il lui fallut se frayer un chemin entre les tables et les nombreux clients et elle perçut pour la première fois nettement qu'elle était la seule femme ici avec Annie. Elle introduisit la pièce dans l'appareil et mit longtemps à choisir – *Blue moon* d'Elvis, *Light My Fire* des Doors et *I'm So Lonesome* de Hank Williams –, Felix fut tout à coup derrière elle et dit « Ne fais pas ça ». Sans se retourner, elle dit « Et pourquoi pas », Felix dit « Parce que tu ne sais pas si les autres ont envie d'entendre la musique que toi tu as envie d'entendre ». Ellen dit « Parce que tu crains que mon choix me ridiculise aux yeux de quelqu'un ici », « Exactement », dit Felix d'un ton agacé, et Ellen dit « Moi aussi, je le crains ». C'était vrai, elle le craignait et elle y avait réfléchi, mais malgré tout elle avait envie d'entendre Elvis et Hank Williams et les Doors. Elle appuya sur la touche et retourna au bar sans regarder Felix, Hank Williams chanta de sa voix cassée, traînante, et finalement personne ne s'en soucia. Après la chanson des Doors – un choix qu'Ellen entre-temps regretta –, Buddy et Felix cessèrent de jouer et vinrent au bar. Buddy commanda un autre vin pour Ellen et de la bière pour Felix et pour lui, et il dit à Ellen « Il joue bien, ton ami ». Felix rougit, Ellen dit « Je sais ». Puis elle ne sut plus quoi ajouter et craignit un court moment qu'ils ne décrochent tous les trois, que les attentes qu'ils avaient les uns envers les autres ne se confirment pas, qu'ils en soient réduits à rester debout côte à côte en silence, mais Buddy attira vers lui un tabouret et commença à parler avec Felix des parties qu'ils venaient de faire. Ils philosophèrent un long moment à propos de carambolage, des particularités du billard américain, et Ellen eut tout le loisir d'observer Buddy. Son T-shirt bleu et sale avec le nom d'une université, sa casquette de base-ball sans aucune inscription, ses mains très grandes, les zones couvertes de croûtes au niveau des jointures, l'ongle du pouce bleu, pas de bague, autour du poignet gauche un étroit bracelet indien. Son ventre roulait comme une boule au-dessus de son pantalon, son T-shirt était distendu, on ne voyait plus l'aigle sur sa boucle de ceinture et ce qui le rendait si familier et rassurant demeurait invisible. Ellen songea au mot « apaisant ». Felix et Buddy se turent inopinément, sans que cela ait rien de bizarre, et alors elle dit « En fait on voulait traverser le désert en une journée, mais pour une raison ou une autre nous sommes restés en rade ici, en plein milieu », « Ça arrive », dit Buddy.

Au bout du compte c'était toujours Ellen qui parlait avec les autres, qui posait des questions et racontait, pas seulement en Amérique, à la maison aussi, et dans d'autres endroits, toujours. Felix restait là à écouter et à se taire.

En général il était adossé à sa chaise, les jambes croisées, il passait plusieurs minutes à se rouler une cigarette, l'examinait longuement, l'allumait et inhalait à fond, une bonne cigarette, la meilleure cigarette du monde. Il la laissait s'éteindre et la scrutait de nouveau avec une précision extrême avant de la rallumer. Il fixait son regard quelque part, parfois sur quelqu'un, parfois sur Ellen, il était assis pour ainsi dire sans bouger, un Bouddha sans pesanteur, le dos droit comme un I, les épaules basses. Il y avait parfois des gens qui étaient impressionnés par ce silence, cette posture immobile, et cette écoute, ils y voyaient de la sagesse, de l'ambiguïté, du sens caché. Ellen aussi. Les bons jours, Felix riait d'une chose qu'Ellen disait à quelqu'un d'autre en sa présence, lui donnant ainsi un faible signe de sa solidarité, d'une commune appartenance, les mauvais il ne réagissait pas du tout. En de rares occasions il racontait lui-même quelque chose, avec retenue, plein de bon sens à certains moments, complètement incompréhensible à d'autres. Il ne posait pour ainsi dire jamais de questions, Ellen ne l'avait jamais entendu demander quoi que ce soit à quiconque, et moins encore à elle, sa question à Annie concernant les spectres de l'Hotel International n'avait été qu'une ruse. A la maison, quand ils sortaient le soir ensemble, elle parlait beaucoup, lui se taisait. Dans les bars ils s'asseyaient délibérément l'un à côté de l'autre, c'était une habitude de Felix, au début Ellen avait trouvé ça inquiétant, parce qu'elle pensait que seuls les gens qui n'avaient plus rien à se dire s'asseyaient ainsi côte à côte, plus tard ça lui avait plu, elle trouvait cela singulier et intime. Ils étaient assis l'un à côté de l'autre, et Felix se taisait, et Ellen essayait de supporter le silence. Et puis elle se mettait tout de même à parler et se lançait par pur désarroi dans des histoires à ce point sentimentales et folles qu'à un moment donné ils finissaient toujours par fondre en larmes tous les deux. Felix assis à côté d'Ellen se mettait tout d'un coup à pleurer, sans bruit, Ellen ne pouvait s'empêcher de pleurer aussi, un petit peu, alors elle pouvait le consoler en lui caressant le visage encore et encore avec sa main. C'était un rituel. Ellen le savait, c'était comme une obligation de le faire pleurer pour pouvoir ensuite le consoler, une entreprise absurde. En Amérique, pendant ce voyage de la côte Est à la côte Ouest et retour, ils étaient restés comme cela soir après soir, dans les parcs nationaux, les motels, les chalets loués sur les rives des grands fleuves américains, et Ellen avait commencé à se répéter, avec des variantes lourdement signifiantes, plus aucune idée ne lui venait, et elle n'avait plus voulu raconter. Elle s'était mise à poser des questions à Felix, et Felix avait refusé de répondre. Ils étaient devenus de plus en plus silencieux, jusqu'au moment où, à Austin, Nevada, Buddy avait tiré un tabouret de bar et s'était assis à côté d'eux.

Il était le premier être humain depuis plusieurs semaines qui parlait avec eux, qui amenait Ellen à se redresser sur son siège, à se concentrer et à formuler des réponses à ses questions simples, directes. Buddy disait « C'est quoi ce voyage que vous faites ? », et Ellen dit, « Traverser toute l'Amérique, de la côte Est à la côte Ouest et retour », une phrase qu'elle avait constamment eu envie de dire, parce qu'elle la trouvait sublime, mais personne n'avait voulu l'entendre. Buddy déclara que de toute sa vie il n'avait encore jamais fait la route de la côte Est à la côte Ouest et retour, il dit qu'à proprement parler il n'avait jamais de sa vie quitté Austin dans le Nevada, et il le dit avec trop de naturel pour qu'Ellen puisse manifester de la surprise ou de l'incrédulité. Il voulait savoir quel genre de vie ils menaient chez eux, en Allemagne, ce devait être « une vie étrange ». « Ce n'est pas étrange », dit Ellen. « Beaucoup de gens vivent ainsi. Ils voyagent et visitent le monde, et puis ils rentrent et ils travaillent, et quand ils ont gagné suffisamment d'argent, ils repartent, ailleurs. La plupart. La plupart des gens vivent ainsi. » Elle parla de Berlin et de la vie à Berlin, elle essaya de décrire, les jours, les nuits, tout lui venait un peu pêle-mêle, dans le désordre et au hasard, « On fait ceci et puis on fait cela », elle avait le sentiment d'être incapable de donner une bonne description. L'argent qu'on gagne, tantôt d'une façon, tantôt d'une autre. Les nuits entières passées hors de chez soi dans une euphorie extatique, et puis de nouveau ces soirs où ils allaient se coucher à dix heures, fatigués, vidés, sans espoir. Un cercle d'amis. Une sorte de famille. Qui déboucherait sur quoi ? Qui durerait toujours ? Elle essaya de trouver quelque chose qui serait comparable avec une vie à Austin, Nevada, une vie telle qu'elle se l'imaginait ici, elle n'était pas certaine qu'il puisse y avoir quoi que ce soit de comparable, mais Buddy semblait comprendre à peu près. Il voulut savoir de quoi ils vivaient, quels étaient leurs métiers. Ellen désigna Felix, il fallait qu'il prononce le mot lui-même, le joli mot pour dire son métier, et Felix conciliant le prononça d'une voix douce – « mécanicien cycliste. A bicycle mechanic », un métier que Buddy trouva grandiose. Il dit qu'à Austin, un mécanicien cycliste aurait réparé tous les vélos une fois pour toutes en deux heures, mais que dans tout le reste du monde on pouvait s'occuper un sacré moment avec ce métier-là. Il dit d'un air grave et pensif « En Chine par exemple, qu'est-ce que ce serait si tu allais en Chine comme mécanicien cycliste ? », et le visage de Felix s'éclaira puis s'éteignit de nouveau. Ellen voulut dire à Buddy qu'avec Felix ce pouvait être dévastateur de parler d'utopies ou de simples possibilités. Toute phrase commençant par « Comment ce serait » et « Tu pourrais » rendait Felix subitement amorphe et déprimé. « Peut-être seulement depuis qu'il est avec moi », songea Ellen, et pendant un instant cette pensée l'amusa plutôt. « De quoi ris-tu ? » voulut savoir Buddy, Ellen secoua la tête, « Je ne peux pas le dire ». Elle se pencha en avant et posa sans réfléchir sa main sur le lourd genou rond de Buddy, « Excuse-moi, je ne ris pas de toi ». Elle dit « J'aimerais bien savoir comment tu vis, ce que tu fais à Austin, Nevada ? » « La même chose que vous », fit Buddy.

Des années plus tard, il arrive encore à Ellen de s'interrompre parfois, dans la cuisine en faisant la vaisselle, dans l'escalier, le courrier et les journaux sous le bras, à l'arrêt du tramway en regardant l'indicateur horaire, et de penser à Buddy à Austin, Nevada, à sa vie là-bas. Elle se demande ce qu'il peut bien être en train de faire à cet instant précis, elle est certaine qu'il vit encore là, qu'il n'est pas parti, il n'aurait aucune raison de s'en aller. Ça ne la surprend pas que Buddy lui vienne ainsi à l'esprit de façon inopinée, ce n'est pas étrange de penser à lui, de penser à quelqu'un avec qui elle a passé une nuit dans un bar, en tout et pour tout, sa vie lui paraît liée à la sienne, même si cela n'a rien de spectaculaire. A l'Hotel International, Buddy avait ôté sa casquette de base-ball, s'était rassis et avait demandé à Felix de lui rouler une cigarette. Il observa un long moment Felix roulant la cigarette, d'un air neutre, impassible. Il dit qu'il était né à Austin, il y avait trente-deux ans, qu'il était allé à l'école, puis au collège à Elli, pendant une courte période à Las Vegas où il avait travaillé comme extra, puis il était rentré à Austin. Sa mère vivait encore, dans la dernière maison de la rue principale en direction d'Elli, son père était mort, lui-même habitait un peu plus loin, à l'extérieur, dans le désert. Il avait épousé la fille dont il était tombé amoureux à seize ans, mais il n'était plus, il hésita une seconde, il était toujours avec elle. Certaines choses n'étaient pas si faciles à dire. Il dit qu'il travaillait à présent pour l'Etat, pour les ponts et chaussées et tout ça, au bout du compte il était en quelque sorte dans les travaux publics, il entretenait la route et devait régulièrement repérer les zones endommagées et dangereuses, c'était tout. Un travail bien payé, il supportait bien, il aimait être dehors dans le désert, autrement dit nulle part. Il regarda Ellen et Felix et dit « Vous avez des enfants ? » Ellen secoua la tête, Felix n'avait peut-être pas compris la question. Buddy demanda « Pourquoi vous n'en avez pas ? » Il avait une façon de poser des questions et de s'exprimer – sans insister, sans complication ni rhétorique, il ne sous-entendait rien, ne dramatisait pas – qu'Ellen aimait bien. Elle dit « Je ne sais pas. Je n'y ai pas encore réfléchi, je veux dire, bien sûr que je veux un enfant, mais pas tout de suite – je crois que c'est ça », et Buddy hocha la tête lentement, lourdement. Il dit « Moi j'ai un enfant, un garçon, il a trois ans maintenant », puis il regarda Annie qui était assise sur son tabouret derrière le bar et avait écouté sans bouger, pendant tout ce temps. Ellen vit le regard de Buddy et le suivit mais au dernier moment elle évita de regarder Annie. Annie se mit à rire, de quoi, Ellen n'en avait pas la moindre idée. Elle avait remarqué l'hésitation, la courte hésitation dans l'enchaînement tranquille de ses phrases, et elle dit « La fille que tu as épousée, c'est la mère de ton enfant ? » Buddy répondit presque fâché « Naturellement, c'est elle. Qui d'autre », et Ellen dit malicieusement « Elle est belle ? » Annie derrière son comptoir éclata encore de rire. Buddy répondit qu'au moins elle avait été belle. Elle avait été très belle, à présent elle n'était plus belle, elle était affreuse et grosse, il dit « Elle est si grosse qu'il faudrait un avion pour la photographier », Ellen n'était plus très sûre qu'il parlait sérieusement. Il dit qu'elle avait perdu sa beauté une fois pour toutes et que ça tenait peut-être à cette vie, la vie à Austin ou la vie en général, quoi qu'il en soit il l'aimait, ne serait-ce que parce qu'elle était la mère de son enfant. Il dit « Je l'aime, parce qu'elle est la mère de mon fils », et la phrase resta suspendue entre eux un long moment, jusqu'à ce qu'Ellen se tourne vers Annie et commande un nouveau verre de vin.

« Tu es beaucoup trop attachée à ce qui se dit, à des phrases, à des prétendus "moments" », avait dit un jour Felix à Ellen, après Austin ? Avant Austin ? Ellen n'en est plus très sûre, en tout cas elle n'avait pas répliqué. Elle se souvient que la phrase de Buddy lui avait paru dangereuse, parce qu'elle sous-entendait une question, non formulée, mais plus dérangeant encore lui était apparu ce regard que Buddy avait eu pour Annie, elle songea « Je mourrais si Felix me voyait un jour comme ça ». Annie poussa vers elle sur le comptoir le verre de vin rempli à ras bord avec des glaçons, le bar s'était vidé, devant la porte du saloon les voitures démarraient dans la rue sombre en faisant voler des tourbillons de poussière, quelques consommateurs isolés étaient encore assis aux tables, et Annie alluma la lampe au-dessus de la table de billard. Buddy leva sa bouteille de bière et ils trinquèrent, « A votre voyage et à votre retour à la maison. A vous ». Felix avait enfin terminé de rouler la cigarette pour Buddy, il la lui tendit, et Annie derrière son comptoir s'approcha, lui donna du feu et resta debout près d'eux, penchée en avant, les yeux mi-clos. Buddy inhala à la manière prudente, un peu étonnée, des gens qui fument une cigarette une fois dans l'année, puis il souffla la fumée avec circonspection. Il dit « Si vous n'avez pas d'enfant, vous ne savez pas comment c'est d'acheter à son enfant une paire de petites baskets, une paire de Nike par exemple ». Il eut un rire bref et secoua la tête. Ellen dit « C'est comment ? », et Buddy détourna d'elle son regard, fixa la rue, plissa les yeux et dit « Eh bien c'est tellement – c'est difficile à décrire, mais c'est bien. Les baskets sont tellement petites et minuscules et parfaites, une imitation exacte des vraies baskets ». Il regarda Felix et dit « Tu vois ? », Felix acquiesça. « Tu achètes ces baskets minuscules, bleu et jaune avec des lacets solides et des semelles toutes souples, dans une petite boîte à chaussures parfaite, et puis tu les apportes à ton enfant et tu les lui enfiles et il se met à marcher avec. Il se met à marcher avec, tout simplement. Voilà. » Il tira encore une fois sur sa cigarette, puis la rendit à Felix qui la prit et continua à la fumer. Buddy s'appuya au dossier de son tabouret de bar et il allait dire quelque chose – Ellen en était certaine, quelque chose de tout à fait différent –, quand la porte à côté de la cheminée grinça et s'ouvrit, très lentement, et la grosse chasseuse de spectres apparut.

« On a étonnamment peu de temps », dit plus tard Ellen à Felix. « Etonnamment peu de temps pour les choses, pour de tels moments, et parfois je m'en réjouis. Ça m'évite de m'évanouir. De dire des sottises. Ça m'évite de m'abandonner ». Felix ne lui permet pas vraiment de savoir s'il a compris. La grosse chasseuse de spectres entra dans la pièce comme si elle avait attendu derrière la porte. Elle n'avait pas changé d'aspect depuis tout à l'heure – combien d'heures plus tôt ? –, elle n'était pas échevelée et sa robe n'était pas déchirée, mais elle était couverte de poussière et de toiles d'araignées, et il y avait sur son visage quelque chose de solennel, quelque chose d'à la fois triste et triomphant. Elle traversa avec majesté la salle jusqu'au bar, s'inclina légèrement et d'un geste las, satisfait, définitif, posa son matériel de prise de vue sur le comptoir. Annie lui servit sans rien lui demander un verre d'alcool qu'elle vida d'une unique et longue gorgée. Buddy approcha un tabouret supplémentaire, tira le sien vers Ellen, dégageant ainsi de la place entre lui et Felix. La chasseuse de spectres fit passer la lanière de cuir par-dessus sa tête et tendit l'appareil photo en plastique à Annie qui le posa précautionneusement, comme si c'était du cristal, à côté d'elle sur le comptoir. Puis elle s'assit, elle s'assit comme un gros enfant déguisé sur le siège haut, but un second verre d'alcool et fut prise de hoquet. Ellen se mit à rire et la chasseuse de spectres lui adressa un signe de tête aimable. Ils restèrent ainsi un long moment, assis côte à côte en silence, tous les autres clients étaient partis, le ventilateur bourdonnait et l'eau gouttait dans l'évier. Annie avait la tête appuyée sur ses mains, on ne voyait pas son visage. La grosse chasseuse de spectres souriait. Elle désigna son sac et Buddy l'attira à lui et le lui tendit. Elle tira du sac un album fatigué. Elle dit « Je vous le montre, si vous voulez », n'attendit pas de réponse et ouvrit l'album. Ellen, Felix et Buddy se penchèrent dessus, Annie regardait par-dessus l'épaule de Buddy. C'étaient des photos en couleurs, des photos en couleurs au format carte postale, elles étaient glissées dans des pochettes en plastique et pourtant froissées. Elles montraient des salles de séjour, des cages d'escalier et des caves dans la pénombre, et sur chaque photo on distinguait dans un coin une traînée argentée, un léger miroitement, le reflet d'une lampe ou une tête floue, comme surexposée. Le regard plongeait dans l'intimité d'une chambre, d'une armoire, d'une cuisine, et en temps normal Ellen aurait dit « Ce sont tout simplement des défauts de développement. Des images surexposées, des reflets, de la poussière sur l'objectif, rien de plus », mais cette nuit-là, dans le bar de l'Hotel International, elle ne le croyait pas. Elle croyait à la grosse chasseuse de spectres, au sérieux et à la conviction avec lesquels elle désignait les photos, non sans masquer chaque fois par inadvertance avec son index l'élément décisif. Ellen observait de biais la chasseuse de spectres, ses joues écarlates, brûlantes, les mèches de cheveux décolorés qui tombaient sur son front baigné de sueur, les petites perles de transpiration sur les ailes de son nez et sur sa lèvre supérieure. L'odeur qui à midi déjà émanait d'elle semblait s'être accentuée et autre chose s'y mêlait à présent, un relent de poussière, de bois et de spectre, pensa Ellen résolument, ce que sentent les spectres. Cela la fit rire, elle avait la sensation très nette d'être heureuse, très heureuse, très légère. Buddy répondit à son rire par un rire tendre et doux, et la grosse chasseuse de spectres renchérit « Oui, tiens, celui-là aussi, il me plaisait bien, il y en a certains qu'on aime plus ou moins ». Elle hocha la tête, tapota de l'index la photo sur ses genoux et la regarda fixement comme si un souvenir lui revenait. Puis elle leva les yeux et les posa sur Annie, elle dit « Les spectres qui sont là-haut – », elle fit un seul geste bref en direction du plafond au-dessus d'elle et tous regardèrent en l'air –, « les spectres qui sont là-haut n'arrivent pas à s'accommoder de la vie ». Elle s'éclaircit exagérément la voix et dit « Il faudra que je revienne encore une fois, du moins si c'est possible, est-ce que ce sera possible ? », et Annie, rassurante, dit « Bien sûr que ce sera possible. J'en suis tout à fait certaine ». Elle échangea avec Buddy un regard grave. Buddy se leva et se frotta le visage avec la main gauche, finit sa bière et entreprit de mettre les chaises sur les tables. Il dit par-dessus son épaule, à la cantonade « Il est temps de rentrer à la maison, temps d'aller dormir ». Annie essuya le comptoir, lava les derniers verres et éteignit le ventilateur. Ellen but lentement son vin, elle se sentait fatiguée et paisible, elle savait qu'elle avait encore le temps. La grosse chasseuse de spectres se balançait d'avant en arrière sur son tabouret, perdue dans ses pensées, et fredonnait une chanson douce. Felix se roulait une dernière cigarette. Ce sur quoi Ellen avait tenté de se concentrer des heures auparavant était là, aigu, fragile et limpide comme du verre. La grosse chasseuse de spectres désigna son appareil photo en plastique et dit « Il reste une dernière photo sur le film, une toute dernière, est-ce que quelqu'un veut se faire photographier ? », et Buddy dit « Si on le fait, on le fait tous ».

La rue devant l'Hotel International était silencieuse et obscure, à part le néon publicitaire *Budweiser*, le ciel était d'un bleu profond, vaste et rempli d'étoiles. « Qu'est-ce qu'il fait chaud », dit Felix, se parlant à lui-même. La chaleur était sèche et poussiéreuse. Annie referma la porte du saloon derrière elle. La grosse chasseuse de spectres plaça son appareil photo sur un poteau – « Le poteau auquel autrefois on attachait les chevaux », songea Ellen –, regarda maladroitement à travers le viseur et marmonna quelque chose dans sa barbe, puis elle frappa dans ses petites mains et cria « En place ! » Ellen se mit sur la véranda devant la porte du saloon, au-dessus d'elle le panneau avec ses lettres en bois un peu de guingois, *Hotel International*, à sa gauche la fenêtre poussiéreuse avec l'enseigne lumineuse. Elle était tout à coup très excitée, presque exubérante. Les autres se placèrent à côté d'elle, sur un rang, Buddy, Felix, Annie. La grosse chasseuse de spectres appuya sur l'unique bouton de l'appareil, une petite lampe rouge vacillante s'alluma, elle se précipita de derrière son poteau, trébucha sur la véranda et vint se faufiler entre Felix et Buddy. Elle compta « Cinq, quatre, trois, deux, un », et Ellen, qui savait qu'elle n'aurait jamais cette photo sous les yeux et songeait tout à coup avec stupéfaction que ce serait une des 36 photos d'un film rempli de spectres, saisit la main de Buddy. Elle la serra, il répondit à sa pression, et Ellen sourit et sut avec certitude qu'elle était belle, pleine d'assurance, de force et d'énergie. Et avant qu'elle ait le temps d'avoir une autre pensée, il y eut l'éclair du flash, la chasseuse de spectres cria « Photo ! », et tout redevint sombre.

Le lendemain matin ils se réveillèrent tard. Ellen avait mal à la tête, Felix prétendait que depuis qu'ils étaient en Amérique il avait mal à la tête tous les matins. Ils firent leurs bagages, les chargèrent dans la voiture, fumèrent une cigarette écœurante sur la marche devant la chambre. Le néon derrière la fenêtre de l'Hotel International était éteint, la porte du saloon fermée, la Ford était devant le motel, la Chrysler avait disparu. Sur les murs des lézards filaient en bruissant dans le silence irréel. Il revint à Ellen qu'elle n'avait pas payé les boissons de la veille, mais quand elle traversa pour rejoindre le bureau d'Annie la porte était fermée, les stores baissés, quelqu'un avait enlevé la panneau *Vacancy* sur sa hampe. Ils attendirent encore un moment, personne ne vint et rien ne bougea, alors ils montèrent dans la voiture et s'en allèrent, ils continuèrent leur route, vers l'ouest.

Aujourd'hui, quand Felix et Ellen dînent le soir avec l'enfant, Felix prononce parfois la phrase « Et quand on aura fini de manger, nous te raconterons comment tes parents se sont connus ». C'est pour rire, une petite plaisanterie qui fait rire Ellen chaque fois, bien que cette phrase la mette mal à l'aise et qu'elle ne sache pas exactement de quoi elle rit. L'enfant est trop petit pour lui raconter ça. Ellen a envie de savoir comment ce sera quand elle pourra le lui raconter, elle s'en réjouit d'avance et en même temps elle appréhende. Elle aimerait dire à l'enfant que dans les moments décisifs de sa vie elle a toujours été dans une sorte d'inconscience. Elle aimerait lui dire « Tu es là parce que, à Austin, Nevada, Buddy nous a dit que nous ne savions pas comment c'était d'acheter des baskets pour un enfant, une paire de baskets minuscules et parfaites dans une petite boîte à chaussures parfaite – il avait raison, je ne le savais pas et je voulais savoir comment c'était. Je voulais vraiment savoir ».

Où va le chemin

Maintenant on en est au point où Jacob me rend visite le soir. Il arrive vers dix heures, frappe à la porte et suspend soigneusement sur le dossier de ma chaise de cuisine sa veste, son écharpe et son bonnet – il fait froid cet hiver, j'aime ça. Il s'apporte toujours quelque chose à manger, généralement acheté chez le Chinois, il suppose peut-être que je n'ai rien à manger à la maison, il ne m'a jamais posé la question. Nous nous asseyons par terre dans la chambre, mangeons du riz et des légumes dans des barquettes en plastique, ce trouble qui s'empare de moi quand je dois manger avec quelqu'un dont je suis amoureuse, Jacob ne semble pas le connaître. Il mange avec beaucoup d'appétit, je me contente de faire semblant, il mange aussi ce que je laisse. Quand il a fini, il s'allonge sur le ventre, allume une cigarette et pose son visage en appui sur sa main gauche. Il enlève toujours ses chaussures. Parfois le téléphone sonne dans l'entrée, je ne vais jamais répondre mais je me lève et je débranche le répondeur. Quand je reviens dans la pièce, Jacob me regarde. Nous parlons beaucoup. La plupart du temps je parle en regardant le mur. J'ai dit une fois que ça me fatiguait de raconter indéfiniment les vieilles histoires, le passé, l'enfance, les premières amours et les dernières, les moments de révélation, le bonheur, ce qui fait que je suis comme je suis. Je ne suis pas sûre qu'il m'ait comprise. Souvent je ne suis pas sûre qu'il me comprenne, cela ne change rien à mon emballement pour Jacob. Il dit « Est-ce que mon passé te perturbe ? » – il veut dire ses liaisons féminines –, je dis « Pas vraiment ». J'aimerais dire « Est-ce que mon passé te perturbe ? » j'aimerais dire « Mon passé pourrait te perturber énormément », ce serait présomptueux et en outre inexact, je ne le dis pas. Les mains de Jacob sont grandes, douces et chaudes, plutôt peu communes. Il utilise de l'après-rasage, bien que je lui aie dit à plusieurs reprises que ce n'était pas nécessaire. Il se fait trop souvent couper les cheveux trop courts, contrairement à moi il n'est jamais vraiment ivre. Quand il s'apprête à partir, nous nous étreignons, il dit, « Tu arrives encore à supporter ? », je dis « Qu'est-ce que tu me demandes ? », il dit à contre-cœur, sur un ton faux « Tu es triste ? », je dis « Non ». Et puis il s'en va, je referme la porte derrière lui.

Bien que ça me fatigue de raconter indéfiniment les vieilles histoires, je ne peux pas résister et je les raconte tout de même. Je raconte à Jacob la dernière histoire. On est en décembre, à quelques jours du nouvel an, Jacob veut savoir où j'ai passé la Saint-Sylvestre l'année dernière, avec qui. Je dis que je suis allée à Prague. Je dis – A l'époque, quand je suis allée à Prague avec Peter pour le nouvel an, j'étais amoureuse de Lukas, pour simplifier les choses. Lukas n'était pas du tout amoureux de moi, mais Peter était amoureux de moi, il était l'ami de Lukas. Quand je ne pouvais pas voir Lukas, je voyais Peter, j'abusais de Peter parce que je me languissais de Lukas, Peter s'y résignait. En décembre je n'ai pour ainsi dire pas vu Lukas. Il avait pris ses distances, quand je lui téléphonais il ne décrochait pas, quand j'étais devant sa porte il n'ouvrait pas. C'étaient des jours de gel, clairs et froids. Je ne cherchais pas à le forcer, je ne souffrais pas non plus vraiment, être malheureuse en amour était un état comme un autre. Je l'ai rencontré par hasard au parc peu avant Noël, nous étions face à face comme des étrangers, j'ai dit « Et tu fais quoi pour la Saint-Sylvestre ? », je tenais encore à l'idée d'un nouvel an passé ensemble, un symbole pour l'année à venir, dans laquelle il fallait que tout se passe bien, comme toutes les années précédentes. Lukas a dit « Ch'sais pas. Rien, je verrai ce qui se présentera, probablement », et il fixait les branches dénudées des peupliers au-dessus de ma tête. Alors je l'ai planté là et je suis allée à l'adresse de Peter, Grellstrasse, je marchais lentement, la ville était déserte, apparemment tous les gens étaient partis, retournés chez eux. J'ai frappé à la porte de Peter et Peter m'a ouvert aussitôt, s'il a été surpris de ma venue il n'a en tout cas rien laissé voir. Il avait fait du feu et il était assis à la lueur des bougies devant le téléviseur allumé, il avait l'air d'exister, même sans moi, j'ai trouvé ça surprenant. Je me suis assise à côté de lui sur le canapé, et nous avons regardé en silence les vols planés d'une épreuve de saut à skis. Peter a pris ma main et l'a posée sur son genou, je l'ai laissée là. J'ai dit « Ça tient toujours, ton projet d'aller à Prague avec Micha et Sarah pour le nouvel an ? » Peter a émis un bruit qui voulait dire oui, il avait depuis longtemps perdu l'habitude d'articuler clairement ce mot. J'ai réfléchi un moment et puis j'ai dit « J'aimerais bien venir. Je viens avec toi à Prague pour le nouvel an ». Peter a acquiescé sans détourner les yeux de l'écran, il ne m'a pas regardée, il craignait probablement que je me transforme en courant d'air s'il me regardait. Il ne se doutait pas qu'à cette période je n'aurais pas été capable d'artifices de ce genre.

Jacob dit sans arrêt, avec sincérité « Tout ce que je vois, je veux le partager avec toi, je veux que tu voies ce que je vois, et si ce n'est pas possible, je veux te raconter tout ce qui m'arrive sans toi ». Il dit aussi « Je souffre de ne pas pouvoir voir le monde vingt-quatre heures sur vingt-quatre avec mes yeux et tes yeux ». J'écoute religieusement. J'essaie de comprendre, et je prononce les mots dans ma tête – je souffre de ne pas pouvoir, je souffre de ne pas pouvoir. Je pense à Jacob toute la journée, penser à lui me rend joyeuse, une joie dont je sais qu'elle pourrait être interrompue à tout moment. Attendre cette interruption, la redouter et l'appeler de mes vœux me rend heureuse. J'essaie de faire attention à tout ce que je vois, j'essaie de partager avec lui tout ce que je vois, je me donne du mal. Le SDF à l'arrêt du bus, qui demande une cigarette à une jeune fille, la jeune fille lui donne la sienne, déjà à moitié fumée, et monte dans le bus, le SDF termine la cigarette, je veux savoir si cette scène lui paraît aussi intime qu'à moi. La caissière au supermarché qui m'ouvre la porte et dit très haut « Je vous en prie », ma surprise, mon « Merci » à voix basse, et ma crainte qu'elle ait pu ne pas entendre ce « Merci ». Le jeune croisé dans la rue, une balle de baseball dans la main gauche, un paquet de cornflakes dans la droite, qui continue longtemps à se retourner sur moi, non pas avec intérêt, plutôt rageur. La lumière de neuf heures du matin qui tombe dans la chambre à travers les persiennes. La musique de Ray Cooder, que j'écoute pour le moment. Les feux de stop des voitures dans la nuit, les feux rouges, les lampadaires, les néons des publicités, leur reflet sur l'asphalte mouillé. Mon amie Anna, debout à la fenêtre de son appartement – nous avons dîné ensemble, bu du vin, nous nous sommes tout raconté –, elle est de dos et me dit sans se retourner, « Je savais qu'on se retrouverait assises comme ça, ici, quand l'été serait fini ». Des phrases comme celle-là. Et l'odeur d'humidité, de pluie et de charbon dans la cage d'escalier. Et le fait que, lorsque l'automne arrive, je ne sais jamais – est-ce qu'il fait froid ou chaud dehors, est-ce que je suis gelée, ou seulement fatiguée. Une autre phrase, entendue en passant, « Et ça encore ce n'est rien, j'ai connu une femme qui habitait au-dessus d'un restaurant chinois, juste au-dessus », et ma pensée absurde : j'aimerais être cette femme. Puis-je parler de tout cela à Jacob ?

Cet hiver où j'ai décidé d'aller à Prague avec Peter pour le nouvel an, Micha aimait Sarah. Sarah aimait Micha, et Miroslav, qui aimait Sarah, vivait seul à Prague et laissait les stores baissés en permanence devant toutes ses fenêtres. C'est à lui que je dois le seul mot tchèque que je connaisse – *smutna*, et *smutna* veut dire triste. Miroslav avait appelé Sarah et lui avait dit « Tu ne veux pas venir à Prague pour le nouvel an, il neige et la Vltava est gelée. On pourrait aller sur le toit et regarder le feu d'artifice », et Sarah avait dit « Je viens, mais seulement si je peux amener Micha, en fait sans Micha je ne vais plus nulle part, et peut-être que d'autres gens viendront aussi » et Miroslav résigné avait dit « Amène qui tu voudras ». Sarah a raconté plus tard que sa voix lui avait paru aussi lointaine que s'il lui téléphonait de la lune – ou de Mongolie. Elle semblait ne pas savoir laquelle de ces deux idées lui plaisait le plus. Sarah et Micha sont allés à Prague en voiture. Ils voulaient faire le voyage seuls parce que Micha s'était acheté un pistolet et devait s'exercer au tir dans toutes les forêts tchèques, Peter et moi avons pris le train. Nous nous sommes donné rendez-vous en fin d'après-midi le 30 décembre à la gare de l'Est à Berlin, il faisait déjà nuit, on aurait dit qu'il ne faisait plus jamais vraiment jour. La gare de l'Est était en travaux et j'ai erré pendant une éternité à travers des passages souterrains provisoires, des tunnels et des couloirs, jusqu'à ce que je découvre enfin Peter qui faisait la queue devant les distributeurs de billets, il portait un bonnet fourré sur la tête et il avait l'air différent, étrangement sûr de lui, comme quelqu'un qui sait très précisément – où il va. J'étais allée, contre tout bon sens, dire au revoir à Lukas, plantée devant sa porte qu'il avait tout juste entrebâillée. J'avais dit « Là je m'en vais à Prague, pour le nouvel an, je voulais juste te dire au revoir », Lukas avait glissé un œil par l'ouverture et murmuré d'une voix morne « Eh bien alors salut ». J'aurais aimé ajouter quelque chose, mais il avait déjà refermé la porte, alors j'étais partie. Au moment où j'ai pris place dans la queue à côté de Peter et lui ai touché brièvement le bras – il a dit « Hello » et fait un petit sourire –, il semblait triste, naïf et grave. Nous avons acheté nos billets, de l'eau et des bières, des cigarettes et des bonbons. Nous nous sommes assis dans le wagon sans compartiments où les néons au plafond tremblotaient, les sièges étaient couleur lilas, mon visage dans le reflet de la vitre paraissait vert et effrayant, alors j'ai regardé à travers ma propre image la ville dans le soir, sombre et hivernale, ses rues, ses faubourgs, les autoroutes, les zones industrielles, et pour finir plus rien, des champs, des pylônes électriques, des lumières isolées dans l'obscurité. Peter tout près de moi lisait le *Bild*, depuis des années il lisait le *Bild* avec une sorte de stupidité provocante, de temps en temps il me lisait tout haut quelque chose de tout à fait surprenant, et puis j'ai pris sa main et j'ai posé la tête sur son épaule. Quand il a eu terminé les bières, nous sommes allés au wagon-restaurant. J'avais l'impression que les gens nous regardaient ; une femme en manteau marron avec un col de fourrure, un homme aux longs cheveux en broussaille qui grisonnaient déjà sur les tempes, avec un blouson tout droit sorti d'une vente de charité et une dernière canette de bière dans la main droite. Avions-nous l'air si perdus ? Je me sentais bien avec Peter dans ce wagon-restaurant, à la table couverte d'une nappe en lin, le lin était taché, les ronds à bière doux et usés, la salière en plastique, le sel à l'intérieur, un petit bloc gris. Nous étions assis face à face et nous parlions peu, je buvais du thé, Peter de la bière, le serveur avait l'air d'être ivre ou apathique, de la petite cuisine venait le son très bas d'une radio, de la musique. Chaque regard vers la vitre me renvoyait toujours mon visage, « Laisse tomber », a dit Peter avec tendresse, « Dehors c'est le Groenland ou la Kirghigie ou la steppe, tout ce qui te fera plaisir », d'habitude il était plutôt du genre concret, comme il le disait volontiers lui-même. Je lui ai posé des questions sur Miroslav et Micha et Sarah, la perspective qu'ils fêtent le nouvel an tous les trois ensemble me paraissait pénible. « Mais Miroslav le veut justement, et d'ailleurs ça correspond à la réalité », a dit Peter avec obstination, il ne voulait pas comprendre. Alors nous nous sommes de nouveau tus, je le regardais, et lui regardait autour de lui dans le wagon-restaurant avec ses yeux étroits et foncés, il suivait son idée, j'ai voulu lui demander « Tu penses à quoi ? », mais je n'ai rien demandé, de temps à autre nous échangions un sourire. Le train a franchi la frontière germano-tchèque à Schöna et s'est arrêté brièvement à Decin, les voies semblaient couvertes de neige, une lumière jaune tombait des lampadaires, les contrôleurs étaient dispersés sur le quai et soufflaient dans le creux de leurs mains. Personne n'a voulu voir nos passeports, la jeune fille à la table à côté se mettait posément du rouge à lèvres, Peter fredonnait et tapotait sur la table avec le rond à bière, le serveur s'était assis, 30 décembre, 20 heures 10. Encore temps de réfléchir à ce qu'avait été l'année et à ce que serait la prochaine, encore temps après tout, j'aurais bien aimé poser ma tête soudain très lourde sur la nappe tachée. Le serveur s'est levé, a disparu dans la cuisine, est revenu et a posé devant moi un second thé tiède que je n'avais pas demandé, il n'a pas répondu à mon sourire. Le train, après quelques à-coups, est reparti, la fille à la table voisine a brusquement éclaté de rire. « On verra ce qui va venir », a dit Peter, comme si je lui avais posé la question. J'ai pensé au nouvel an de l'année précédente. Impossible, pour tout l'or du monde, de me souvenir où je l'avais passé – dans une fête ? A la mer ? Seule à la maison ? Dans un taxi en route pour je ne sais où ? La Saint-Sylvestre était le jour de l'année où j'étais sûre d'être malheureuse, chaque année de manière différente et chaque année pareillement. J'aurais bien dit quelque chose là-dessus mais le visage de Peter était comme la lune, pour la voir vraiment il ne faut pas vouloir la regarder. Lukas était assis dans son fauteuil vert à côté du poêle et attendait ce qui allait venir, Peter n'attendait plus rien et moi, je ne m'étais pas encore décidée. A 22 heures 48 le train est entré dans la gare centrale de Prague, nous avons pris un taxi pour aller chez Miroslav et dépensé d'un coup la moitié de notre argent tchèque. Peter a pesté, moi ça m'était égal, devant l'immeuble locatif où habitait Miroslav il y avait Micha et Sarah, et ils paraissaient heureux. Les premières fusées ont traversé avec un peu d'avance le ciel nocturne, la Vltava était d'un noir de poix et pas gelée du tout, « C'est bien que vous soyez là », a dit Sarah, et j'ai dit, gênée « Oui. C'est bien que nous ayons pu venir ».

Jacob est très grand. Il semble se percevoir lui-même comme trop grand, il marche légèrement voûté et tient en général la tête penchée, comme si cela le faisait paraître plus petit. Quand il est assis, on ne se rend pas compte de sa taille. Il dit qu'il a jadis été mince, à présent il n'est plus mince, son corps est devenu plus malléable et plus large, j'ai longtemps redouté le moment où je verrais pour la première fois son corps nu. Sa peau est blanche, un blanc que je pourrais ressentir comme déplaisant. Son corps est-il comme ses mains quand on le touche ? Jacob n'est pas beau et savoir s'il est beau ne m'intéresse pas. C'est au Hellsee que je l'ai vu nu pour la première fois, un soir, en été. J'avais suggéré qu'on aille se baigner, au téléphone, l'après-midi, j'étais excitée car je savais que je le verrais probablement nu pour la première fois, et lui me verrait aussi. Malgré cela, ou justement à cause de cela, je voulais qu'on aille se baigner pour en terminer une bonne fois. Curieusement Jacob avait tout de suite acquiescé, ravi, il avait dit « C'est une bonne idée ». Vers le soir nous sommes partis en voiture au Hellsee, c'était sa proposition, il ne se doutait pas que je connaissais le Hellsee par cœur. C'était le lac préféré de Lukas. Nous nous sommes garés au bord de la route, moi je me serais garée près de l'ancienne briqueterie, mais Jacob semblait ignorer cette possibilité. Le Hellsee est au fond des bois, il faut marcher un bon moment pour arriver jusqu'à l'eau, il n'y a pas d'endroit vraiment propice à la baignade. Mais si on suit assez longtemps le chemin qui longe la rive, on atteint une petite île à laquelle on accède par un pont, sur cette île il y a un bel endroit pour se baigner. Jacob connaissait l'île. Nous avons longé l'un derrière l'autre le chemin du bois, le chemin était trop étroit pour avancer de front, à moins de se tenir par le bras, bien serrés l'un contre l'autre, ce que nous n'avons pas fait. Je marchais derrière lui, je devais l'y contraindre, pour rien au monde je n'aurais marché devant lui, l'idée de son regard sur ma nuque ou ailleurs me rendait nerveuse, j'en avais le vertige, et je ne disais plus un mot. Il faisait lourd, presque orageux, j'avais souffert toute la journée de maux de tête qui commençaient à se calmer, je savais que dans l'eau froide du lac ils se dissiperaient. Quand nous sommes arrivés à proximité de l'île, le pont avait disparu, Jacob a dit qu'il était encore là trois ans plus tôt, je n'ai pas dit qu'il était encore là l'année précédente. Le bras d'eau qui séparait l'île de la rive était étroit, peut-être trois mètres de large, il paraissait boueux, limoneux, assez peu profond. De l'île nous parvenaient des voix, Jacob a dit « Il faut bien qu'ils soient passés quelque part », on sentait qu'il avait du mal à cacher sa déception en constatant qu'il y aurait d'autres gens que nous sur l'île. J'ai ôté mes chaussures, mis précautionneusement le pied droit dans l'eau et l'ai posé sur un lit de vase et de feuilles, qui a cédé, je ne pouvais pas déterminer la profondeur réelle de l'eau. J'ai sorti mon pied. Jacob m'observait. J'ai marché le long de la rive, indécise, en fait il semblait possible d'atteindre l'autre bord en faisant une grande enjambée. Je détestais ce genre de situation. Jacob a commencé à arracher de grosses branches du sous-bois puis les a laissées tomber, perplexe, il avait l'air démuni. J'ai dit « Tu pourrais peut-être passer devant », il a dit « Bien sûr », et c'est probablement son ton cynique, dédaigneux, le ton de quelqu'un qui n'en attendait pas davantage de moi ou des femmes en général, qui m'a décidée à y aller, tout simplement. Jacob est resté immobile, dans l'expectative, j'ai remis le pied droit dans l'eau. Le fond a cédé. J'ai remonté ma jupe et, tenant mes chaussures dans la main droite, mes lunettes de soleil et mon paquet de cigarettes dans la gauche, j'ai quitté le bord. J'ai fait un grand pas, qui a presque atteint l'autre rive, et le fond sur lequel j'ai posé mon pied gauche a cédé, je veux dire qu'il n'y avait tout simplement plus de fond, mon pied a plongé dans le vide, dans la vase et le limon, où j'ai été engloutie à une vitesse surprenante. Je me suis enfoncée jusqu'à la poitrine, j'essayais d'avancer, je me débattais, j'ai lancé chaussures, lunettes de soleil et cigarettes sur le sol de l'île et j'ai repris haleine, dans ma panique je faisais des mouvements de nage. J'ai entendu Jacob se précipiter dans l'eau derrière moi, affolé. Je me suis tournée à demi et j'ai crié « Ne t'approche pas trop de moi » – une phrase qu'il répéterait sans arrêt par la suite en s'étranglant de rire –, la perspective que ce soit lui qui me tire de la vase me paraissait encore plus humiliante que celle de sombrer dans la vase sous ses yeux. J'ai empoigné les branches et les tiges de plantes rampantes qui dérivaient à la surface de l'eau, tout cédait, s'enfonçait, disparaissait en glougloutant, alors je me suis laissé engloutir jusqu'au cou, j'ai fait encore une brasse et j'ai atteint le rivage de l'île. Je suis sortie de l'eau, j'étais souillée de limon noir et de feuilles mortes des pieds à la tête, je me suis essuyé le visage avec le dos de la main et je me suis retournée vers Jacob. Il était de l'autre côté et bizarrement il avait enlevé son pantalon. Il avait l'air ridicule, je ne savais pas de quoi j'avais l'air, moi. Nous avons éclaté de rire tous les deux en même temps. Il a crié « Je vais traverser à la nage ! Je te lance mes affaires ! », ensuite il s'est déshabillé, il a noué ensemble sa chemise, son pantalon et ses chaussures, je n'ai pas eu le temps de me demander à quoi il ressemblait. Il m'a lancé ses affaires, il a mal visé, le paquet est tombé dans l'eau et a été aussitôt englouti, alors j'ai dû y retourner, je jurais à pleine voix, Jacob n'a pas réagi mais il est parti en courant sur le chemin longeant le lac, et je ne l'ai plus vu. Les voix que nous avions entendues venant de l'autre rive à présent se rapprochaient, j'ai essayé de me cacher mais je n'ai pas fait assez vite, déjà elles étaient devant moi, deux filles ébahies qui me fixaient avec une curiosité non dissimulée. Je me suis tenue bien droite, je les ai saluées et je suis passée devant elles, quand j'ai été suffisamment loin je me suis retournée pour les regarder. Elles étaient en train de traverser dans une partie du lac éloignée et apparemment peu profonde en se tenant par la main et en s'appuyant sur des branches pour rejoindre saines et sauves l'autre rive. J'ai continué jusqu'à la zone de baignade. Il n'y avait plus personne sur l'île à présent. Je voyais la tête de Jacob dans l'eau, à bonne distance, une distance courtoise. Il m'a fait signe, je ne lui ai pas répondu. Mes cigarettes étaient hors d'usage. J'ai enlevé mes vêtements mouillés et je les ai rincés dans l'eau du lac pour enlever la vase, de même avec les affaires de Jacob, et puis j'ai tout suspendu dans les arbres, ce qui était absurde, le soleil était justement en train de disparaître derrière la forêt de l'autre côté du lac, rien ne sécherait plus. Je suis descendue dans l'eau et je me suis mise à nager, l'eau était chaude, Jacob a nagé à ma rencontre, son visage paraissait comique au-dessus de ses épaules nues, ses cheveux étaient trempés, il riait, je me suis éloignée de lui, je ne pouvais pas m'empêcher de rire, c'était difficile de rire et de nager en même temps. Nous avons évolué comme ça un moment dans l'eau, il me singeait – « Ne t'approche pas trop de moi ! » – il voulait absolument que ça le fasse hurler de rire. Je crois que nous étions anxieux, ravis, décontenancés. A un moment donné j'ai regagné le bord, je suis sortie de l'eau et je me suis assise dans l'herbe. J'ai eu froid quelques secondes, et puis plus du tout, j'ai ramené mes genoux contre mon corps, j'aurais bien fumé une cigarette, j'étais nue, on n'y pouvait rien changer. Jacob m'a rejointe peu après, maintenant je le voyais, son corps nu était exactement tel que je me l'étais imaginé. Ce n'était pas grave. Il s'est assis à côté de moi et a passé son bras autour de mes épaules, il claquait des dents, je regardais le lac, l'eau sur laquelle semblait flotter une fine couche de poussière. Sur l'autre rive un pêcheur a jeté un filet, la lumière baissait. De temps en temps nous riions doucement. A un moment ils s'est mis à m'embrasser, mes épaules, mes bras, mon cou, je sentais son odeur, une odeur suave. Il m'a prise dans ses bras, moi aussi, j'avais presque fermé les yeux et à travers la fente je voyais son sexe, je le regardais augmenter de volume, ce qui m'a effrayée. Jacob m'a poussée par les épaules jusqu'à ce que je me retrouve sur le dos, et il s'est allongé sur moi, il observait mon visage, son visage vu de près m'est apparu complètement étranger. Au-delà de lui, je voyais les cimes des arbres, ce n'était pas la première fois que sur l'île du Hellsee je les voyais sous cet angle. Jacob me fixait comme s'il voulait savoir quelque chose, j'ai fermé les yeux. Il a essayé de coucher avec moi, ça n'a pas marché. Je n'avais pas vu son sexe rapetisser, redevenir minuscule, j'aurais bien aimé le voir, ça m'aurait tranquillisée. Il est resté encore longtemps étendu sur moi. A un moment, il a fait complètement nuit et puis froid aussi, nous nous sommes levés, nous avons ramassé nos affaires trempées et traversé l'eau au même endroit que les filles des heures auparavant. Nous avons couru nus à travers la forêt jusqu'à la voiture, personne ne nous a croisés, nous allions maintenant main dans la main, serrés l'un contre l'autre. Jacob a sorti du coffre un imperméable et une vieille chemise, il m'a donné la chemise, et nous avons repris la route de la ville, pendant tout le trajet je n'ai pas voulu lâcher sa main. La lune était en croissant. Nous avons fait une brève halte chez Anna qui, sans me poser de question, m'a tendu par la porte ouverte un pantalon et un pull-over. Ensuite nous sommes allés chez Sascha, l'ami de Jacob qui a disparu pendant deux heures dans la salle de bains et séché ses vêtements avec le sèche-cheveux, tandis que j'attendais avec Sascha dans la cuisine et buvais très vite une très grande quantité de vin. Sascha a demandé plusieurs fois avec impatience « Pourquoi est-ce qu'il ne met pas tout simplement une chemise à moi ? », je n'ai pas répondu. A un moment Jacob est sorti de la salle de bains, à le voir on aurait cru qu'il ne s'était rien passé. Nous avons continué à boire du vin, ce qui m'a amenée à lui dire « Je voudrais passer le reste de ma vie avec toi », il a prononcé mon nom. Quand il a fait clair, nous sommes partis.

Peter avait dit « Quand nous serons chez Miroslav, il faudra qu'on monte mille cinq cents marches, et alors tu auras la plus belle vue sur la Vltava ». Les marches étaient en pierre et peut-être aussi qu'il y en avait plus de mille cinq cents, quand nous sommes enfin arrivés en haut je ne pouvais plus respirer et je ne voulais plus voir la Vltava que Peter me montrait par la fenêtre de la cage d'escalier – l'air plus navré que triomphant. Sur le palier donnaient une multitude de portes, dans une de ces portes se tenait une petite silhouette, Miroslav, il s'est incliné devant nous, et sans libérer tout à fait l'accès il a dit d'une voix douce, à peine audible « Soyez les bienvenus », Sarah l'a poussé pour entrer. L'appartement était étonnamment grand, cinq pièces, toutes presque vides et inutilisées à l'exception de la salle de séjour où un gigantesque canapé et cinq fauteuils s'entassaient devant un téléviseur. L'air été vicié et suffocant, il y avait des bougies allumées, le téléviseur marchait, sans le son. Miroslav s'est laissé tomber sur le canapé et a aussitôt fermé les yeux. Sur le sol autour du canapé s'étendait une couche épaisse de ce que j'ai identifié plus tard comme étant des cosses de graines de citrouille et de tournesol, de pistaches, de cacahuètes. Sarah a investi toutes les pièces y compris la cuisine en dispersant partout ses blousons, chaussures, bonnets et sacs en papier remplis de fusées de nouvel an. Elle ignorait Miroslav, embrassait Micha avec ferveur chaque fois qu'elle passait à côté de lui, Micha s'abandonnait à des accès de gaieté froide, ironique, il paraissait ivre ou drogué. Je suis allée à la fenêtre, maintenant je voulais voir la Vltava et Prague, la ville d'or, je voulais m'assurer que j'avais bien fait de venir ici, d'être avec Peter, de laisser Lukas seul, je savais pertinemment que Lukas aimait bien être seul, ou du moins sans moi. Les stores devant toutes les fenêtres étaient baissés, Sarah les a relevés les uns après les autres, d'une main énergique, brutale. A l'horizon fumaient des cheminées d'usines. La Vltava était noire et étincelante, là-bas, tout en bas, très loin. J'entendais le souffle lourd et exténué de Miroslav. Peter m'a touché le bras, je me suis retournée et l'ai suivi à travers toutes les pièces jusqu'à la dernière, là il y avait un lit, une petite lampe par terre, rien d'autre. « Tu veux dormir ici ? » a dit Peter sans me regarder, le lit était trop étroit pour deux. J'ai dit avec reconnaissance « Oui ». Il a posé mon sac au pied du lit et quand je l'ai serré dans mes bras il a posé sa tête sur mon épaule, il a dit doucement « Mais Miroslav est plus triste que moi ». Miroslav s'était versé de l'alcool, un grand verre à eau plein, il s'était redressé et fixait de nouveau la télévision, le son toujours aussi bas, sur l'écran un loup courait à travers un paysage enneigé. Sarah était sur les genoux de Micha. Le regard de Miroslav est passé de l'écran à mon visage et il a dit « Je m'appelle Miroslav. Est-ce que tu veux boire de l'alcool ? », j'ai dit très distinctement « Non, merci », il a haussé les épaules et détourné de nouveau les yeux. Je me suis assise sur l'un des fauteuils poussiéreux, pour une raison ou une autre je n'étais pas encore prête à enlever mon manteau. Peter m'a apporté un verre de thé noir, amer. Il a continué un moment à aller et venir, il faisait apparemment du rangement, puis il s'est installé à côté de moi. Sarah parlait à l'oreille de Micha, de temps en temps elle se tournait vers Miroslav et lui criait après, Miroslav ne réagissait pas. Des fusées de feux d'artifice ont éclaté très loin. Toute la pièce sentait la Becherovka, le haschisch et les cigarettes, tout le monde à un moment ou un autre a été ivre et ils se chamaillaient au hasard, même Miroslav, même Peter, qui devenait agressif et insultant ; alors j'ai pris sa main, et nous sommes restés comme ça, blessés et côte à côte, j'ai répondu avec fermeté au regard ivre de Miroslav. Quand il a fait clair, quand Miroslav a éteint la télévision et mis des disques tchèques, sur lesquels Sarah a dansé avec Micha, étroitement enlacés, silhouette unique devant les fenêtres brillantes et grises, je suis allée me coucher. J'ai traversé toutes les pièces sans fermer une seule porte derrière moi, j'ai juste enlevé mes chaussures et mon manteau, je me suis étendue sur le dos dans le lit étroit et j'ai écouté, la musique, le rire de Sarah, la voix fervente, implorante de Peter, la chanson de Micha.

Jacob n'a jamais peur d'entamer encore et encore une nouvelle petite conversation sur l'amour. Il aime parler de l'amour, de notre amour et de l'amour en général, il ne dit jamais une chose qu'il regretterait plus tard, il n'a pas de regrets. Il tient beaucoup à ce que personne ne dise jamais de nous – « Ils ont échoué en amour ». Dire je m'étonne de n'avoir encore jamais songé à l'échec lui procure visiblement une grande joie. Jacob est certain que nous avons le temps, beaucoup de temps, tout le temps du monde. Il sait que tout ce qui nous dérange chez l'autre, ce que nous n'exprimons pas, nos questions sans réponse, tout ce qui demeure incompréhensible, blessant, c'est déjà de l'amour, dans sa première forme. Il sait mieux que moi. Il dit « Je voudrais vieillir avec toi », et puis il se détourne et il s'en va, c'est le mieux qu'il peut faire.

Je ne me rappelle pas combien de temps j'ai dormi à Prague l'avant-dernière nuit de l'année. Quand je me suis réveillée, un grand soleil brillait dans la pièce, les fenêtres étaient ouvertes, quelqu'un avait étendu une couverture sur moi pendant mon sommeil. Micha, Miroslav, Sarah et Peter étaient dans la salle de séjour comme s'ils n'étaient jamais allés se coucher, devant eux sur la table il y avait la vaisselle sale du petit déjeuner, tasses à café, coquetiers. Micha a dit « Bonjour », les premiers mots qu'il m'adressait depuis mon arrivée. J'ai vaguement levé la main et j'ai filé dans la salle de bains, j'ai fermé la porte derrière moi et je me suis assise sur le rebord de la baignoire. Je ne savais absolument pas quelle tête j'avais. J'ai tendu l'oreille, je trouvais pénible de devoir être à la fois avec Sarah, Peter, Micha et Miroslav. J'ai ouvert le robinet et je l'ai refermé. Peter a frappé à la porte et il a dit « Café, thé ou jus de fruit ? », il y a eu un moment où je me suis réjouie d'entendre sa voix, de sa présence. J'ai mangé trois petits pains tchèques poudreux et puis des bananes et des cornflakes, j'ai bu quatre tasses de café et encore de l'eau, j'avais le sentiment que je ne pourrais plus m'arrêter de manger. Le téléviseur était de nouveau allumé. Miroslav était allongé les yeux mi-clos sur le canapé, Micha regardait la télévision, Sarah triait des fusées de feux d'artifice, parfois elle disait doucement quelque chose à Miroslav qui souriait d'un air absent. Peter, assis à côté de moi, fumait des cigarettes et ne disait rien. Je savais que nous n'irions pas en ville. Nous ne prendrions pas le pont Charles pour entrer dans le quartier Josefov, nous ne traverserions pas la place Venceslas, ne visiterions pas le Hradcany, nous n'irions pas au Café Silvia boire du chocolat chaud avec de la crème fouettée en regardant la Vltava, nous n'irions pas sur la tombe de Kafka ni au sommet de la colline avec le téléphérique, ç'aurait été ridicule de le faire. Peu importait que nous nous trouvions à Prague. Nous aurions aussi bien pu être à Moscou, à Zagreb ou au Caire, où que nous soyons Peter aurait été comme maintenant en train d'ouvrir sa première canette, de boire une gorgée, de pousser un soupir, de reposer sa bière, et puis il se serait roulé une nouvelle cigarette. Il avait dit une fois « C'est uniquement à Mexico que j'aurais envie d'être assis à boire de l'alcool au bord d'une route poussiéreuse dans la chaleur de midi, parce que à Mexico on peut tomber de sa chaise et on n'est plus obligé de se relever, plus jamais ». J'aurais pu trouver ça déplaisant, je ne trouvais pas que c'était déplaisant, je comprenais, je comprenais un peu. Miroslav, lui, semblait ne pas encore avoir compris. Il s'est levé, a bâillé, s'est passé les mains dans les cheveux, a écarquillé plusieurs fois les yeux et puis il a dit « Bon. Qu'est-ce que vous voudriez faire ? », il parlait allemand avec un accent tchèque un peu sourd. J'avais redouté ce moment, par égard pour lui. Micha et Peter n'ont pas réagi, mais Sarah a levé le nez de ses fusées et elle a dit « Manger du rôti de porc avec des quenelles. Voilà ce qu'on aimerait vraiment faire », Miroslav n'a pas compris et il a dit « Dans la vieille ville ? » et Sarah a dit « Non. Surtout pas dans la vieille ville. Le mieux ce serait ce bistrot dans le marché vietnamien juste au coin de la rue », Micha a ricané, Peter s'est levé et a quitté la pièce. Miroslav a regardé fixement Sarah et il a dit « Je crois que je ne te comprends pas très bien. Tu es à Prague et tu veux aller manger dans le marché vietnamien au coin de la rue, tu ne veux rien voir, tu ne veux pas voir ma ville ? », et Sarah a dit tranquillement « Non. Je ne veux pas. Et je ne crois pas non plus que les autres veuillent », alors Miroslav a repoussé avec la main gauche toute la vaisselle de la table, Micha a dit « Allez, c'est bon », Sarah s'est mise à hurler. Je me suis levée moi aussi et j'ai cherché Peter, il s'était assis sur le rebord de la fenêtre dans la petite cuisine obscure et il fixait le mur mitoyen dans l'arrière-cour, il a dit « Je suis désolé. J'aurais dû te dire comment ça allait être », il ne me regardait pas. Je me suis adossée à la cloison près de lui et j'ai regardé dehors moi aussi, le mur mitoyen était gris et lisse, j'ai dit « Tu ne dois pas être désolé, je serais venue quand même », Peter a ri comme s'il ne me croyait pas. Dans l'autre pièce, Sarah et Miroslav se criaient après, Miroslav criait en tchèque, à un moment quelqu'un a monté le son de la télévision, probablement Micha. Nous avons attendu dans la cuisine, en silence, le chauffe-eau à gaz au-dessus de l'évier se déclenchait en feulant puis s'arrêtait. Sur l'étagère de la cuisine les sachets de pistaches et de cacahuètes s'entassaient à côté d'innombrables bouteilles d'alcool. La porte de l'appartement a claqué, nous avons continué à attendre, poliment, passivement, puis Sarah est apparue dans le couloir et a dit « Maintenant, on peut y aller ». Nous avons descendu les mille cinq cents marches, Miroslav avait disparu, en fait c'était comme s'il n'avait jamais existé. Dehors il faisait un temps froid et ensoleillé, au-dessus des cheminées d'usines une fumée grise montait tout droit dans le ciel, je marchais derrière Sarah, Micha et Peter, les voitures nous dépassaient en grondant, des cargos descendaient la Vltava. Dans mon dos je savais qu'il y avait la vieille ville, le panorama des ponts et des clochers, le Hradcany tout en haut de la colline, je ne me suis pas retournée. Le marché vietnamien était à un pâté de maisons, un parking fangeux sur lequel des baraques venteuses s'enfonçaient dans la boue, la neige dont Miroslav avait parlé à Sarah s'était transformée en glace sale. Les Vietnamiens se pressaient autour de barils dans lesquels couvaient des braises, et ils se comportaient comme s'ils n'avaient absolument rien à voir avec le bric-à-brac tape-à-l'œil accroché sous les bâches en plastique de leurs échoppes, avec ces brosses à vaisselle, ces madones, ces pulls tricotés, ces fontaines d'intérieur, ces boîtes de conserve, ces pyjamas d'enfants. Un vent soufflait sur la place qui faisait battre les bâches et cliqueter les cintres en plastique, attisant les feux dans les barils. Sarah guidait la marche dans les ruelles entre les baraques, les mains enfoncées dans les poches de son blouson de l'armée, Micha la suivait avec un air d'orgueil triomphant. Les Vietnamiens ne nous prêtaient aucune attention. Nous avons commandé du goulasch de sanglier avec des quenelles dans une petite baraque sans lumière et aussitôt, sans que nous ayons rien demandé, on nous a posé sur la table quatre verres de Becherovka, j'ai poussé le mien en direction de Peter qui l'a vidé sans hésiter. Des adolescents aux yeux étroits étaient vautrés sur le comptoir. Nous parlions peu, nous déplacions les ronds à bière sur la nappe à carreaux, je roulais des cigarettes, prenais une bouffée et les faisais circuler. Le serveur a déposé sans façon la nourriture sur le bord de la table et nous nous sommes fait passer nos assiettes, de la viande blanche dans une sauce brune et quelque chose qui ressemblait à des tranches de pain blanc sec. « C'est du pain », a dit Micha, « Ce sont des quenelles », a dit Peter, « et c'est comme ça qu'elles doivent être ». J'ai mangé et j'ai pensé, absurdement « Rien ne manque. Non, rien ne manque, tout est comme ça doit être, tout est magnifique », et il a fallu que je m'arrête de manger parce que tout à coup j'ai été prise d'un rire dans lequel personne n'est intervenu. Dehors il tombait une pluie sale. Le serveur a débarrassé la table et dit « C'était très bon », et puis il nous a servi une deuxième tournée de Becherovka, l'air têtu et impératif. Nous sommes restés là une heure, deux heures, puis nous avons payé et nous sommes partis, la nuit commençait à tomber, les Vietnamiens remballaient leur bric-à-brac. J'ai demandé à Peter s'ils allaient fêter eux aussi le nouvel an, et il a répondu, un brin condescendant « Les feux d'artifice sont d'origine vietnamienne. Le nouvel an est d'origine vietnamienne. Bien sûr qu'ils fêtent le nouvel an, seulement c'est à une autre date et probablement aussi d'une manière différente de la nôtre. Ils promènent des dragons dans les rues. Et en attendant, ils nous regardent faire », j'ai passé mon bras sous le sien et j'ai souhaité qu'il continue toujours à parler comme ça pour lui tout seul. A un stand de bijoux, Sarah a acheté deux anneaux en fer blanc. Micha a acheté des fusées et des pétards chez un Vietnamien emmitouflé dans des fourrures avec un visage enfantin d'Esquimau, les fusées étaient enveloppées dans du papier parchemin trempé par la pluie. Des cloches ont tinté au loin, devant la baraque du bistrot des lumières vertes et bleues se sont allumées. A présent la place était vide, boueuse et désolée, Micha est parti en courant dans une longue ruelle, il lançait des pétards en l'air en hurlant, les Vietnamiens passaient leur chemin, tête baissée. Pluie d'or, pluie d'argent, pyramides d'étoiles, gerbes de feu rougeâtres, et la voix enrouée, la voix de fausset de Micha, très loin. Peter m'entraînait d'une ruelle à l'autre, tout d'un coup il a accéléré le pas, je n'ai pas cherché à savoir pourquoi, j'ai accéléré aussi. Nous avons traversé un labyrinthe de bâches en plastique et de tréteaux en bois, vision d'une très vieille femme avec un turban sur la tête penchée au-dessus d'une marmite, des chiens en train de s'acharner sur des sacs-poubelle, plus la moindre lumière, des flaques d'eau gigantesques, une sensation à l'estomac comme si j'étais dans un rêve, et puis de nouveau la rue, la Vltava, les voitures, la lumière des lampadaires au bord du fleuve. Le ciel à présent noir, une petite lune à côté des cheminées d'usines. Prague, 31 décembre, sept heures du soir.

Je connais Jacob depuis presque un an. Je ne me pose pas la question de savoir si c'est long ou court. Jacob dit que nous serons ensemble pour toujours, cela m'inquiète parce que déjà maintenant, tout ce qu'il y a entre lui et moi, apparemment, ce sont des souvenirs. Je suis allée une fois avec Jacob voir une exposition. L'exposition avait lieu dans un château sur la rive d'un lac, dans une région où il avait vécu enfant. Nous y étions allés en voiture, il m'avait montré les lieux qui étaient les siens, au moment où nous traversions une rivière il avait dit fièrement « Et voilà la Spree », j'avais conscience de la signification de ce voyage. Nous étions arrivés en fin d'après-midi. Le parc du château était désert, pas une seule voiture sur le parking, dans le pré au bord du lac un homme était en train d'installer laborieusement un projecteur pour une séance de cinéma en plein air. Nous étions, semblait-il, les seuls visiteurs, la jeune fille à la caisse a sursauté quand nous sommes entrés dans le hall, et elle a détaché nos tickets d'entrée comme si elle faisait ce geste pour la toute première fois. Jacob avait passé la journée à dire que dans cette exposition il devait y avoir un bon tableau parmi cinquante mauvais, le bon tableau était introuvable. Toutes les toiles étaient hideuses, les installations, les projections vidéo et les sculptures aussi. Nous parcourions les salles main dans la main, ouvrions les tiroirs des placards, les portes dissimulées dans la tapisserie, les croisées qui donnaient sur le lac. Le château était beau, délabré et déchu, les placards vides, derrière les portes dérobées des seaux en plastique, des produits désinfectants et des balais, les tapisseries de brocart recouvertes de peinture marron, du linoléum gris pardessus le parquet. Parfois nous nous arrêtions, nous nous étreignions maladroitement, Jacob avait l'air d'aller bien, moi j'allais bien aussi, encore que l'étrange perfection de cette journée me rendît taciturne, apathique et sans espoir. On s'étreignait, on se lâchait et puis on continuait à marcher, on ne parlait pas de ce qu'on voyait mais on était d'accord. La dernière installation dans la dernière salle, devant laquelle était suspendu un rideau de feutre noir, avait pour titre *Où va le chemin*. J'ai écarté le rideau et nous sommes entrés dans une pièce qui était entièrement revêtue de bois, les lambris montaient presque jusqu'au plafond et ne ménageaient qu'une étroite fente de lumière tout en haut. Il faisait sombre, toute la clarté semblait flotter sous le plafond, laiteuse et poussiéreuse, sauf sur le mur de droite où le soleil couchant projetait un minuscule rectangle de lumière brillante, dorée. Il faisait chaud, vaguement étouffant, un peu comme sous les combles d'une maison en été, une chaleur qui pénètre dans le corps et le laisse sans défense. Nous sommes restés là un moment, à considérer ce rectangle, puis Jacob est sorti, et je l'ai suivi. Plus tard en voiture, pendant le trajet de retour dans la nuit, nous en avons parlé. Jacob a dit « L'artiste n'a pas pu savoir qu'il y aurait cette drôle de tache de lumière. D'ailleurs ce n'était pas la question, l'installation serait vide de sens si, au moment précis où nous sommes entrés dans la salle, le soleil couchant n'avait pas provoqué sur le mur cet effet qui, admettons-le, était très beau ». Il a bien utilisé les mots *effet* et *admettons-le*, mais ce n'est pas cela qui m'a incitée par la suite à penser que nous suivions à ce moment-là deux chemins distincts. C'est plutôt la différence significative dans notre perception, dans ce en quoi nous croyions ou étions disposés à croire. J'étais certaine que la question, c'était justement ce rectangle de lumière dorée. Le soleil couchant, un ciel clair, un rayon lumineux d'une incidence particulière et ce bref instant, lui et moi marchant à travers le château et le moment où par hasard nous étions entrés dans cette pièce, ni trop tôt, ni trop tard, et puis une question, *Où va le chemin*, je savais ce que j'aurais répondu. Jacob n'y croyait pas, et il n'avait même jamais réfléchi à une réponse. Et plus tard, lorsque quelqu'un à qui nous racontions cet épisode nous a dit que déjà dans les pyramides on construisait des sarcophages de façon à ce qu'ils soient directement bénis par la lumière à des moments précis de la journée, il n'y a pas eu moyen de le convaincre, il n'y croyait pas. Nous sommes rentrés en ville avec des tournesols sur la banquette arrière de la voiture et le cendrier rempli de cigarettes fumées compulsivement, la conscience d'avoir passé une journée ensemble, d'avoir supporté cette épreuve et même d'avoir été heureux nous laissait rassasiés, amorphes et engourdis. Nous sommes arrivés à Berlin vers minuit, nous sommes allés boire du vin, nous nous sommes disputés, Jacob disait « Nous aurions dû rester, nous aurions dû rester à la campagne », peut-être, mais nous ne sommes pas restés. J'y repense. De temps en temps.

Dans l'appartement situé mille cinq cents marches au-dessus de la Vltava, Miroslav était dans la cuisine et lavait la vaisselle. La télévision était allumée, la couche de cosses de cacahuètes autour du canapé semblait avoir encore épaissi. Micha et Sarah étaient plantés devant l'étagère de la cuisine comme dans un supermarché, après un temps de réflexion assez long ils ont fourré deux bouteilles d'alcool dans les poches de leurs blousons et puis ils se sont à nouveau éclipsés. Je savais qu'ils voulaient se fiancer avant que l'année ne s'achève, « Sous un pont d'autoroute au bord du fleuve », avait dit Sarah sur un ton qui ne souffrait pas de questions. Je ne savais pas si Miroslav était au courant. Peter a ouvert toutes les fenêtres, baissé le son de la télévision, s'est allongé sur le canapé et a fermé les yeux. On entendait le bruit des voitures au-dehors, le craquement des cosses de cacahuètes, je suis restée un moment assise sur le bord du canapé, indécise, et puis je suis allée rejoindre Miroslav à la cuisine. Il était toujours en train de laver la vaisselle, les assiettes sales de Sarah, de Micha, de Peter et la mienne, j'ai pris un torchon sur la chaise et j'ai commencé à l'essuyer. Je m'attendais à ce qu'il dise « Tu n'es pas obligée de le faire ». Il a lavé posément une soustasse, s'est éclairci la voix, s'est retourné vers moi et a dit « Tu n'es pas obligée de le faire ». Je lui ai souri poliment et j'ai dit « Je sais », je n'ai pas dit « Je sais, mais tu me fais de la peine, l'ensemble de la situation ici me fait de la peine, et j'ai le sentiment qu'il fallait que je me mette à essuyer la vaisselle pour que tu ne te fasses pas l'effet d'être un parfait imbécile, alors laisse-moi essuyer et fiche-moi la paix ». Nous nous sommes regardés dans la faible lumière du spot fixé au-dessus de l'évier, puis il s'est détourné. Il utilisait beaucoup trop de liquide vaisselle. Pendant un long moment nous n'avons pas parlé et puis il s'est éclairci à nouveau la voix et il a dit « Tu ne vas pas très bien ». J'ai répondu aussi sec et sur un ton de défi « Non. Mais tu ne vas pas forcément mieux que moi », il a eu un rire bref et un petit hochement de tête d'oiseau. Je ne sais plus si je voulais parler avec lui. A ce moment-là il a commencé à me mettre directement dans la main les assiettes et les tasses propres, en émettant chaque fois une sorte d'excuse inarticulée. De près, je voyais combien son visage était vieux et las. Il a dit « Et Peter – c'est ton ami ? », j'ai été surprise de voir qu'il semblait se faire des idées sur nous. J'ai dit de la voix la plus neutre possible « Non. Ce n'est pas mon ami », et il m'a fait la grâce de ne plus rien dire pendant un grand moment. Quand j'ai eu fini d'essuyer la vaisselle, il a passé un coup d'éponge sur la table, balayé la surface de la chaise avec la main et m'a invitée à m'asseoir, j'ai secoué la tête. Il a eu un sourire de martyr. Je tournais le torchon à vaisselle entre mes doigts, j'avais le sentiment d'en avoir assez fait pour lui, mais il ne voulait pas me laisser partir. Il s'est assis, s'est relevé, a ouvert le réfrigérateur et a dit « Tu as faim, on va dîner ensemble, des bâtonnets de poisson, du pain et du vin, qu'est-ce que tu en dirais ? », je n'ai pas répondu. Il a sorti une poêle de l'armoire, a déchiré l'emballage des bâtonnets de poisson, coupé du pain, dans l'autre pièce j'ai entendu Peter soupirer, on aurait dit qu'il soupirait dans son sommeil. Miroslav a allumé la radio, l'huile grésillait dans la poêle, le gaz chuintait, il faisait tout un tas de bruits et quand le fond sonore a été suffisant, il a demandé presque en chantant « Et qui donc est ton ami ? » J'ai dit « Lukas. Tu ne le connais pas, et il n'est pas non plus vraiment mon ami, j'aimerais seulement qu'il le soit ». J'avais le sentiment que je ne parlais pas du tout de moi, mais plutôt de lui. Il a remué le poisson surgelé dans la poêle, a fait un bond de côté parce que l'huile giclait, a dit « Tu es belle. Tu n'es pas sotte. Qu'est-ce qu'il a, pourquoi est-ce qu'il ne veut pas être ton ami ? », j'ai dit presque tendrement « Miroslav. C'est une question absurde. Il ne veut pas parce qu'il ne m'aime pas, c'est tout », Miroslav a secoué la tête comme un clown. La radio jouait de la musique populaire tchèque. Cette fois je me suis assise, non pas parce que je voulais poursuivre cette conversation, mais parce que je me sentais brusquement très mal en point. J'ai pensé à Micha et Sarah sous un pont d'autoroute au bord de l'eau, aux petits anneaux de fer-blanc, aux voitures qui passaient bruyamment au-dessus d'eux, à l'odeur saumâtre du fleuve, au visage de Sarah. Je me demandais s'ils allaient se faire un serment quand ils échangeraient les anneaux, qu'est-ce qu'on se promet quand on se fiance, je pouvais peut-être poser la question à Miroslav, il me semblait que lui saurait. Je l'ai regardé, il était devant la cuisinière, retournait le poisson, coupait des tomates, ajoutait du sel et du poivre, et puis il a interrompu mes pensées et il a dit « Tu pourrais venir ici. Tu pourrais venir ici, tout simplement, tu pourrais vivre ici avec moi, tu pourrais essayer. On apprendrait. J'ai de l'argent et du travail, tu serais en sécurité, on apprendrait à s'aimer, c'est possible, ça s'apprend ». J'ai dit « Oui, je pourrais. Mais je ne le ferai pas », j'ai eu l'impression que mon cœur ralentissait. Il m'a regardée. J'ai fui son regard en fixant, au-delà de la fenêtre, le mur mitoyen dans l'arrière-cour qui ne se distinguait plus du ciel. Je réfléchissais à sa proposition. J'étais assise là, en train d'y réfléchir et de me représenter quelque chose, une image aussi précise, aussi douloureuse que possible. Ensuite nous n'avons plus parlé ensemble.

Au début de l'année, quand je venais de faire la connaissance de Jacob que j'aimais vraisemblablement déjà, que j'ai aimé tout de suite, dès le premier instant, il me fuyait, et je passais des nuits à l'attendre dans des bars. Je m'en remettais au hasard et je sortais, j'allais dans un bar quelconque dont je savais qu'il le fréquentait parfois. Je m'asseyais au comptoir, je commandais un verre de vin et je l'attendais. Je regardais la rue à travers la vitre embuée, et quand quelqu'un approchait qui avait son allure, sa démarche, et qui peut-être ralentissait le pas, s'arrêtait, poussait la porte et entrait, mon cœur battait plus fort. Parfois c'était lui, parfois non. Maintenant que je n'ai plus besoin d'attendre Jacob, parce qu'il ne me fuit plus, il y a des nuits où je suis assise à côté de lui dans un bar et où quelqu'un dehors passe devant la fenêtre et ralentit, regarde à l'intérieur à travers la vitre embuée, se détourne et continue son chemin. Alors une frayeur bien connue fait flancher mon cœur et à cet instant-là seulement je me rappelle que ça ne pouvait pas être Jacob. Il y a des nuits où je me dis de manière très claire, très précise « Appelle Jacob, demande-lui s'il ne veut pas sortir cette fois encore, la nuit est si chaude, nous pourrions boire ensemble, juste un petit verre de vin », alors je me retourne vers lui, je ne peux plus lui demander, il est déjà là.

Peter et moi, nous avons laissé Miroslav seul vers neuf heures du soir. Sarah et Micha n'étaient pas rentrés et Miroslav avait déclaré qu'il n'avait pas l'intention de trinquer à minuit avec quiconque pour fêter la nouvelle année, il n'avait aucun vœu à formuler pour personne et ne voulait pas non plus en recevoir, nous pouvions sortir. Nous sommes restés avec lui jusqu'à ce qu'il ait eu fini de manger tout seul ses bâtonnets de poisson, ses tomates et son pain aux oignons, nous étions assis à sa gauche et à sa droite et nous ne disions pas un mot. Et puis nous sommes partis et nous l'avons abandonné sur son canapé, avec ses pantoufles, sa veste en tricot, une écharpe autour du cou, on aurait dit un vieux fantôme. *Janáckovo nábrezí, Smetanovo nábrezí, Masarykovo nábrezí.* Nous avons longé la Vltava main dans la main, et je me souviens que Peter a dit « Ces Tchèques savent caser dans leur langue la plupart des consonnes d'une façon vraiment magnifique », il a dit « J'aime Prague », ce qui m'a surprise. J'ai dit « Pourquoi tu aimes Prague ? », il a dit « Qu'est-ce que tu me demandes là ? », je serrais très fort sa main. Je crois qu'à l'époque nous n'accordions aucune confiance aux mots, nous voulions que ce soit autre chose qui parle pour nous – mais quoi ? La Vltava, le fleuve, le froid de l'hiver, le halo autour des lampadaires quand on plissait les yeux, tout cela, et puis toutes les questions sans réponses, toutes les constatations sans questions, nous étions ensemble, demain nous ne le serions plus, il n'y avait rien de plus à dire. C'est ce que je croyais. Est-ce que je le crois encore ? – je me le demande. Nous avons marché dans les rues, jusqu'à ce que nous ayons trop froid, nous avons bu une bière et un thé dans un restaurant tchèque où, lorsque je suis revenue des toilettes, pendant un long moment je n'arrivais plus à retrouver Peter, tellement il se différenciait peu des autres. Les Tchèques étaient assis là en compagnie plutôt tranquillement, ils ne semblaient pas attribuer une importance particulière au nouvel an. C'est seulement vers onze heures et demie qu'il y a eu un peu d'agitation, certains ont payé et sont partis, j'aurais bien aimé savoir où. Aux alentours de minuit, nous étions sur un pont au-dessus de la Vltava, nous n'avions ni champagne ni fusées, et pas non plus de montre. Nous étions quelque part entre les années, sans ancrage, Dieu sait où, et puis les fusées ont explosé au-dessus du Hradcany, tous les gens autour de nous se sont embrassés, nous nous sommes embrassés aussi. « Bonne année, Peter. Que tout aille bien. Tout ira bien, il faut du temps pour tout, et ne sois pas triste, je le suis déjà bien assez. » « Que tout aille bien pour toi », a dit Peter. Vers une heure nous avons pris le chemin du retour, au bord de la chaussée le papier multicolore des pétards brûlés teintait la neige de rouge et de bleu, j'avais froid aux mains, aux pieds aussi, j'étais arrivée au bout, je le savais, demain je rentre, je retourne à la maison, le nouvel an est fini, j'ai survécu. L'appartement était surchauffé, Miroslav était dans la baignoire, Micha assis sur le canapé, un chapeau en papier sur la tête, et regardait la télévision, Sarah n'était pas là. Sur le plancher, des confettis sales. Nous nous sommes assis à côté de Micha et nous avons trinqué avec de l'alcool, en passant, « Bonne année », j'ai siroté une toute petite gorgée qui m'a brûlé la langue pendant longtemps. Miroslav barbotait dans la salle de bains, sur l'écran le ballet de la télévision tchèque dansait devant une toile avec un décor de plage. Micha fredonnait dans son coin, indifférent, imperturbable, à sa main gauche scintillait le petit anneau de fer-blanc. « Où est Sarah ? » a demandé Peter, « Dehors, elle tire ses fusées », a dit Micha, « Et où étiez-vous ? » Miroslav est passé à côté de nous dans un peignoir de bain humiliant. Les fusées ont éclaté dehors dans le ciel nocturne, une par une, très loin les unes des autres. Nous étions tous les trois sur le canapé et regardions la télévision, de temps en temps Micha disait quelque chose du genre « Déjà une heure de passée », nous avons mangé des cacahuètes, des chips, des bananes, des caramels et des cornichons au vinaigre, et puis je me suis levée et j'ai dit « Bonne nuit ».

La dernière fois que je suis allée à la campagne avec Jacob, nous nous sommes arrêtés à une station-service sur la route parce que j'avais besoin d'aller aux toilettes. Je suis descendue de la voiture et je lui ai demandé si je devais lui rapporter quelque chose, il a dit « Oui, une barre de chocolat ». Je suis entrée dans la station, la grosse pompiste ne m'a pas saluée et a réclamé un mark pour l'utilisation des toilettes, elle a dit « Et lui, il n'a pas besoin ? », ce qui m'a amusée, j'ai dit « Non, il n'a pas besoin ». J'ai acheté la barre de chocolat. Quand je suis revenue des toilettes, la grosse pompiste était dehors à côté de l'unique pompe à essence, les bras croisés et le visage fermé, Jacob avait emmené la voiture jusqu'à la sortie de la station et il en était descendu, à présent il était debout, appuyé contre la portière ouverte, les yeux fixés au-delà de la route. Je l'ai rejoint et j'ai senti dans mon dos le regard de la pompiste. J'ai vu ce qu'elle voyait – une voiture, la portière ouverte, un homme, en train d'attendre, une femme, la femme monte à la place du passager, il monte à son tour, les portières claquent, il met le contact, ils démarrent, la voiture s'éloigne, disparaît très vite. En fin de compte ç'aura été l'unique fois où j'ai eu conscience de moi avec Jacob – à travers ce regard d'une pompiste dans une station-service minable sur une route nationale.

A un moment, au cours des premières heures de la nouvelle année à Prague, je me suis réveillée. J'ai ouvert les yeux et il m'a fallu du temps pour savoir où j'étais, la pièce était sombre, j'entendais la respiration d'un autre être humain, profonde et paisible. Le ciel derrière la fenêtre était noir, pas d'étoiles, pas de lune. Je me suis assise. A côté de mon lit, par terre, il y avait Peter dans un sac de couchage, roulé en boule comme un enfant, la tête posée sur ses mains jointes. J'entendais, très loin, un murmure de voix et de la musique. Je me suis levée, le plancher était froid, les lattes craquaient, je ne voulais surtout pas réveiller Peter, n'aurais-je pas dû dans ce cas lui proposer de s'allonger avec moi sur ce lit étroit, le sol était bien trop froid. Sur la pointe des pieds j'ai traversé les pièces vides, les portes étaient ouvertes, seule la dernière, celle de la chambre de Miroslav, était fermée, en dessous filtrait une lumière verte. J'ai bu dans la cuisine un verre d'eau du robinet, l'eau avait un goût métallique et amer, j'avais soif et j'ai bu trop vite, mon estomac s'est contracté. Je me suis dit, j'ai peut-être le mal du pays, c'est peut-être la nostalgie, j'ai peut-être fait un mauvais rêve, et puis tout d'un coup je me suis rappelé ce que Lukas, qui ne voulait jamais parler d'amour, avait tout de même dit la seule et unique fois où il avait dit quelque chose – aimer, c'est abuser, d'une façon ou d'une autre. J'ai posé le verre dans l'évier, j'ai traversé le couloir et j'ai ouvert précautionneusement la porte de la chambre de Miroslav. La lumière verte venait du téléviseur, les voix et la musique aussi, Miroslav était assis sur le fauteuil au milieu des cosses de cacahuètes, il était réveillé et il m'a regardée comme s'il m'avait attendue. Il était seul, Sarah et Micha semblaient avoir disparu, peut-être que Peter n'était pas non plus allongé sur le plancher à côté de ce lit à l'autre bout de l'appartement. Je suis restée sur le seuil et j'ai respiré profondément, comme si je voulais graver une odeur dans ma mémoire, et avec cette odeur une situation – cette chambre, verte comme un aquarium, pleine de fumée et d'irréalité, les objets absurdes qui y flottaient, un canapé, une table, une étagère à livres, des verres et des bouteilles, des pierres des Riesengebirge, des photos encadrées, des plantes séchées, Miroslav dans son fauteuil, une forme sans os et muette, et quelque part au milieu de tout cela, moi, dans une autre nuit, et un regard entre moi et Miroslav, un regard de moi à lui et de lui à moi, et ainsi nous resterions, à jamais. « Tu veux savoir », disait à présent Miroslav et sa voix avait un timbre étonnamment clair, « tu veux savoir comment on dit triste en tchèque ? » « Oui », ai-je dit, « bien sûr que je veux savoir ». « Eh bien », a dit Miroslav sans bouger d'un centimètre et pourtant la distance entre nous a paru se réduire, « ça se dit *smutna*. *Smutna*, ça veut dire triste. »

Jacob dit « Et après ? » Il est onze heures du soir, nous avons fini de manger nos plats chinois, j'ai peu mangé et beaucoup parlé à la place, Jacob n'a rien remarqué. Il s'allume une cigarette et me la passe, un geste qui se veut plein de signification. Il dit « Et après ? Qu'est-ce qui s'est passé après ? » Je prends la cigarette et je me verse une nouvelle tasse de thé, nous sommes toujours assis par terre, une position qui permettra plus facilement ensuite de nous embrasser et de nous toucher. Il fait chaud dans la pièce, dehors il fait froid, encore deux semaines avant le nouvel an. Je dis « Après, rien. Le lendemain matin je suis rentrée à Berlin. Peter m'a emmenée au train. Lui est resté plus longtemps, il est revenu en voiture deux jours plus tard avec Sarah et Micha ». Jacob sourit d'un air entendu. Il reste un moment silencieux, il pense à ce qui vient d'être raconté. Je sais qu'il va bientôt me demander ce que Peter fait maintenant, où il est et comment il va, et Micha et Sarah, sont-ils toujours fiancés ? Et qu'est-ce que je vais répondre. Peter habite Grellstrasse, sa belle chambre avec vue sur les châtaigniers, les platanes, dans son réfrigérateur il y a toujours de la bière et une bouteille d'alcool. Quel que soit le moment où j'arrive il m'ouvre la porte, et puis je m'assieds à côté de lui sur le canapé, je tiens sa main et je pose ma tête sur son épaule. Je pense « Tu devrais rester », et je ne reste pas. Sarah et Micha se sont séparés, six mois après ce nouvel an, Sarah vit maintenant avec un avocat sur le Kurfürstendamm, en juin Micha est tombé par la fenêtre du deuxième étage d'un appartement et il a survécu de justesse à cette chute. Depuis, il est un autre et il dit qu'il en a fini avec le monde et qu'il n'a plus beaucoup de temps, et que ce n'est pas que ça le rende triste, non. Ou bien l'autre histoire, qui est vraie aussi, le matin de mai où Sarah et Micha ont attaqué la filiale de la Deutsche Bank à Reinickendorf, ensuite pendant trois mois ils ne sont plus sortis de chez eux et en septembre ils sont partis avec Peter en Amérique du Sud, d'où ils écrivent des lettres et envoient des paquets avec du café, de l'alcool et de la canne à sucre. Cette fois je ris. Jacob me regarde et demande gentiment « De quoi est-ce que tu ris ? Qu'est-ce qu'ils font maintenant – Peter, Sarah et Micha ? » Je prends un air interrogateur. J'aurais envie de dire « Toute histoire a une fin ». J'aurais envie de dire que notre histoire aussi aura une fin et que je connais cette fin, j'aimerais lui demander s'il veut l'entendre, j'aurais le plus grand désir de lui parler de ça. Il étend ses jambes et s'assied un peu différemment, plus près de moi, dans trois minutes et demie à peu près il va poser la main sur moi. Peut-être qu'il dit « Raconte-moi ». Peut-être que je dis « Je n'arrête pas de m'imaginer le futur, Jacob. Je n'arrête pas de penser qu'un jour et peut-être même bientôt je raconterai la prochaine histoire à quelqu'un, une histoire où il sera question de toi ». Il soupire et hausse les épaules. Et puis il me regarde, avec ses yeux marron, qui sont un peu trop grands, son regard franc et ambigu à la fois, il va bientôt me poser une de ces questions auxquelles je ne sais jamais répondre, une question qui l'excite – « Qu'est-ce que tu préfères, un baiser dans la nuque ou une morsure au larynx ? » Je souhaiterais qu'il ne le fasse pas. Je souhaiterais qu'il s'en aille. Il va s'en aller, mais pas tout de suite.

L'amour pour Ari Oskarsson

Some enchanted evening
you may see a stranger,
you may see a stranger
across a crowded room

On était en octobre quand nous avons quitté la ville, Owen et moi, pour un voyage à Tromsø. Pendant l'été, nous avions postulé auprès des festivals de musique partout en Europe avec un petit CD débile rempli de chansons d'amour, sans obtenir une seule invitation, d'ailleurs il n'y avait pas eu le moindre écho, et lorsqu'en septembre j'ai trouvé dans ma boîte aux lettres l'invitation au Festival Aurore boréale en Norvège, j'ai cru à une blague. Owen a ouvert l'enveloppe et brandi sous mon nez des billets d'avion et des tickets de car, il a dit « Ce n'est pas une blague », le Festival Aurore boréale nous invitait pour une semaine à Tromsø. J'ai dû chercher longtemps dans un atlas avant de finir par trouver Tromsø. Un concert dans un petit club, pas de cachets, mais la prise en charge des frais et du logement et une probabilité de cent pour cent de voir une aurore boréale. « C'est quoi, une aurore boréale ? » ai-je dit à Owen et Owen a dit « De la matière. De la matière projetée dans l'univers, un amas d'électrons brûlants, des étoiles explosées, est-ce que je sais ».

Je vais à Paris, disait une des chansons du CD. *Je vais à Paris et je vais à Tokyo, à Lisbonne, à Berne, à Anvers et à Rome, je fais le tour du monde and I'm just looking for you, crois-moi, je ne cherche que toi.* C'était carrément débile. Owen chantait dans sa barbe avec une voix d'enfant usée en grattant une corde de sa guitare, pendant que je jouais des notes aiguës au piano, c'était débile, mais cela exerçait une sorte de charme absurde, surtout sur les gens qui ne comprenaient pas le texte. Ça nous amusait, Owen et moi, de travailler ensemble à des choses inutiles. Nous aimions bien passer du temps tous les deux, nous aimions parler de ce que nous pourrions faire, de ce que nous ferions si nous avions de l'argent, si nous étions autres et vivions différemment. Owen avait ses amis et moi les miens. Nous n'avions pas de vie commune, nous n'étions pas amoureux l'un de l'autre, nous aurions pu à tout moment nous séparer sans aucun sentiment de perte. Nous avions enregistré ce CD et l'avions gravé nous-mêmes, c'était notre troisième production en commun, nous l'offrions à nos amis, envoyions notre candidature à des festivals off, et quand Tromsø nous a invités, j'avais déjà décidé d'arrêter la musique. Owen n'avait rien décidé du tout. Il faisait une fois ci, une fois ça, il n'avait pas l'intention d'opter pour quoi que ce soit, et il savait faire tout un tas de choses, chanter, danser, jouer plus ou moins bien la comédie, poser un parquet, faire de la plomberie, conduire un camion, garder des enfants. Owen était content d'aller à Tromsø. Il a dit « Allons, réjouis-toi, nous avons la possibilité de voyager, de faire un voyage quelque part. Ce n'est pas rien, tout de même, non ? », et j'ai dit « Non, ce n'est pas rien ».

Nous avons pris l'avion jusqu'à Oslo et d'Oslo nous avons continué en car. A l'époque Owen avait une histoire avec une chanteuse qui chantait dans un groupe un tout petit peu connu des textes du même acabit que notre *Je-vais-à-Paris* mais, il est vrai, avec un sérieux déconcertant. La chanteuse était très belle et paraissait toujours un peu ravagée, elle nous conduisit à l'aéroport et avait manifestement du mal à digérer l'idée qu'Owen serait absent pendant une semaine. Nous fîmes une courte halte avant l'aéroport dans un parking au-dessus duquel les avions en train d'atterrir passaient en vrombissant, si bas qu'on distinguait les visages des passagers derrière les minuscules hublots. Nous prîmes l'ascenseur pour aller sur le toit. La chanteuse portait une robe du soir sans bretelles sous son manteau de fourrure et des bas résille, elle ôta son manteau, ce qui m'impressionna car il faisait passablement froid. Elle prit la pose au bord du toit du parking, renversa la tête en arrière et tendit ses longs et beaux bras minces vers le ciel. Quand un avion passa juste au-dessus de nous, elle se mit sur la pointe des pieds, si bien qu'on eut l'impression qu'elle allait s'accrocher au train d'atterrissage et s'envoler avec. Je murmurai « Qu'est-ce que ça veut dire ? », et Owen dit sur un ton théâtral « Des adieux, bordel. Ce sont des adieux, à ce qu'on dirait. Il ne faut pas que je l'oublie, voilà ce que ça veut dire ». La chanteuse regarda Owen, jeta le manteau de fourrure sur ses épaules nues, nous quittâmes le parking et continuâmes en voiture jusqu'à l'aéroport. Owen donnait l'impression d'être absent. Il avait terriblement peur de l'avion et employait une foule de méthodes thérapeutiques pour surmonter sa phobie, techniques de respiration, récitation de poèmes et exercices d'étirements. Il but une gorgée d'un flacon rempli de quelque potion d'herboriste. Il griffonna quelque chose sur un petit bout de papier et referma son poing dessus. La chanteuse voulut lui arracher le papier de la main, Owen n'ouvrit pas le poing. L'employé du guichet de la SAS dit avec impatience « Hublot ou couloir ? », et Owen cria presque « Couloir, bordel ! », il était exclu pour lui d'être assis à côté du hublot. Il embrassa dûment la chanteuse, sur la bouche, un nombre incalculable de fois et avec fougue, je lançai un regard d'excuse à l'employé du guichet. Nos bagages furent emportés en cahotant sur le tapis roulant. La chanteuse se pendit au cou d'Owen en disant d'une voix larmoyante « Qu'est-ce qu'il y a sur le papier ? Owen. Dis-moi ce qu'il y a dessus », je savais ce qu'il y avait sur le papier, « Papa t'aime, petit Paul », Paul était le fils d'Owen. Avant chaque voyage en avion, Owen rédigeait ce petit message qu'il tenait dans sa main pendant toute la durée du vol. Il s'imaginait qu'après le crash de l'avion on retrouverait comme par miracle son corps intact, qu'on ouvrirait son poing fermé, et que le monde saurait alors à qui Owen avait pensé dans les dernières minutes de sa vie, une perspective qui – si invraisemblable fût-elle – semblait le tranquilliser. Owen dit brutalement « Ça ne te regarde pas ». Nous abandonnâmes la chanteuse derrière la vitre de la salle d'enregistrement. J'éteignis mon portable. A travers les grandes fenêtres je voyais les réacteurs qui devaient nous transporter dans les airs jusqu'à Oslo, et je détournai la tête.

Tromsø était sinistre. Je ne me souviens pas d'avoir jamais vu une ville du Nord qui ne soit pas sinistre, sauf peut-être Stockholm. Mais Tromsø était exceptionnellement sinistre. Dans toutes ces villes, il semble toujours qu'il y ait eu à l'origine un port, et puis quelques maisons de pêcheurs tout autour, ensuite une petite usine de poissons, davantage de maisons, une plus grosse usine de poissons, une rue pour y arriver, une rue pour en sortir, un centre commercial, un centre-ville, une banlieue qui s'est développée de manière anarchique puis qui apparemment est morte. Personne ne vint nous chercher à la petite gare routière, et quand je téléphonai au bureau du Festival Aurore boréale personne ne répondit. « Pays de merde », dit Owen. Nous étions debout près d'un kiosque minable devant la gare routière et buvions du café tiède dans des gobelets en plastique archi-mince qui cédait entre les doigts. Le vent était décidément plus froid que chez nous. Lorsque, une heure plus tard, je composai à nouveau le numéro du festival, une femme avec une voix de centenaire décrocha. Elle ne comprenait pas mes questions et à un moment elle se décida à énoncer sur un ton exaspéré l'adresse d'une maison d'hôtes dans le centre-ville. « *Gunnarshus. See, if you can stay here.* » Je hurlai dans l'appareil « Le festival ! Le festival de musique, *you know* ! Aurore boréale. Et nous sommes invités, bon sang ! », elle répondit en hurlant aussi, dans un allemand sans le moindre accent qui m'impressionna, « Le festival est annulé ! » Et elle raccrocha. J'allai rejoindre Owen qui était en train de nourrir un chien misérable avec le reste de son hot dog, sa guitare sur l'épaule lui donnait un air pas naturel. Je dis « Le festival est annulé », pris mon sac à dos et retournai dans la gare routière. Si le car pour Oslo avait été là, prêt au départ, je serais montée dedans et rentrée aussitôt, mais évidemment le dernier car pour Oslo était déjà parti. Owen ne m'avait pas suivie. J'étudiai le tableau des horaires, les mots norvégiens incompréhensibles, les panneaux publicitaires pour des barres de réglisse et du jus d'orange. Puis je ressortis. Owen était toujours près du kiosque et il avait maintenant une bouteille de bière light dans la main.

Je dis sans conviction « On pourrait aller voir du côté de la maison d'hôtes de Gunnar », Owen dit « Bon », et nous voilà partis.

La Gunnarshus se trouvait dans une petite rue du centre-ville, un quartier en tout cas qui avait l'air d'être quelque chose comme le cœur de Tromsø. Il y avait là une quantité étonnante de petites boutiques et quelques bistrots, deux grands supermarchés, plusieurs baraques de hot dogs et un McDonald's. La maison d'hôtes était plongée dans l'obscurité à l'exception de deux fenêtres éclairées au premier étage, elle donnait l'impression d'être déserte et à l'abandon. Owen frappa contre la porte avec le plat de la main, la porte s'ouvrit, le couloir derrière sentait l'humidité et le renfermé. Nous restions plantés dehors, perplexes. Owen cria « Hello ! » en direction des ténèbres. Quelque part dans le fond, très loin, une lumière s'alluma et quelqu'un vint de l'autre bout du couloir en traînant la savate. La porte se referma, puis se rouvrit, à peine. Dans l'entrebâillement surgit un visage étroit de Norvégien, éclairé par la lune, qui nous lorgna. « Festival Aurore boréale » dit Owen d'un ton aimable. « Annulé », dit le visage, la porte s'ouvrit en grand et une sorte de projecteur de la DCA nous illumina, nous obligeant à mettre nos mains devant nos yeux. « Soyez les bienvenus. Les hôtes tardifs sont mes préférés. »

Aucun groupe n'avait accepté l'invitation du Festival Aurore boréale, nous étions les seuls. Personne n'était venu, voilà tout – comme je l'avais fait moi-même ils avaient apparemment tous pris cette invitation pour une blague. « Et maintenant, qu'est-ce qu'on va faire ? » dit Owen, nous étions assis à la table dans la cuisine de Gunnar et nous buvions du thé noir avec du lait qui m'évoqua les orphelinats anglais. La cuisine était chaude et agréable, Gunnar s'était installé près de la fenêtre dans une chaise à bascule et fumait une cigarette, il portait un pull norvégien et des pantoufles en feutre, j'aurais été très déçue s'il avait été habillé autrement. La lumière derrière la fenêtre était bleue. J'ai ôté ma veste et l'ai suspendue au dossier de ma chaise. Je voulais rester à Tromsø. Ne plus repartir de Tromsø. La Norvège. Les fjords, les chutes d'eau et les forêts avec des routes sur lesquelles il faut allumer les phares même à midi. « Puisque vous êtes là », a dit Gunnar, « vous n'avez qu'à rester ». Ça ne paraissait pas l'intéresser outre mesure. « On est en octobre. De toute façon personne ne vient à Tromsø, aucun touriste, personne. Vous auriez logé ici si vous aviez joué, alors vous pouvez aussi y loger maintenant, si ça vous dit. Ça vous dit ? » Owen parcourut des yeux la cuisine, comme s'il fallait d'abord qu'il examine la question. Un vieux poêle en fonte. Des petites étagères remplies de tasses à oreilles et d'assiettes ébréchées. Sept chaises autour de la table en bois. Sur le mur, au-dessus de l'évier, un genre de règlement à l'usage des hôtes, d'une écriture enfantine sur du papier d'emballage : « Ne pas oublier de noter la bière et le vin qu'on prend dans le frigo. Toujours laver la vaisselle. Les cuites, dans les chambres. Petit déjeuner jusqu'à dix heures. » « C'est quoi, ici ? » a dit Owen, « une auberge de jeunesse ? Un foyer pour les rockers ? » « Une maison d'hôtes », dit Gunnar. « Je loue des chambres aux touristes en été, et en hiver les musiciens qui viennent pour le festival habitent ici, et aussi quelques autres locataires, vous les verrez. Il reste justement deux personnes, des Allemands, comme vous. » Owen m'a regardée. J'ai regardé Owen. Son visage trahissait cette félicité pleine d'espoir que je connaissais et que j'aimais bien. Je n'ai rien dit et Owen a dit « Eh bien – j'imagine qu'on reste ».

La chambre à Tromsø était une chambre comme j'en avais connu dans les hôtels bon marché de New York. Un lit large à l'américaine et un lavabo avec un miroir au-dessus, une armoire en contreplaqué et un radiateur peint en blanc dans lequel l'eau glougloutait. La fenêtre donnait sur la petite rue mais la chambre était telle que dehors on aurait aussi bien pu trouver Soho, Little Italy ou la Première Avenue à East Village, une chambre qui semblait plus grande qu'elle n'était, et dans laquelle on pouvait rester allongé sur ce lit et faire ce qu'on fait quand on est amoureux – s'imaginer des choses, s'abandonner à son cœur qui bat, ouvrir la porte à quelqu'un et vouloir être pour toujours en voyage. « Ne pourrions-nous pas rester ici pour toujours ? » dit Owen avec exaltation. « Et si on restait tout simplement ici, à Tromsø, en Norvège, personne chez nous ne sait où nous sommes exactement. » « Moi non plus, je ne sais pas où nous sommes », dis-je. Nous étions debout côte à côte devant la fenêtre, en train de fumer et de regarder dehors. Sur le visage d'Owen passa le reflet des phares d'une voiture, la pièce était chaude, une porte claqua très loin, quelqu'un parcourut lentement le couloir. « Quand j'étais enfant, je voulais devenir pilote de chasse », dit Owen. « Est-ce que je t'ai déjà raconté que je voulais devenir pilote ? » « Non », dis-je. « Raconte-moi. »

Tous ces gens dont j'ai fait un jour la connaissance au cours d'un voyage à l'étranger, je ne les ai jamais revus par la suite – du moins lorsqu'il s'agissait de voyageurs comme moi. Martin et Caroline, que nous avons rencontrés à la Gunnarshus, je ne les reverrai pas non plus, ce qui n'est pas grave, parce que je ne les oublierai pas. Martin était à Tromsø pour un an, Caroline pour six mois. Martin étudiait les lettres scandinaves à Bonn et il était venu en Norvège pour rédiger sa thèse de doctorat, une étude compliquée sur des manuscrits en norvégien ancien. « C'est Tromsø », disait Martin, « qui a les plus grosses archives en matière de manuscrits norvégiens », je ne le croyais pas, il me semblait qu'il était ici à la recherche de tout autre chose, mais je ne voulais pas l'obliger à m'en parler. Caroline était venue à Tromsø comme fille au pair, elle était très jeune et faisait des études d'allemand à Tübingen. Elle avait l'air timide, posait sur le monde un regard grave, facilement impressionnable, elle était d'un tempérament enthousiaste et remarquablement dépourvue d'anxiété. La famille dans laquelle elle avait dû travailler comme fille au pair à Tromsø était désunie, le père buvait, battait sa femme et ses enfants et, une fois ivre, ne cessait de mettre la main sous la jupe de Caroline, ce qui l'avait amenée à démissionner, mais pas à quitter Tromsø. Elle s'était mise à travailler au McDonald's et elle rassemblait les chariots du supermarché à l'heure de la fermeture, elle disait que c'était beau, Tromsø, que c'était beau, la Norvège, que même sans cette place de fille au pair elle resterait aussi longtemps qu'elle l'avait projeté, et peut-être davantage. Owen déclara plus tard « Caroline a quelque chose d'apaisant », traduisant exactement ce que je ressentais moi aussi.

Cette première conversation sur les raisons de nos voyages, le pour et le contre des premiers contacts et des adieux, eut lieu un matin dans la cuisine, Caroline, déjà en manteau, était appuyée à la fenêtre près du poêle, un gobelet de thé à la main, en fait elle était déjà en route pour le McDonald's, Martin avait étalé une pile de manuscrits sur la table, il travaillait, Gunnar n'était pas là. Tous deux avaient accueilli notre arrivée à la Gunnarshus de manière plutôt cordiale et indifférente, deux Allemands à Tromsø, rien de surprenant à cela. Ils vaquaient à leurs besognes matinales, familiers l'un de l'autre et polis à notre égard, ils ne manifestèrent pas un intérêt absolument débordant pour notre musique ou pour le festival tombé à l'eau. Plus tard je me suis souvenue qu'à moi aussi il m'était arrivé de me comporter de cette façon quand j'étais en voyage, dans un endroit étranger pour un temps assez long, et que quelqu'un arrivait, un nouveau venu, un novice tout excité qui voulait aussitôt tout savoir, les meilleurs bars, les magasins les moins chers et les plus belles excursions des environs. J'avais dit une chose ou deux, qu'ils s'en remettent au temps pour le reste, et puis j'étais retournée à mes affaires ; non pas par arrogance mais plutôt par manque d'assurance, parce qu'un étranger, dans toute l'excitation et l'embarras de son état d'étranger, me rappelait ma propre situation d'étrangère. Martin dit « Le Café Barinn, si vous voulez boire un bon café », mais Caroline dit tout de même « Nous pourrions préparer le repas ensemble, ce soir », et puis elle s'en alla en refermant doucement la porte derrière elle, comme seuls le font les gens qui ne cessent jamais de penser aux autres.

A Tromsø je suis restée à la maison. Presque exclusivement. J'avais décidé de faire comme si cette chambre de la Gunnarshus était un endroit dans lequel j'aurais pris mes quartiers, sans que ce séjour soit censé prendre fin, un endroit d'où je voyais d'ailleurs le monde passer devant ma fenêtre, si bien que j'aurais pu à tout moment être partout, l'extérieur était dépourvu de signification. Je restais étendue sur le lit et je lisais les livres de Caroline – Hofmannsthal, Inger Christensen, Thomas Mann – et les livres de Martin – Stephen Frears, Alex Garland et Heimito von Doderer. J'avais le sentiment que le hasard m'avait fait échouer dans cette chambre pour que j'y découvre quelque chose sur moi-même, sur la suite de ma vie et de tout le reste, une longue halte avant quelque chose d'apparemment grandiose et dont j'ignorais tout. Je parcourais parfois la courte rue principale de Tromsø dans un sens puis dans l'autre et j'observais ma silhouette reflétée dans les vitrines des magasins, après je rentrais à la maison, je m'allongeais sur le lit et je regardais par la fenêtre. « Tu es heureuse ? » disait Owen, et je disais « Je le suis ». Owen, quant à lui, sortait sans arrêt. Il partait en reconnaissance dans Tromsø comme s'il préparait une étude, en l'espace de quarante-huit heures il avait découvert tout ce qu'il y avait à Tromsø de beau ou d'étrange ou de répugnant ou d'exceptionnel, il revenait, s'asseyait près de moi sur le bord du lit et me racontait, sans que son récit déclenchât en moi le besoin de voir aucune des choses qu'il avait vues. Il gardait son bonnet sur la tête, n'ôtait pas son anorak, fumait une cigarette et se ruait à nouveau dehors, claquait la porte derrière lui. Je le voyais par la fenêtre s'éloigner à grands pas. Le soir, quand Caroline rentrait de son supermarché et Martin de ses mystérieuses archives des manuscrits norvégiens, nous nous asseyions tous dans la cuisine, nous mangions ensemble, nous buvions une bouteille de vin. Parfois, Gunnar se joignait à nous, il ne disait jamais rien et se retirait très vite. Owen cuisinait des nouilles aux crevettes, des nouilles aux tomates, des nouilles au saumon. Il y avait du chocolat en dessert et des bananes vertes. Caroline et Martin abandonnèrent leur réserve et leur indifférence polie. Parce que nous étions des étrangers les uns pour les autres, parce que seul le hasard nous avait réunis et pour peu de temps, nous en vînmes assez rapidement à parler de manière très intime des choses les plus privées, nos origines, nos parents, nos biographies, et aussi de l'amour. Owen dit que depuis la fin de sa dernière relation il était d'une anxiété maladive. Martin dit qu'il était homosexuel, ce qui plongea Owen dans un bref embarras. Caroline dit d'une voix hésitante qu'elle n'était encore jamais tombée vraiment amoureuse jusqu'à présent, phrase qui fit s'esclaffer Owen. Moi, je ne racontai rien, il n'y avait rien à raconter. Je racontai je ne sais quoi à propos d'un amour que j'avais eu cent vingt ans plus tôt, j'avais le sentiment qu'il fallait que je fasse des efforts pour Caroline – qu'il s'agisse d'aveux, de préférences, ou même de boisson –, un sentiment qui n'était pas désagréable. Martin dit « Les hommes norvégiens sont beaux » en me regardant bizarrement, « Je ne peux que les recommander », une phrase que je ne relevai pas. J'étais très éloignée de tomber amoureuse. Parfois je me disais que j'aurais dû tomber amoureuse d'Owen, mais ça ne marchait pas, c'était absolument impossible, pourtant j'aurais bien aimé tomber amoureuse de lui. C'était Owen qui parlait le plus. Martin parlait beaucoup aussi, quand Owen devenait trop bruyant à son goût, trop fougueux, trop excité par son sujet, il sortait de la cuisine et ne revenait que lorsque Owen s'était tu. Caroline était la moins bavarde. La plupart du temps il fallait que je la pousse à parler, et puis que j'obtienne d'Owen qu'il l'écoute aussi, il avait tendance à l'ignorer. J'aimais bien Caroline. J'aimais sa façon enfantine, discrète, de rester assise là avec nous, morte de fatigue vers une heure du matin, abasourdie par les discussions d'Owen et de Martin sur le sexe, sur le pour et le contre des amours d'une seule nuit, défaite et visiblement épuisée, et malgré cela attendant toujours pour aller se coucher le moment où nous y allions tous. J'aimais bien être seule avec elle le matin dans la cuisine, elle préparait du thé et je lui parlais comme quelqu'un que je n'étais pas – une personne raisonnable, un peu assagie par les ans, sentimentale et grave. Je voulais qu'elle me raconte sa vie et elle le faisait, quand nous étions seules – son enfance dans un village, ses frères et sœurs, la maison à colombages dans laquelle elle avait grandi et qui plus tard fut démolie, ce qui la faisait encore fondre en larmes dans la cuisine de la Gunnarshus. A vingt ans elle était partie au Ghana pour y travailler dans un foyer de handicapés. Elle avait dormi toute l'année à la belle étoile, avait survécu à la malaria, voyagé à travers l'Afrique occidentale en filtrant l'eau dans le coton de son T-shirt avant de la boire. Elle vivait à présent à Tübingen dans un appartement communautaire avec dix autres étudiants, elle avait une meilleure amie mais pas d'ami, elle envisageait de poursuivre peut-être ses études en Angleterre. Elle ne fumait pas, ne buvait quasiment rien, et de toute sa vie n'avait sûrement jamais eu encore de contact avec la moindre drogue. Elle parlait d'elle, je l'écoutais, et quelque chose en elle me faisait penser à moi, à moi dix ans plus tôt, même si dix ans plus tôt j'étais tout à fait différente. J'avais envie de la protéger, sans savoir contre quoi. Dans sa chambre, qui était à côté de la nôtre, il y avait des photos de ses parents et de ses frères et sœurs alignées sur l'appui de la fenêtre, avec entre elles des bâtonnets d'encens et des perles du Ghana. Quand elle disait au revoir le matin et qu'elle partait au McDonald's pour y passer huit heures à pousser des assiettes de hamburgers et de frites sur un comptoir, j'aurais aimé pouvoir échanger avec elle. Le soir, quand elle sortait de sa réserve et qu'elle osait raconter quelque chose devant Martin et Owen,

Owen se montrait brutal et prétentieux. Nous parlions du voyage et de tous les hasards qui rapprochent les gens puis les séparent de nouveau, et Caroline déclara qu'il y avait une phrase qu'elle aimait beaucoup – la vie c'est comme une boîte de chocolats, on plonge la main dedans, on ne sait pas ce qu'on va trouver, mais c'est toujours bon. Alors Owen prit sa tête entre ses mains et dit, quelle phrase débile, il y avait longtemps qu'il n'avait plus entendu une phrase aussi débile, si bien que je lui écrasai le pied sous la table aussi fort que je pus. Bien sûr que cette phrase était débile, mais elle était aussi optimiste et parfaitement compréhensible dans toute sa sottise, moi je voulais bien accorder cette phrase à Caroline, et pendant un moment j'ai détesté Owen de ne pas en faire autant, de n'avoir pas pu s'empêcher même ici de nous servir son foutu numéro de mec cool. Martin était plus diplomate, il semblait éprouver comme moi un penchant pour Caroline, il s'adressait souvent à elle, lui posait des questions, lui tendait la perche pour qu'elle réponde, mais bientôt il recommençait à se perdre en considérations sur les grands principes et en discussions de longue haleine avec Owen. Nous nous tenions ainsi compagnie, tandis qu'il pleuvait dehors la plupart du temps et que Gunnar faisait parfois une apparition, se versait un verre de vin, écoutait un bref moment, jusqu'à ce qu'il ait compris de quoi nous parlions et, quand il avait compris, quittait aussitôt la cuisine. C'était comme si nous n'avions pas encore trouvé le sujet qui l'aurait fait rester, et peut-être ne le trouverions-nous jamais. J'étais tendue et sur mes gardes, je voulais que rien ne vienne rompre cela, notre façon d'être ensemble, entre étrangers, dans un village de l'extrême Nord, je comptais les jours, après le troisième je perdis le fil et le temps se mit à galoper, j'envisageais sérieusement de rester plus longtemps.

Nous sommes restés plus longtemps. Il nous était impossible de repartir de Tromsø au terme de cette unique semaine, radicalement impossible. Nous avons parlé avec Gunnar, qui nous a proposé un prix abordable pour une semaine de location de la chambre, et nous avons prolongé de sept jours. J'ai demandé à Owen s'il avait l'intention de téléphoner à quelqu'un chez nous pour prévenir que nous restions plus longtemps, j'ai dit « Tu en es où avec ta chanteuse ? » Il n'a pas répondu. Je suis restée à la maison, et Owen est sorti. A son retour, il s'est assis à côté de moi et m'a raconté quelque chose, de temps à autre il s'interrompait et me regardait d'un air soupçonneux, jusqu'au moment où j'ai dit « Qu'est-ce qu'il y a ? » Il a dit « Tu es malade ? », j'ai dit « Non, je ne suis pas malade », alors il a demandé « Bon, alors dis-moi : quels sont mes chocolats préférés, quelle est la voiture que j'aimerais conduire si j'avais de l'argent, quelle histoire d'amour est la plus belle à mes yeux », il avait peur que je puisse m'éloigner de lui, l'oublier. J'ai dit « Les chocolats à la menthe poivrée. Une Mercedes. La tienne », ça l'a tranquillisé et il est ressorti. Moi, je ne voulais toujours rien voir. Je voulais continuer à réfléchir, à traîner, à être seule, à boire du thé le matin avec Caroline et à manger le soir avec tous les autres. En vérité c'était un peu comme si j'étais malade, comme si j'avais été malade et que je sois en convalescence. Je ne m'éloignais pas d'Owen. J'étais seulement perplexe face à moi-même et cette perplexité m'apportait une satisfaction inconnue. Nous passions les soirées ensemble, Martin rentrait parfois plus tard, ou bien ressortait vers minuit sans nous proposer de l'accompagner. J'étais certaine qu'il se rendait à un rendez-vous qui se terminerait dans un lit avec quelqu'un, le voir s'en aller et savoir qu'il partait en quête de sexe était déconcertant. Il n'amenait jamais personne à la Gunnarshus. Un soir, Owen a dit très exactement une fois de trop « Je ne suis pas homo ». Ce soir-là, comme nous étions allongés côte à côte dans le lit, il s'est rapproché de moi et m'a murmuré dans l'oreille « Aujourd'hui Martin m'a regardé ». J'ai murmuré « Comment ça ? », et Owen a dit à voix haute « Eh ben, un regard sexuel, bordel », mais je ne l'ai pas cru. Je savais que si nous arrivions à être aussi bien ensemble, de cette manière impersonnelle et personnelle à la fois, c'était parce qu'il n'y avait pas de danger que l'un de nous tombe amoureux d'un autre – Caroline ne tomberait pas amoureuse d'Owen, et Owen ne tomberait pas amoureux de Martin, je ne tomberais pas amoureuse d'Owen, ni Owen de moi. C'était un grand soulagement de le savoir, et en même temps c'était triste. C'était triste que pour la première fois de ma vie l'absence d'amour, et même l'absence de la possibilité d'un amour, m'apparaisse comme un réconfort et un soulagement.

Le samedi soir, la septième soirée, nous sommes sortis tous ensemble. Nous avons enfilé nos manteaux dans le couloir et quitté la maison. Quand j'ai posé le pied dans la rue froide et nocturne, j'ai eu le sentiment de ne plus avoir été à l'air libre depuis des mois. J'ai songé que ce soir, en ce moment même, nous aurions dû être presque de retour chez nous ou du moins, à l'heure qu'il était, être arrivés à l'aéroport d'Oslo. J'étais très contente que nous ayons décidé de rester. Gunnar nous avait invités à l'accompagner à une fête des artistes de Tromsø, musiciens, producteurs de disques, écrivains et étudiants, et parmi eux notamment les gens du Festival Aurore boréale à qui Owen avait l'intention, disait-il, de balancer immédiatement son poing dans la gueule. Nous sommes tous montés dans la voiture de Gunnar, la fête se déroulait en banlieue, dans la maison d'un écrivain norvégien, un immeuble bas des années cinquante dans un quartier désert. Quand nous sommes arrivés, il y avait déjà là un tas de gens qui se connaissaient tous, et nous sommes restés à traîner près du vestiaire, mal à l'aise, jusqu'au moment où Gunnar nous a poussés sans façon dans la grande salle de séjour. J'ai dit à voix basse « Qu'on ne nous présente à personne, s'il te plaît, et surtout qu'on ne nous présente pas à quelqu'un du Festival Aurore boréale », ce qui a fait rire Gunnar et il a dit « Ça va être dur à éviter ». Les invités correspondaient à l'idée que je me faisais des invités d'une fête norvégienne, vêtus chaudement, ivres, avec des visages échauffés. L'hôte ne semblait pas tenir à venir saluer quiconque, j'ai demandé à plusieurs reprises à Gunnar où il était, et il répondait chaque fois « Je ne le vois pas ». Sur une longue table se trouvaient des bouteilles de bière et de vin, des chips bizarres et des bols remplis de sauce mexicaine. Dans la cheminée brûlait un feu, autour s'étaient réunis les artistes qui représentaient spécifiquement Tromsø, un groupe de gens d'allure excentrique qui prenaient nettement leurs distances par rapport aux autres debout autour des bols de sauce. Je me suis adossée au mur près de la porte. Caroline m'a apporté un verre de vin, j'avais le sentiment que je ne ferais jamais la connaissance de personne si elle se mettait à côté de moi, elle s'est mise à côté de moi. Martin cherchait ostensiblement des yeux les homos et en l'espace de cinq minutes il les avait tous repérés. Owen força avec un aplomb remarquable l'accès au groupe près de la cheminée et commença à bavarder avec une grande femme enveloppée dans un manteau en peau d'ours. Caroline me sourit. Elle me sourit comme elle me souriait le matin dans la cuisine, quand elle préparait le thé à sa manière précautionneuse et que je formulais dans ma tête la première question que je lui poserais – « A quel moment as-tu entamé des études d'allemand ? » Mais ici, ce n'était pas la cuisine de la Gunnarshus. Ici, c'était une fête plutôt ennuyeuse et languissante dans la province norvégienne, et pourtant j'étais nerveuse. J'ai posé mon verre de vin, je ne voulais rien boire. Martin parlait avec un jeune homme qui ressemblait à un élève d'un internat anglais, il lui a murmuré quelque chose à l'oreille, et le jeune homme a piqué un fard. Owen caressait la fourrure d'ours de cette grande femme, la grande femme lui a enlevé son bonnet. Rien ne se passait. Caroline a dit quelque chose et j'ai entendu Martin éclater de rire, un rire complètement nouveau. Près de la cheminée se tenait un petit homme. Il avait les oreilles décollées et une ébauche d'iroquoise. Il avait l'air polonais. Il avait l'air assez beau. Il avait l'air de ne s'intéresser d'aucune façon à ce qui se passait à l'extérieur de ce cercle autour de la cheminée, et à cause de cela il ne me plaisait pas. Gunnar s'est approché et nous a présenté un éditeur qui, disait-il, venait juste de publier avec beaucoup de succès un livre de yoga pour les jeunes enfants. Je ne savais pas quoi dire. Mais Caroline a eu une idée, finalement elle a entrepris d'interroger l'éditeur sur son livre, et l'éditeur s'est lancé sans hésiter dans une démonstration des exercices de yoga, le serpent, le rhinocéros, l'ours et le chat, pour le poisson il s'est couché par terre sur le dos et s'est enroulé autour de nos pieds. Owen près de la cheminée a jeté un coup d'œil dans notre direction, je lui ai rendu son regard en écarquillant les yeux au maximum, alors il s'est détourné. Le petit homme a allumé une cigarette. L'éditeur s'est relevé, a tapoté son pantalon pour enlever la poussière et il a dit « Vous ne vous trouvez pas un peu isolée dans notre Tromsø ? » Son allemand était si impeccable que je n'ai pas eu la moindre envie de lui demander où il l'avait appris. Je l'ai regardé. J'ai pris mon souffle et j'ai dit « J'apprécie justement tout à fait cet isolement », j'étais sur le point de capituler, de mener à bien cette conversation, une autre encore et puis une dernière sur les spécialités culinaires et le soleil du solstice en Norvège, et après de rentrer immédiatement chez moi ; j'étais restée trop longtemps dans cette chambre à traîner sur le lit, je souffrais d'un mal du pays contrarié. J'étais sur le point de renoncer purement et simplement, et c'est à ce moment précis que le petit homme avec sa coupe de cheveux à l'iroquoise m'a saisie par le bras et entraînée hardiment hors du cercle. Il m'a secoué la main, si longuement que je souhaitais déjà qu'il ne s'arrête plus jamais, et puis il a dit « Je vais à Paris, compris ? A Tokyo, Lisbonne, Berne, Amsterdam », il avait un accent effroyable et ne paraissait pas comprendre ce qu'il disait. Il a ricané. Puis lâché ma main. Il a dit son nom, Ari Oskarsson, et j'ai dit « *Nice to meet you* », je me sentais d'humeur bizarre, et j'ai tourné à nouveau la tête vers Owen, qui guettait mon regard et qui cette fois a levé les yeux au ciel. Le petit homme était le directeur du Festival Aurore boréale. Il s'est excusé en anglais pour le concert tombé à l'eau et tous les désagréments, il a dit qu'il avait beaucoup aimé notre CD. Je le regardais, j'étais incapable de l'écouter, mais ça n'avait pas l'air très important. Il avait un tic nerveux, il clignait sans arrêt de l'œil gauche, l'expression de ses yeux était curieuse et ironique. Il était debout tout contre moi, il sentait bon, il portait un costume noir froissé et une bague en argent bon marché au petit doigt de la main droite. J'ai repris mon verre de vin. Caroline avait l'air de ne pas s'ennuyer avec l'éditeur. De l'autre bout de la pièce Gunnar a jeté un coup d'œil vers nous, l'expression de son visage était indéchiffrable. Le petit homme a saisi ce coup d'œil et dit quelque chose à propos de la réputation de la maison d'hôtes de Gunnar, qui était connue bien au-delà des limites de la ville, d'innombrables musiciens de renommée mondiale avaient dormi dans les lits de la Gunnarshus. J'ai dit tout à coup que je ne voulais plus du tout être musicienne. Ce n'était pas absolument ce que j'avais voulu dire, mais je l'ai dit. Mon visage était brûlant. J'ai dit que je traînais depuis une semaine dans cette chambre de la maison de Gunnar, à me remettre d'un mal dont je ne savais rien, j'ai dit que je ne quitterais sans doute pas Tromsø prochainement. Je me suis arrêtée, et le petit homme a pris un air encourageant, amusé, j'ai dit encore d'autres choses que je ne voulais pas dire. J'ai dit que je restais là, couchée, à attendre que la porte s'ouvre et que quelqu'un entre, il a dit « Qui donc ? », j'ai dit « Quelqu'un », j'ai dit « *You look polish* », il a dit « *Do you ?* », il a ri et paru sur le point de répondre quelque chose, alors une femme est passée à côté de nous avec d'épaisses lunettes de sexagénaire, une écharpe autour du cou et les cheveux en bataille, et le petit homme a dit « *Excuse me* », il l'a interceptée en l'attrapant fermement par le poignet « *Excuse me. That's Sikka, my wife* ».

Peu avant minuit, Owen avait demandé à l'éditeur s'il ne savait pas par hasard qui était cette blonde super aux longues jambes, extrêmement attirante, qui était restée assise toute la soirée sur l'escalier sans bouger et n'avait parlé à personne. L'éditeur n'avait pas répondu, dix minutes plus tard il était parti en tenant la blonde par le bras, il nous avait dit au revoir, non sans nous la présenter brièvement – « A propos, c'est ma femme ». Owen avait mis du temps à retrouver son calme. Les Norvégiens de cette fête avaient tous des femmes et au moins trois enfants. Sikka était la femme d'Ari Oskarsson, elle n'avait pas l'air d'être sa femme, mais elle l'était. Son apparence était curieuse, mais elle avait une forme d'humour que j'aurais trouvée amusante si elle n'avait pas été déjà passablement ivre. Il m'a fallu une demi-heure pour me remettre de l'effroi que j'avais ressenti lorsque Ari Oskarsson me l'avait présentée. J'étais muette et je n'ai retrouvé la parole que lorsque Owen nous a rejoints et a traité Ari Oskarsson de « connard », ce que celui-ci n'a pas relevé. Caroline bavardait avec une femme qui aurait pu être sa mère. Martin mangeait des chips et paraissait faire une pause, le jeune homme à l'air anglais s'était étendu sur un canapé et dormait. La fête touchait à sa fin, dans la cuisine des verres tintaient, quelqu'un avait ouvert toutes les fenêtres, la femme en fourrure d'ours était partie sans dire au revoir à Owen. Owen a dit « Tu t'entiches toujours du même genre de type, bordel », j'ai dit agacée « Toi aussi ». Dans le couloir devant la porte Ari Oskarsson m'a forcée à inscrire mon nom dans le livre d'or. Sikka avait disparu, nous étions debout côte à côte devant une commode sur laquelle était posé le livre d'or, dans l'ombre d'un gros bouquet de fleurs rouges. Ari Oskarsson l'a ouvert à une page vierge, a sorti un crayon de la poche de sa veste et entrepris d'écrire la date, ce qui lui a demandé un temps étonnamment long, il semblait n'être tout à fait sûr ni du mois, ni de l'année. Puis il m'a tendu solennellement le crayon et je me suis penchée sur le livre d'or, j'ai écrit mon nom en dessous de la date et de ce drôle de mot, Tromsø. Il a écrit son nom sous le mien, si près que les lettres se touchaient et s'imbriquaient les unes dans les autres. On aurait dit que nous étions désormais mariés. Il s'est redressé, a refermé le livre et dit qu'il fallait absolument que nous allions ensemble en voiture dans une autre fête en ville, cette fête-ci était terminée. Il m'a souri. Il n'avait pas l'air en pleine possession de ses moyens.

Une fois dehors dans le froid devant la porte, je me suis rappelé que je n'étais pas seule. Je me suis rappelé que Martin, Caroline et Owen étaient là, et eux me l'ont rappelé parce que Caroline a passé son bras sous le mien et qu'Owen m'a sifflé « Ne fais pas de bêtise ». Il était trop tard. J'étais déjà réveillée. Notre hôte qui jusqu'à la dernière minute ne s'était pas fait connaître a refermé très vite la porte de l'intérieur, comme s'il craignait que nous nous ravisions. Ari Oskarsson a décrété que Caroline et moi devions aller en ville avec lui et Sikka. Il a décrété que Caroline conduirait, il avait instinctivement compris qu'elle était la seule qui soit encore en état de le faire, je n'avais presque pas bu mais je n'avais pas le permis. Il a décrété que Martin et Owen iraient en ville avec Gunnar dans sa voiture, il a expliqué à Gunnar le trajet jusqu'à la fête, une fête d'artistes dans une boîte. Gunnar n'écoutait pas et regardait la rue, à droite, à gauche, d'un air ennuyé, il a dit à Martin qu'il les déposerait devant la boîte et puis qu'il rentrerait à la maison. Martin était amusé et paraissait trouver Ari Oskarsson aussi attirant que moi. Owen donnait l'impression d'être agacé et il a failli répliquer au ton comminatoire d'Ari Oskarsson, mais il est tout de même monté dans la voiture de Gunnar, non sans m'avoir pincé vigoureusement le bras encore une fois. Ils se sont éloignés et je les ai suivis des yeux tandis que Sikka essayait d'expliquer le trajet d'une voix avinée à Caroline et qu'Ari Oskarsson dans mon dos pissait bruyamment dans les buissons. Je me suis dit que je me fichais complètement de ne jamais revoir Owen et Martin. Nous avons démarré,

Caroline conduisait, Sikka était assise à côté d'elle, Ari Oskarsson installé à côté de moi sur la banquette arrière m'a pris la main. Il a dit « *I love the Germans. I hate the Germans. For sure I hate the Germans* », Sikka s'est tournée vers nous et a crié « *Christmasmusic !* » De l'autoradio est sortie une espèce de musique de supermarché qui faisait un bruit de ferraille. J'ai retiré ma main. J'évitais de regarder le visage d'Ari Oskarsson dans la nuit de Tromsø d'un noir de poix, et puis je l'ai regardé. Sikka a dit « *Left. Right. Nononono, left, excuse me* », et Caroline a dit avec un calme étonnant « *Don't worry* », comme si véhiculer des gens extrêmement saouls à travers la ville était son activité quotidienne. Il m'a semblé que nous traversions une forêt. Il m'a semblé que nous roulions le long de l'eau, puis de nouveau à travers une forêt, puis que nous entrions dans une ville, un centre-ville, avec des guirlandes de lumières et des files de voitures klaxonnantes, ç'aurait pu être Tromsø, mais ç'aurait pu aussi être n'importe quelle autre ville, je ne voulais pas le savoir.

Owen m'avait parlé du quartier des Capitaines, un quartier de vieilles maisons de bois multicolores avec des jardins devant et des rues étroites. Il avait dit que s'il devait vivre quelque part à Tromsø, ce serait là. La rue dans laquelle Sikka venait de hurler « *Stooop !* » à l'oreille de Caroline, si bien que Caroline avait écrasé la pédale de frein et que la voiture avait failli faire un tête-à-queue, était peut-être une rue du quartier des Capitaines. Elle était étroite, ses maisons étaient petites, à deux étages, et paraissaient confortables, comme si ceux qui y habitaient étaient des gens capables d'être en paix et en accord avec leur vie. Sikka s'est précipitée hors de la voiture, a pénétré en trébuchant dans un des petits jardins, nous a fait signe de la suivre et a disparu à l'intérieur de la maison. Caroline s'est garée très exactement en face du portail du jardin, nous sommes descendus et avons emboîté le pas à Sikka, Ari Oskarsson marchait derrière moi, de façon que nous ne puissions désormais plus lui échapper. Nous sommes entrés dans la maison, la porte a claqué derrière nous, il faisait complètement noir et j'entendais le souffle oppressé de Caroline, puis la lumière s'est allumée. Nous nous trouvions dans une cuisine où il n'y avait pas de table, juste une sorte de comptoir en acier et un plan de travail vide. Après la cuisine venait une pièce dans laquelle la seule chose vivante semblait être une étagère pleine de livres et de CD, la table et ses chaises design avaient l'air absolument inutilisées, sur la table était posé le *Times*. Dans la pièce suivante, un canapé blanc devant un gigantesque téléviseur se confondait avec le mur blanc. Dans la dernière pièce, le signal de veille d'un ordinateur scintillait dans l'obscurité. L'endroit où Ari Oskarsson et sa femme Sikka passaient leurs nuits demeurait invisible, je ne repérai aucun escalier qui aurait mené à l'étage supérieur. Ari Oskarsson a posé sa main dans mon dos et m'a obligée à m'asseoir à la table glacée, il s'est assis en face de moi et a placé Caroline à côté de lui. Sikka avait déniché tout à fait par hasard une bouteille de vin blanc et rempli trois verres à ras bord, il ne restait plus de verre pour Ari Oskarsson, si bien qu'il a bu directement à la bouteille. Caroline était blême. Elle a dit « *Party ? What's about this party and where are Martin and Owen ?* », et Sikka a dit « *Feel free, feel free* », puis s'est levée et a allumé la chaîne stéréo. Ari Oskarsson souriait par-dessus la table. J'étais là, assise, et je me sentais prête à m'accommoder de tout ce qui pourrait se passer. De la stéréo sortait une musique planante avec une basse assourdie et une voix au timbre insupportable qui émettait un charabia incompréhensible. J'ai dit à Caroline que dans des lieux étrangers, et en particulier quand on allait bientôt repartir, il se produisait toujours des choses de ce genre, je ne savais pas si c'était vrai. Caroline n'a pas répondu, elle m'a fait un signe de l'index que je n'ai pas compris, elle paraissait d'une anxiété incongrue. Ari Oskarsson a répété qu'il avait beaucoup aimé notre CD. Il avait aimé la photo de la pochette sur laquelle Owen et moi nous prélassions sous un palmier en plastique dans l'arrière-cour de l'immeuble d'Owen, il avait su d'avance que je serais telle que j'étais, bien que je ne sois pas comme sur la photo. Je ne savais pas comment je devais le prendre. Je me trouvais assez belle sur cette photo, est-ce qu'Ari Oskarsson voulait me dire que je n'étais pas belle ? Sikka n'arrivait apparemment pas à trouver la musique qui convenait à la situation, elle n'arrêtait pas de changer de disque, elle m'a désigné de la tête son mari et, le nez dans la pile de CD, elle a dit « *He loves you* ». Je me suis levée et je suis allée dans la salle de bains à côté de la cuisine. On aurait dit une salle de bains d'hôtel, les serviettes de toilette étaient pliées comme à la machine, sur le bord de la baignoire étaient posés des petits échantillons de gel douche et de shampooing, à côté du lavabo traînaient les coûteux produits de beauté de Sikka. J'ai soulevé puis refermé le couvercle d'un poudrier. Sikka ne paraissait pas maquillée. Je me suis interrogée sur les raisons qui font que des gens vivent dans des appartements qui ressemblent à des suites d'hôtel, puis je suis ressortie de la salle de bains. Dans la pièce, j'ai dû passer à côté de Sikka qui m'a interceptée et m'a fait comprendre qu'elle voulait danser avec moi en pressant ses hanches osseuses contre les miennes. Elle portait toujours son écharpe de laine et semblait enrhumée. Je l'ai repoussée en m'excusant, je ne pouvais pas danser avec elle, cela ne tenait pas à elle, je ne pouvais jamais danser comme ça. Je me suis rassise à la place qui m'avait été assignée et j'ai observé Ari Oskarsson, lui aussi m'observait avec sur le visage cette expression amusée, complice. Il avait ôté sa veste et je voyais un tatouage sur son avant-bras gauche, un H et un B, l'un au-dessus de l'autre, méticuleusement tracés en capitales noires sur sa peau blanche. Je me suis promis que si l'occasion m'était donnée de toucher ce tatouage, je ne lui demanderais jamais de m'en raconter l'histoire. Jamais. Caroline se cramponnait au bord de la table et regardait fixement la manchette du *Times*. Sikka était à présent debout à côté de moi et dansait aux accents sourds d'un groupe dont Ari Oskarsson m'a crié qu'il s'appelait *The Leave* et qu'il était allemand. Je n'avais jamais entendu parler de *The Leave*. Je me suis adossée à ma chaise et il m'est apparu que je pouvais rester, rester ici tout simplement ou bien ailleurs, la musique était très belle, Sikka tenait ses distances, à présent Ari Oskarsson avait notre CD dans la main et son regard ne cessait d'aller et venir entre la photo et moi. J'espérais que l'idée ne lui viendrait pas de mettre ce CD maintenant, il m'aurait été insupportable d'entendre la voix aiguë, enfantine, d'Owen et moi au piano. L'idée ne lui est pas venue. Et tout aurait pu continuer ainsi si Caroline n'avait pas subitement bondi de sa chaise en criant « Est-ce qu'on pourrait partir ! Est-ce qu'on pourrait partir, s'il vous plaît, et aller chercher Martin et Owen », d'une voix tremblante et comme si nous avions été kidnappées. Sikka s'est figée. Ari Oskarsson s'est levé et a arrêté la musique. Manifestement ils avaient compris ce qui venait d'être dit. Nous avons enfilé nos manteaux et nous sommes repartis comme nous étions venus, nous sommes sortis de cette maison dans la rue froide, nous marchions côte à côte et il ne s'est plus rien passé du tout jusqu'à ce que nous arrivions au Café Barinn.

Le Café Barinn me rappelait un bar de chez nous, un bar que j'avais fréquenté pendant des années et puis qui, parvenu au sommet de sa gloire, avait fermé pour de bonnes raisons et qui plus est au bon moment. Je n'étais pas sûre d'avoir envie de m'en souvenir. C'était un petit bar dans une ruelle qui partait de la rue principale, une salle remplie de vieux canapés en cuir et de tables avec des chaises cassées tout autour, le chauffage avait l'air d'être en panne, c'était plein à craquer et pourtant il faisait froid, tous les gens avaient leurs manteaux et leurs bonnets sur la tête. Les haut-parleurs diffusaient de la musique punk. Nous avons dû commander nos boissons au comptoir et payer aussitôt, j'ai invité Sikka, Caroline et Ari Oskarsson. Martin et Owen demeuraient invisibles mais curieusement Gunnar était assis au bar. Caroline a erré à travers toute la salle à leur recherche, puis elle est revenue vers moi et a dit, découragée, « Ils ne sont pas ici non plus ». Il était absurde d'interroger à leur sujet Sikka et Ari Oskarsson, Sikka et Ari Oskarsson ne comprenaient plus l'anglais dès qu'on leur posait des questions sur Martin et Owen, Gunnar semblait avoir perdu la parole pour une autre raison. Caroline le regardait comme on regarde un traître. Ça m'était égal. J'étais là, à côté de Sikka, à côté d'Ari Oskarsson, à côté de Caroline et de Gunnar, il faisait froid et c'était beau et sauvage dans ce bar, comme si les vitres étaient brisées et le toit cassé. Il était manifeste que nous ne savions pas de quoi parler tous les cinq. Sikka s'est tournée vers Gunnar. Ari Oskarsson a commandé un chocolat chaud avec de la crème pour Caroline. J'attendais. J'attendais et je n'ai pas eu longtemps à attendre, déjà il était debout devant moi et passait son bras autour de ma taille et m'entraînait en zigzaguant entre les gens et en disant des choses énigmatiques, j'ai tenté de le repousser, mais je ne voulais pas le repousser vraiment. J'ai tenté de le repousser pour Caroline et pour Sikka. Je n'étais pas assez sérieuse. Je me suis dérobée, mais il y avait une telle mollesse en moi, alors il m'a saisie et attirée vers lui, il a dit quelque chose en norvégien et puis en anglais et puis en chinois, je ne comprenais rien du tout. J'ai compris qu'il voulait savoir comment j'avais passé ces dernières années. J'ai compris qu'il disait qu'il aurait volontiers passé ces dernières années avec moi, comme s'il savait combien ces années avaient été affreuses, alors que je venais tout juste de le réaliser moi-même. Je ne savais pas comment j'avais passé ces dernières années. Je ne savais pas comment je devais faire pour le détacher de moi, pour éviter qu'il ne me touche alors que je ne voulais pas vraiment éviter son contact. Je voyais le dos de Sikka. Je voyais Gunnar. Je voyais Caroline. Ari Oskarsson tenait ma main serrée et il a passé son bras autour de mon dos comme si nous allions danser ensemble. J'avais la tête qui tournait. J'ai regardé Caroline et j'ai fait une grimace, j'ai essayé d'imiter l'expression d'une personne qui se trouve assaillie par surprise, qui se soumet, qui se laisse abuser à son corps défendant. Mon imitation a dû être trop réussie. Caroline l'a supporté cinq minutes, ou moins encore, peut-être même qu'elle ne l'a pas supporté du tout. Ce n'est pas Sikka qui nous a arrachés l'un à l'autre, c'est Caroline, et pour Caroline j'ai lâché Ari Oskarsson. Ari Oskarsson m'a lâchée. Caroline a dit avec une dureté dont je ne l'aurais pas crue capable, sur un ton extrêmement résolu, qu'à présent elle voulait savoir où étaient Owen et Martin, elle voulait le savoir maintenant, tout de suite. Et Ari Oskarsson, d'un seul coup dégrisé, a dit poliment qu'il allait les chercher, il est sorti et il a disparu. J'étais debout à côté de Caroline, j'étais au bord des larmes. Je ne savais pas s'il se serait passé autre chose sans Caroline ou bien si la situation était ce qu'elle était parce que Caroline était là, parce qu'elle empêchait quelque chose et qu'elle m'amenait à jouer la comédie, qu'elle faisait de moi quelqu'un avec qui Ari Oskarsson aurait volontiers passé les dernières années, combien d'années en fait, toutes. J'étais là, et Caroline à côté de moi, nous regardions dans le vide, on nous bousculait et nous nous heurtions l'une l'autre, et puis la porte s'est rouverte et Ari Oskarsson est entré, et avec lui sont entrés Martin et Owen.

Owen me connaît. Il me connaît bien. Il s'est rué dans le Café Barinn et ne s'est pas privé de me houspiller et de me passer immédiatement un savon – « Tes putains de numéros en solo me débectent vraiment. Vraiment. Ça me débecte à un point ! » Il aurait été oiseux de vouloir lui expliquer la situation, d'ailleurs il ne voulait pas le savoir. Il s'est déchaîné encore un bon moment contre ce bar dans lequel Gunnar les avait déposés, lui et Martin, comme des paquets, soi-disant sur son trajet de retour, un bar de merde, dans lequel il n'était même pas question de soirée, un coup foireux, jamais de sa vie il ne s'était fait avoir et larguer comme ça. Martin paraissait prendre les choses avec une relative indifférence. Ils avaient traîné dans ce bar à nous attendre, et à un moment ils avaient compris que nous ne viendrions plus, pour quelque raison que ce soit, Martin avait dit « En fait Ari Oskarsson voulait être seul avec les filles », alors Ari Oskarsson était entré et avait dit que la soirée avait lieu ailleurs. « Et puis on l'a suivi, oui », a dit Owen, « on a suivi ce connard, il ne nous restait pas autre chose à faire, j'aurais dû lui casser la gueule tout de suite devant ce putain de bar ». Il m'a repoussée encore une fois, est allé au bar commander une bière, je savais que sa colère ne durerait pas. J'étais patiente. Il y avait longtemps que je ne m'étais pas sentie aussi patiente et aussi calculatrice. Sikka discutait avec Gunnar, qui semblait avoir un peu peur d'Owen, et ne se souciait pas de nous, ni d'Ari Oskarsson. Ses lunettes étaient embuées, elle ne les enlevait pas. Owen s'est installé avec sa bière à côté de Martin et Caroline et ils ont entamé une conversation qui devait tourner autour du programme des cours à l'université de Tübingen. J'étais debout au milieu de la pièce et j'étais patiente et calculatrice, alors Ari Oskarsson s'est assis à une table contre le mur, il m'a fait signe et je me suis assise avec lui. Nous étions face à face, et il n'y avait rien à dire, et je ne savais plus si c'était Tromsø qui me rendait comme ça, ou bien la chambre de la Gunnarshus, ou le dernier car pour Oslo, sept jours plus tôt, qui était déjà parti, ou bien autre chose encore, quelque chose de très différent et de beaucoup plus ancien, je ne le savais plus et ça ne m'intéressait absolument pas de l'apprendre. Je le regardais, et je voyais qu'il était absolument vide, impassible, indifférent, non pas vis-à-vis de moi, mais vis-à-vis de tout, ce n'était pas grave de voir ça. Avant de m'embrasser, il m'a laissé le temps de lui demander si ce n'était pas un peu délicat, il m'a laissé le temps de dire « *Isn't a problem, because of your wife ?* », et il a dit de manière très convaincante « *No. It's no problem. For sure* », et puis il m'a embrassée. Et j'ai vu le visage ahuri de Caroline quelque part très loin, le visage de Martin et le visage de Sikka, Sikka nous a regardés, Owen nous a regardés, puis il a dit quelque chose à Sikka, qui l'a fait rire. J'ai songé encore une fois, brièvement, à être différente, mais je ne l'étais pas, alors j'ai embrassé Ari Oskarsson.

Le Café Barinn a fermé de façon très soudaine. Sans nous être concertés longuement, nous avons pris tous ensemble le chemin de cet appartement du quartier des Capitaines. J'ai passé mon bras sous le bras d'Owen, j'étais heureuse qu'il lui soit donné à lui aussi maintenant de voir cet appartement, sa froideur, son austérité, la salle de bains de chambre d'hôtel et le comptoir en acier dans la cuisine, que lui aussi maintenant puisse entendre *The Leave* et boire du vin blanc à la bouteille avec Ari Oskarsson. J'étais heureuse de pouvoir partager cela avec lui, je savais que nous étions semblables, et Owen aussi paraissait heureux à présent, même s'il ne pouvait pas s'empêcher de me dire que j'étais impossible. Il a dit « Tu embrasses un homme marié sous les yeux de sa femme, c'est pire que tout, absolument nul », j'ai serré son bras plus fort et j'ai dit « Je lui ai demandé si c'était un problème et il a dit que non, alors fiche-moi la paix, Owen, fiche-moi donc la paix ». Caroline marchait à côté de Martin, elle semblait se cramponner à lui, Martin allait d'un pas vif et rapide, il avait l'air d'un homme qui participe à une expédition intéressante dans un territoire inconnu. Ari Oskarsson marchait à côté de moi. Sikka nous suivait avec Gunnar, j'entendais sa voix, elle ne paraissait pas tendue. Dans l'appartement, la lumière a été rallumée, la musique remise en marche, le vin blanc reposé sur la table, comme c'était des heures plus tôt. Gunnar a ajouté des tasses à café dans lesquelles il a versé du cognac. Je n'ai rien bu. Je me suis assise à ma place. Ici je me sentais chez moi, j'étais une intruse dont la présence allait de soi, mais avec des intentions cachées, je n'envisageais pas de me justifier, ni à mes propres yeux ni à ceux de personne d'autre. Caroline et Martin se sont installés en face de moi, Ari Oskarsson s'est assis à côté de moi, a pris ma main et l'a posée avec la sienne sur ses genoux. Sikka et Owen étaient debout devant la chaîne stéréo et mettaient de la musique, Gunnar allait de l'un à l'autre, apparemment il veillait seulement à ce que tout le monde soit content. Je me suis demandé s'il savait d'avance que cette soirée se terminerait de la sorte, si c'avait été sa façon de nous introduire dans la société de Tromsø, si chaque week-end il attirait ainsi des nouveaux venus dans le piège-Ari-et-Sikka-Oskarsson. Il évitait mon regard. Caroline et Martin parlaient des formulaires de la douane qu'on devait remplir dans les aéroports, ils semblaient résolus à faire comme si tout était normal. Peut-être trouvaient-ils effectivement que tout était normal. Sikka et Owen se sont mis à danser ensemble. Je savais qu'on en arriverait là, et pourtant pendant un moment cela m'a paru surprenant. Ils ont dansé ensemble, d'abord en maintenant une certaine distance, puis plus près, et finalement serrés l'un contre l'autre, Owen tenait Sikka fermement, il a dénoué son écharpe de laine et l'a embrassée dans le cou, il remuait son derrière comme il faisait toujours, d'une façon qui devait plaire à Martin. Martin regardait. Tout le monde regardait, même Ari Oskarsson et moi, et puis nous nous sommes regardés de nouveau, je n'ai pu m'empêcher de sourire, il a souri aussi. J'avais le sentiment de comprendre qu'il ne s'agissait pas de moi ici, mais d'Ari Oskarsson et sa femme, qu'ils avaient invité ces gens pour pouvoir se regarder l'un l'autre ; Sikka pouvait voir Ari Oskarsson embrasser une femme étrangère, Ari Oskarsson pouvait voir Sikka danser avec un homme étranger, ils pouvaient se regarder mutuellement et se redécouvrir. J'ai songé que j'avais mes propres raisons d'être là, et j'ai songé que je me trompais peut-être aussi sur toute la ligne. La lumière au-dessus de la table glacée était très crue, beaucoup plus crue que l'éclairage du Café Barinn, et dans cette lumière Caroline et Martin étaient obligés de rester assis à la même table que des gens qui s'embrassaient, mais je m'en fichais. Owen embrassait Sikka, et Ari Oskarsson m'embrassait. Owen a ôté à Sikka ses lunettes et il s'est écrié « Voyez-moi ça, comme elle est belle », Sikka a fixé le vide en clignant des yeux, avec cette expression vague des myopes, puis elle a repris les lunettes à Owen et les a remises sur son nez. Elle venait de temps en temps vers moi et Ari Oskarsson et disait « *Stop that* », elle ne disait rien de plus, et puis elle allait rejoindre Owen. Elle ne disait plus « *Feel free* ». Martin observait Owen. Caroline m'observait comme si j'étais pour elle une personne étrangère et un peu inquiétante, je ne pouvais plus l'empêcher. Gunnar a quitté la maison sans que personne s'en soit vraiment rendu compte, sa tâche paraissait accomplie. Quand Owen a mis sa main dans la culotte de Sikka, Martin et Caroline se sont levés et sont partis également. Caroline s'est arrêtée près de moi et a demandé si elle pouvait avoir la clé de notre chambre. J'aurais pu lui dire que la soirée ici n'allait pas se terminer comme les apparences le laissaient peut-être supposer, je le savais très bien, je ne l'ai pas dit. Je lui ai donné la clé, je comprenais ce qu'elle voulait, elle ne voulait pas dormir seule, je le comprenais, et peut-être qu'elle voulait aussi savoir si nous allions rentrer à la maison et comment.

Tard dans la nuit, Sikka avait disparu avec Owen dans une petite chambre qui était dissimulée derrière la salle de bains. A un moment j'étais partie à leur recherche et j'avais jeté un coup d'œil à l'intérieur, j'avais vu la chambre à coucher, sombre et silencieuse, Sikka était allongée et Owen assis au bord du lit. J'étais retournée dans la grande salle de séjour et j'avais demandé à Ari Oskarsson s'il était possible que nous fassions à un moment ou un autre une balade en voiture ensemble, que nous quittions Tromsø pour aller dans les bois, voir des rivières, des cascades, des fjords, un endroit qu'il trouvait beau et qu'il voulait me montrer. J'avais l'intention de quitter la Gunnarshus. J'avais l'intention de rester à Tromsø. Je lui avais posé cette question et il avait dit « *No* », j'avais pensé qu'il n'avait peut-être pas bien compris ma question, j'avais répété et il avait dit une deuxième fois « *No* », et puis il m'avait regardée d'un air songeur et il avait dit « *Are you talking about sex ?* » J'avais secoué la tête. J'étais troublée par cette question. Est-ce que je parlais de sexe quand je lui demandais si nous pourrions faire une balade en voiture ensemble hors de Tromsø ? Peut-être. Ou peut-être pas. Nous étions debout dans la cuisine face à face devant ce comptoir en acier et nous nous tenions les mains, le tic nerveux de son œil gauche avait cessé, Ari Oskarsson était calme. Moi aussi, j'étais calme. Peut-être que Sikka et Owen étaient en train de coucher ensemble, ou peut-être pas. Il ne semblait pas s'agir de cela. Nous nous sommes étreints comme on s'étreint quand on ne va pas se revoir pendant longtemps, alors quelqu'un m'a écartée brusquement d'Ari Oskarsson, Owen était là et il avait l'air fatigué, Sikka était devant la salle de bains et criait, elle était nue et curieusement elle avait des porte-jarretelles. Elle criait en norvégien et puis elle a couru vers nous et m'a poussée contre Owen, elle a dit « *You have to go. Both of you* », comme si j'avais pu supposer que l'un de nous deux aurait le droit de rester. Elle a ouvert la porte à la volée. Owen m'a prise doucement par le bras. Je n'ai plus regardé une seule fois Ari Oskarsson. Nous sommes rentrés à la maison.

Le lendemain je me suis éveillée vers midi avec un furieux mal de tête. J'étais couchée dans ma chambre de la Gunnarshus, à côté de moi il y avait Caroline, et à côté de Caroline, Owen. Je me suis levée, me suis aspergé le visage d'eau froide et j'ai regardé par la fenêtre dans la rue grise, puis je me suis recouchée. Caroline et Owen se sont réveillés simultanément. Nous avons été longtemps incapables de nous lever. Nous sommes restés ainsi côte à côte dans ce lit, moulus, avec la gueule de bois, heureux. Caroline avait l'air déconcertée et en même temps plus en confiance qu'avant, elle nous regardait d'une façon différente, elle n'avait apparemment pas pris la décision de ne plus jamais nous revoir. Elle a dit « Comment ça s'est terminé ? » et s'est assise en remontant la couverture jusque sous son menton, les traits de son visage endormi étaient très doux. Owen a enfoncé sa tête dans l'oreiller puis l'a redressée et a dit « Je ne sais même plus à quoi elle ressemblait. A quoi elle ressemblait, cette Sikka, je veux dire, j'avais ma main dans sa culotte et je ne sais même pas à quoi elle ressemblait, c'est tout de même atroce », ce qui m'a fait rire, et Caroline a ri aussi. Nous avons récapitulé la soirée, heure par heure, nous voulions tout savoir les uns des autres, c'était comme si cette nuit avait été infiniment précieuse, disparue à jamais, et merveilleuse. J'ai dit « C'était comment quand nous nous sommes embrassés, Ari Oskarsson et moi ? », et Caroline et Owen se sont mis à pousser des cris, à taper dans leurs mains et à secouer la tête, « Incroyable, non, vraiment, embrasser ce type devant tout le monde », je me suis roulée en boule au pied du lit, je ne pouvais plus m'arrêter de rire. « J'ai dit à cette femme *let's fuck together* », a dit Owen, il avait l'air surpris. Caroline a dit « Oh », et Owen a dit « Véridique. J'ai dit *let's fuck together*, dans cette chambre, elle était couchée et moi assis au bord du lit ». « Où j'étais à ce moment-là ? » ai-je dit, et Owen a dit qu'avec Ari Oskarsson, on s'était embrassés pendant très très longtemps, pendant tout le temps. « Et qu'est-ce qu'elle a dit ? » a dit Caroline, excitée comme une écolière. « Elle a dit *no* », a dit Owen, « Elle a dit *no, I love my husband*, et j'ai dit *your husband is an asshole*, et elle a dit *but I love him* ». Il s'est recroquevillé et a poussé un bref cri. « Bordel ! Sa peau était si douce, et elle était si belle sans ses lunettes, je voulais vraiment la baiser et elle a dit *I love my husband !* Vous vous imaginez ! », nous ne pouvions pas nous imaginer. A un moment Caroline s'est levée, a préparé du thé et puis est revenue dans le lit, nous avons bu le thé, la journée s'écoulait, c'était l'après-midi, la lumière baissait. Mon mal de tête s'était calmé, j'avais faim, je voulais que ça continue comme ça pour toujours, cette lassitude, notre bonheur et notre excitation, nous ne pouvions plus nous arrêter d'en parler. « Il faudrait qu'il y ait toujours des nuits comme celle-là », a dit Owen. « Il faudrait que toute la vie soit comme cette nuit », et Caroline a dit qu'elle ne savait pas si elle pourrait le supporter.

Quand ce fut le soir, Martin a frappé à la porte. Je l'avais attendu et déjà je ne remarquais presque plus son absence. Il a regardé par la porte entrebâillée et n'a pas paru surpris de nous trouver tous ensemble dans le lit. Il donnait l'impression d'être un grand habitué des nuits de ce genre, nous voir aussi fourbus l'amusait, comme si nous étions des novices dans un monde qui n'avait plus de secrets pour lui depuis longtemps. Il s'est assis près de nous et a dit qu'il avait beaucoup aimé cette soirée. C'était bien de pouvoir lire sur le visage de Caroline, à côté de lui, ce que je faisais avec Ari Oskarsson, c'était bien de voir Sikka et Owen danser ensemble. Il ne voulait pas forcément savoir comment la nuit s'était terminée. La nuit, pour lui, était passée, c'était là encore une chose qu'il semblait avoir comprise depuis longtemps – les nuits comme celles-là passent, sans laisser de traces, d'autres nuits surviennent, plus tard, à un moment ou un autre. Il a dit qu'il se rendait maintenant à l'hôtel de ville avec la voiture de Gunnar, pour une réception en l'honneur de capitaines allemands qui voulaient ériger un monument à la mémoire des pêcheurs trépassés dans les eaux territoriales norvégiennes. Nous n'avions qu'à l'accompagner, il y aurait à manger et des boissons gratuites. Nous avons fini par nous lever, encore un peu vacillants et engourdis, nous nous sommes habillés en laissant les portes des chambres ouvertes et en continuant de nous parler à travers le couloir. Gunnar ne se montrait pas, il avait disparu, peut-être n'était-il même plus dans la maison, il avait abandonné son rôle paternaliste d'hôte, nous avions fait le tour des choses. Nous sommes allés à l'hôtel de ville avec sa voiture, à l'hôtel de ville il y avait des capitaines allemands debout autour d'un monument en granit allemand, le maire de Tromsø a fait un discours incompréhensible, et des jeunes Norvégiennes ont chanté des chants norvégiens. J'ai mangé de toutes petites saucisses avec de la moutarde, des cornichons et des petits pains au saumon en buvant du Coca-Cola, j'avais la chair de poule, j'avais la nostalgie de chez moi. Je me disais que je ne rentrerais plus jamais à la maison, que j'allais rester à Tromsø, avec Martin, Caroline et Owen, je croyais possible d'arrêter le temps et de me cacher une fois pour toutes, j'y songeais très sérieusement. Je pensais à Ari Oskarsson et chaque fois que je pensais à lui quelque chose en moi se contractait, j'éprouvais un grand désir de l'embrasser encore une fois. Owen était à côté de moi, il est parti, puis revenu, et il a dit « J'ai demandé combien on gagne quand on travaille ici à l'usine de poisson ». Caroline et Martin parlaient avec les capitaines allemands. Nous faisions beaucoup d'efforts pour ne pas nous perdre de vue, et pourtant à un moment nous nous sommes perdus, Caroline n'était plus là, Martin non plus, mais Owen, lui, était là, il avait dans la main les clés de la voiture de Gunnar. Il a dit « Maintenant je vais te montrer l'île, le plus bel endroit de Tromsø », alors nous avons quitté l'hôtel de ville, nous sommes montés dans la voiture de Gunnar, et nous sommes partis.

Nous n'avons pas parlé de retourner chez Sikka et Ari Oskarsson, je veux dire que nous n'avons rien dit, nous l'avons fait tout simplement, sans en parler mais d'un commun accord. Nous sommes allés avec la voiture de Gunnar dans le quartier des Capitaines et nous nous sommes garés juste en face de la maison de Sikka et Ari Oskarsson, de l'autre côté de la rue. Owen a coupé le moteur et laissé la radio allumée en sourdine. J'ai détaché ma ceinture de sécurité et allumé ma première cigarette. La grande salle de séjour était largement éclairée mais les rideaux étaient tirés, dans la pièce du fond on voyait la lueur bleue et vacillante du téléviseur. De temps à autre une ombre traversait la pièce en direction de la cuisine puis revenait. On avait une impression de tranquillité et j'ai supposé que Sikka et Ari Oskarsson avaient mal à la tête et devaient être fatigués. Nous sommes restés longtemps assis dans la voiture devant la maison. J'aurais beaucoup aimé entrer. J'aurais aimé frapper et dire « *Excuse me* » quand Sikka aurait ouvert la porte, et puis nous serions entrés et nous nous serions assis avec Sikka et Ari Oskarsson devant la télévision. Il aurait fallu qu'ils nous laissent entrer. Il aurait vraiment fallu qu'ils le fassent. Mais je n'ai pas frappé à la porte, et Owen non plus, nous sommes restés dans la voiture à regarder cette fenêtre éclairée, et puis Owen a démarré, nous sommes repartis et nous sommes allés sur l'île.

L'île était proche de Tromsø, une petite île avec un phare et deux maisons abandonnées, rien d'autre, un bout de rocher auquel on pouvait accéder par un môle quand la mer se retirait. Owen aimait cette île, il n'arrêtait pas de raconter quelle vue magnifique on avait sur Tromsø depuis l'île, il y allait tous les jours, à marée haute il restait sur le continent et regardait avec nostalgie le phare de l'autre côté. Quand nous avons atteint la côte, c'était marée basse, nous sommes descendus de voiture, nous avons grimpé sur des petits rochers et suivi le môle jusqu'à l'île. Le phare se dressait, lumineux contre le ciel nocturne, toutes les trois minutes son éclat vert passait au-dessus de nous. En me retournant, je voyais Tromsø. Owen avançait devant moi d'un pas sûr, il semblait bien connaître le chemin sur le môle, moi j'ai trébuché à plusieurs reprises, mes chaussures étaient trempées, j'étais très contente que nous allions sur l'île, et à ce moment précis. La côte de l'île était abrupte et caillouteuse, Owen m'a prise par la main pour m'aider, le vent qui soufflait ici était plus pénétrant que sur le continent, le ciel au-dessus de nous était noir et pur. Owen a dit qu'il ne savait pas trop à quel moment la mer montait, combien de temps nous pouvions rester sur l'île, si la marée montait trop vite nous serions obligés d'y passer la nuit et il nous faudrait attendre six heures avant de pouvoir rentrer. Cela m'était égal, je n'avais pas peur. Nous étions debout côte à côte et nous regardions le phare, là-haut, puis en direction de Tromsø, puis le ciel. Owen a dit « J'ai dit *I love you* à Sikka ». Je me taisais. Puis j'ai dit « Quand ça ? », et lui « Quand tu as embrassé Ari Oskarsson, au Café Barinn. Je suis allé la trouver et j'ai dit *I love you*, à ce moment-là et encore une fois plus tard ». J'ai dit « Et pourquoi tu as dit ça ? » Owen a réfléchi un moment et puis il a dit « Juste comme ça. Juste pour rire. D'ailleurs ça l'a fait rire ». Nous sommes restés un moment silencieux, à sauter d'un pied sur l'autre, le vent était assez froid et il tournoyait autour du phare en sifflant. Les fenêtres des deux maisons abandonnées étaient condamnées par des planches. J'ai dit « Ari Oskarsson m'a dit *I love you* à moi aussi, peut-être un peu avant que tu le dises à Sikka », je trouvais monstrueux de pouvoir prononcer cette phrase. Je me suis remémoré cela, cet instant, à la table près du mur, où j'avais vu qu'Ari Oskarsson était vide, indifférent et impassible, et c'était précisément à ce moment-là qu'il l'avait dit. Il ne s'était pas penché vers moi et l'expression de son visage était restée la même, il avait simplement dit *I love you*, je m'en souvenais. Owen me regardait fixement. « Il ne l'a pas dit. » « Si, il l'a dit. » « Et qu'est-ce que tu lui as répondu ? » Owen s'est écarté de moi, il est allé faire le tour du phare, je lui ai emboîté le pas, je ne pouvais pas m'empêcher de rire, Owen s'est mis à rire lui aussi, il secouait la tête, il a dit « Tu n'as pas fait ça, ou bien si ? Tu n'as pas dit ça. S'il te plaît. Tu ne peux pas me raconter sérieusement que tu as dit ça », il criait, et pourtant je n'avais pas encore répondu. Il a crié « Tu ne l'as pas dit », et j'ai crié « Bien sûr que si, je l'ai dit. J'ai dit simplement *I love you, too*, j'ai dit *I love you, too*, et j'étais tout à fait sérieuse ». Owen s'est immobilisé si brusquement que je me suis cognée contre lui. Nous avons ricané. « *I love you, too* », a dit Owen. « *I love you, too.* » Il n'arrivait pas à se calmer, ça l'amusait tellement, et moi aussi, ça m'amusait infiniment, mais derrière tout cela il y avait quelque chose d'absolument triste. Et avant que j'aie pu mettre le doigt dessus, saisir cette tristesse derrière la joie, Owen a levé les bras en poussant un cri, j'ai regardé le ciel, et ce que j'avais d'abord pris pour un nuage vert s'est mis tout à coup à fondre. A fondre et à vibrer et à devenir de plus en plus clair, c'était un grand tourbillon de toutes les couleurs qui couvrait le ciel entier, si lumineux, si beau. J'ai murmuré « Qu'est-ce que c'est que ça ? » et Owen a crié « Une aurore boréale, bordel, c'est une aurore boréale, j'y crois pas », alors nous avons renversé la tête en arrière et nous avons regardé l'aurore boréale, de la matière projetée dans l'univers, un amas d'électrons brûlants, des étoiles explosées, est-ce que je sais « Tu es heureuse, maintenant ? » a dit Owen, le souffle court, et j'ai dit « Très ».

Remerciements

L'auteur remercie la Fondation d'échanges culturels Pays-Bas-Allemagne, Alexander von Bormann, la Fondation pour la Promotion de la Littérature islandaise et le Literarische Colloquium pour leur soutien à l'élaboration de ce livre.

Je remercie Christoph et Veronika Peters pour le mois d'août à Strausberger Platz.

Table

DU MÊME AUTEUR

Aux Éditions Albin Michel

MAISON D'ÉTÉ, PLUS TARD, 2001.

« LES GRANDES TRADUCTIONS »
(dernières parutions)

ALESSANDRO BARICCO
Châteaux de la colère
(Prix Médicis Étranger, 1995)
Soie
Océan mer
City
traduits de l'italien par Françoise Brun

ERICO VERISSIMO
Le Temps et le Vent
Le Portrait de Rodrigo Cambará
traduits du portugais (Brésil) par André Rougon

JOÃO GUIMARÃES ROSA
Sagarana
Mon oncle le jaguar
traduits du portugais (Brésil) par Jacques Thiériot

WALTER MOSLEY
La Musique du diable
traduit de l'anglais (États-Unis) par Bernard Cohen

JAMAICA KINCAID
Autobiographie de ma mère
Lucy
traduits de l'anglais (États-Unis) par Dominique Peters

CHRISTOPH RANSMAYR
Le Syndrome de Kitahara
traduit de l'allemand par Bernard Kreiss

DAVID MALOUF
Dernière Conversation dans la nuit
traduit de l'anglais (Australie) par Robert Pépin

MOACYR SCLIAR
Sa Majesté des Indiens
La femme qui écrivit la Bible
traduits du portugais (Brésil) par Séverine Rosset

ANDREW MILLER

L'Homme sans douleur

Casanova amoureux

Oxygène

traduits de l'anglais par Hugues Leroy

ROD JONES

Images de la nuit

traduit de l'anglais par Hugues Leroy

ANTONIO SOLER

Les Héros de la frontière

Les Danseuses mortes

Le Spirite mélancolique

traduits de l'espagnol par Françoise Rosset

BESNIK MUSTAFAJ

Le Vide

traduit de l'albanais par Élisabeth Chabuel

DERMOT BOLGER

La Musique du père

traduit de l'anglais (Irlande) par Marie-Lise Marlière

ABDELKADER BENALI

Noces à la mer

traduit du néerlandais par Caroline Auchard

MORDECAI RICHLER

Le Monde de Barney

traduit de l'anglais (Canada) par Bernard Cohen

FRANCESCA SANVITALE

Séparations

traduit de l'italien par Françoise Brun

STEVEN MILLHAUSER

Martin Dressler. Le roman d'un rêveur américain

(Prix Pulitzer, 1997)

Nuit enchantée

traduits de l'anglais (États-Unis) par Françoise Cartano

La vie trop brève d'Edwin Mulhouse,
écrivain américain, 1943-1954,
racontée par Jeffrey Cartwright
(Prix Médicis Étranger, 1975)
(Prix Halpérine-Kaminsky, 1976)
traduit de l'anglais (États-Unis) par Didier Coste

MIA COUTO
Les Baleines de Quissico
Terre somnambule
La Véranda au frangipanier
Chronique des jours de cendre
traduits du portugais (Mozambique) par Maryvonne Lapouge-Pettorelli

GOFFREDO PARISE
L'Odeur du sang
traduit de l'italien par Philippe Di Meo

MOSES ISEGAWA
Chroniques abyssiniennes
La Fosse aux serpents
traduits du néerlandais par Anita Concas

YASUNARI KAWABATA/YUKIO MISHIMA
Correspondance
traduit du japonais par Dominique Palmé

JUDITH HERMANN
Maison d'été, plus tard
traduit de l'allemand par Dominique Autrand

JOHN VON DUFFEL
De l'eau
traduit de l'allemand par Nicole Casanova

PEDRO JUAN GUTIERREZ
Trilogie sale de La Havane
Animal tropical
Le Roi de la Havane
traduits de l'espagnol (Cuba) par Bernard Cohen

TOM FRANKLIN
Braconniers
traduit de l'anglais (États-Unis) par François Lasquin

SÁNDOR MÁRAI
Les Braises
traduit du hongrois par Marcelle et Georges Régnier
L'Héritage d'Esther
Divorce à Buda
Un chien de caractère
Mémoires de Hongrie
traduits du hongrois par Georges Kassai et Zéno Bianu

V.S. NAIPAUL
Guérilleros
Dans un État libre
traduits de l'anglais par Annie Saumont
À la courbe du fleuve
traduit de l'anglais par Gérard Clarence

JENNY ERPENBECK
L'Enfant sans âge
Bagatelles
traduits de l'allemand par Bernard Kreiss

ANDREW SALOMON
Le Vaisseau de pierre
traduit de l'anglais (États-Unis) par Françoise du Sorbier

GEORG HERMANN
Henriette Jacoby
traduit de l'allemand par Serge Niémetz

AHLAM MOSTEGHANEMI
Mémoires de la chair
traduit de l'arabe par Mohamed Mokeddem

NICK TOSCHES
La Main de Dante
traduit de l'anglais (États-Unis) par François Lasquin

YASUNARI KAWABATA
La beauté, tôt vouée à se défaire
traduit du japonais par Liana Rossi

JOHN MCGAHERN
Pour qu'ils soient face au soleil levant
traduit de l'anglais (Irlande) par Françoise Cartano

VANGHELIS HADZIYANNIDIS
Le Miel des anges
traduit du grec par Michel Volkovitch

ROHINTON MISTRY
Une simple affaire de famille
traduit de l'anglais (Canada) par Françoise Adelstain

VALERIE MARTIN
Maîtresse
traduit de l'anglais (États-Unis) par Françoise du Sorbier

TOM FRANKLIN
La Culasse de l'enfer
traduit de l'anglais (États-Unis) par François Lasquin et Lise Dufaux

Composition Nord Compo
Impression : Imprimerie Floch, décembre 2004
Éditions Albin Michel
22, rue Huyghens, 75014 Paris
www.albin-michel.fr

ISBN : 2-226-15672-0
ISSN : 0755-1762
N° d'édition : 22969. – N° d'impression : 61707
Dépôt légal : janvier 2005
Imprimé en France